WERNER ROSENZWEIG

MÖRDERI-SCHES NÜRN-BERG

EIN FRANKEN-KRIMI

VOLK VERLAG MÜNCHEN

Die Deutsche Bibliothek verzeichnet diese Publikation in der
Deutschen Nationalbibliografie; detaillierte bibliografische Daten
sind im Internet über https://portal.dnb.de/ abrufbar.

2. Auflage 2025
© 2021 by Volk Verlag München
Neumarkter Straße 23; 81673 München
Tel. 089 / 420 79 69 80; Fax: 089 / 420 79 69 86, E-Mail: info@volkverlag.de

Druck: Custom Printing, Printed in EU

ISBN 978-3-86222-399-2

www.volkverlag.de

MÖRDERISCHES
NÜRNBERG

Prolog

Man schrieb das Jahr 1565. Kein Wölkchen stand am Himmel. Die dicke, fette Sonne glänzte über der kleinen Insel und alles um sie herum erstrahlte in einem hell durchfluteten Knallblau. Draußen vor der Stadt Birgu brach sich das Licht auf den sanft schaukelnden Wellen des Mittelmeers und fügten sie zu einem einzigartigen, glitzernden Gemälde zusammen. Der Sommer war endgültig zurückgekehrt und nur der immerwährende Wind hier oben auf Fort St. Angelo linderte die anstürmende Hitze.

Johannes Reiter von Kernburg verfolgte die Flugkünste der schreienden Möwen über dem Großen Hafen der alten Fischerstadt. In wenigen Tagen würde es hier nach Pulverdampf, Blut und Tod riechen und tausende Menschen würden ihr Leben lassen müssen. Von den Geschossen der Geschütze zerfetzt, von Schwertern zerhackt, von Lanzen durchbohrt. Vielleicht würde auch er den Tod erleiden. Am 18. September, vor vier Tagen, als sich die Frühnebel über dem östlichen Mittelmeer lichteten, war die Kriegsflotte von Sultan Süleyman I. in der Ferne aufgetaucht. Breitgefächert verwehrten die Segel der rund 180 Kriegsschiffe die Sicht auf den weiten Horizont. Wie ein undurchdringlicher Wall wirkten sie, wie eine bewegliche Mauer aus Segeltuch, die sich langsam und vorsichtig der Insel näherte. Sie führten hunderte von Geschützen mit sich, rund 40.000 Soldaten waren an Bord.

Doch die Türken kamen nicht unerwartet. Kleine, schnelle und wendige Galeeren des Johanniterordens waren ihnen gefolgt. Sie begleiteten den Feind seit Süleymans Armada im April vom Goldenen Horn ausgelaufen war. Jean Parrisot de La Valette, Großmeister der Ordensgemeinschaft, hatte schon zu einem früheren Zeitpunkt mit einem Angriff gerechnet. Zu oft hatten seine Galeeren den Osmanen schmerzhafte Stiche zugefügt, wenn sie das ein oder andere türkische Handels- oder Versorgungsschiff überfielen und plünderten. Johannes wusste, wovon der Großmeister sprach, hatte er doch selbst fast zwei Jahre an solchen Überfällen teilgenommen.

„Solange die Johanniter auf Malta sitzen, sind unsere Versorgungswege im westlichen Mittelmeer ständig bedroht", beklagten sich Süleymans Berater. Süleyman I., er wurde auch Süleyman der Prächtige genannt, Sultan der Osmanen, war für die meisten seiner Untertanen gottähnlich, allmächtig und Allahs Stellvertreter auf Erden. Er war der Herr der Herren dieser Welt, König der Gläubigen und Ungläubigen und Schatten des Allmächtigen. Er hatte in den bisherigen über vierzig Jahren seiner Regierung ein Osmanisches Reich erschaffen, welches vor den Toren Wiens begann und bis zum Persischen Golf reichte. Seine Schiffe überquerten den Atlantik und den Indischen Ozean. Nun war er 70 Jahre alt, aber noch genauso tatendurstig und kriegstrunken wie Mitte zwanzig, als er Sultan geworden war. Wollte er sein Reich und die eroberten Gebiete erhalten, musste er dem Ritterorden auf Malta, geostrategisch günstig zwischen Sizilien und Tunesien gelegen, endlich eine deutliche Lektion erteilen. Zu sehr störten sie seine Nachschubwege über See.

Johannes Reiter von Kernburg sah hinüber auf die nahe Landzunge von Berg Sciberras, an dessen seeseitigem Ende das Fort St. Elmo lag. Im Vergleich zu St. Angelo war es deutlich schwächer bewehrt und es hatte einen großen strategischen Nachteil: Es lag auf Seehöhe. Wer den Berg Sciberras beherrschte, konnte hinabsehen, direkt in das Fort hinein, und er konnte mit Geschützen von oben in die Befestigungsanlage hineinfeuern. Ob das Fort dem ersten Ansturm der türkischen Truppen standhalten konnte? Johannes Reiter von Kernburg machte sich ernsthafte Sorgen. Doch das war noch nicht alles. Würde auch die Hauptstadt Mdina einem Angriff widerstehen können? Nur wenige Verteidiger waren zurückgeblieben. Der Großteil der Militärmacht des Johanniterordens war hier, an drei Stellen des Großen Hafens, konzentriert worden. So hatte es der Großmeister des Ordens angeordnet. Fort St. Elmo schien Johannes das schwächste Glied in der Verteidigungskette zu sein. Fort St. Angelo auf Birgu und Fort St. Michael auf der Halbinsel der Stadt Senglea, im südwestlichen Teil des Großen Hafens gelegen, fast parallel zu Birgu, schienen deutlich wehrhafter zu sein. Kein Wunder, sie waren ständig ausgebaut worden, seit der römisch-deutsche Kaiser Karl V. Malta und die Nachbarinsel Gozo sowie Tripolis 1530 an den Orden übertragen hatte und diesem finanzielle Hilfe für den Ausbau der Befestigungsanlagen zukommen ließ.

Kundschafter berichteten inzwischen, dass die türkischen Hauptstreitkräfte in der Bucht von Marsaxlokk, im Südosten der Insel, an Land gegangen seien. Und gleich hatten sie sich auf den Weg nach Norden gemacht und schafften ihre Geschütze und Truppen in die Marsa-Ebene, wo sie ihr Lager und Hauptquartier einrichteten. Die würden sich aber noch wundern. Vorausschauend hatte Großmeister Jean Parrisot de La Valette die Brunnen der Gegend mit Krankheitserregern verseuchen lassen. Sollten sie sich doch die Seele aus dem Leib scheißen und dabei verrecken, wenn ihnen die Ruhr in ihre Därme fuhr.

Circa 40.000 Osmanen standen gegen rund 17.000 Malteser. Wie sollte das gutgehen? Es wurde Zeit, einen Brief an seinen Bruder, Heinrich Reiter den Älteren von Kernburg, zu Papier zu bringen. Vielleicht der letzte Brief, den er schreiben würde. Darin würde er seinem Bruder Heinrich, Ratsherr, Nürnberger Kriegshauptmann und Diplomat, seinen letzten Willen mitteilen, sein Vermächtnis übermitteln und Abschied nehmen. Hoffentlich würde er die Zeit dazu noch haben. In wenigen Tagen, vielleicht schon in wenigen Stunden würde das gottlose Pack der Türken seinen Angriff beginnen. „Herr im Himmel, erbarme dich unser. Gib uns die Kraft, dir zu Ehren unsere Feinde zu besiegen", so betete er.

Auf der B4 kurz vor Nürnberg

Maximilian Faber, 24 Jahre alt, Medizinstudent im achten Semester und ehrenamtlicher Fahrer des Malteser Rettungsdienstes, war gerade auf der Bundesstraße 4 zwischen Erlangen und Nürnberg unterwegs. Den weiß-roten Krankentransportwagen, Typ KTW VW T5 mit Notfallausrüstung, hatte er sich am Nachmittag vom

Malteser Rettungsdienst Nürnberg in der Hafenstraße 49 im Stadtteil Eibach ausgeborgt. Als ehrenamtlicher Rettungssanitäter hatte er jederzeit Zugang zum Fuhrpark in der Hafenstraße. In Eibach hatte ihn niemand gefragt, wozu er sich die Fahrzeugschlüssel für den KTW vom Wandboard schnappte. An diesem Dienstagspätnachmittag stand kein Krankentransport mehr an. Das hatte er überprüft. Das Fahrzeug wurde heute nicht mehr gebraucht. Der Fuhrparkleiter kannte Maximilian und hatte schon oft weggesehen, wenn der junge Mann sich einen KTW für nicht-dienstliche Zwecke ausgeliehen hatte. Das war zwar offiziell nicht gestattet, aber er wusste, dass Max, wie er ihn nannte, in seiner Freizeit alten und gebrechlichen Menschen sowie Obdachlosen seine persönliche Hilfe zukommen ließ. Das konnten Behördengänge sein, die er für sie übernahm, oder er versorgte sie mit Essbarem von diversen Tafeln, welche den jungen Mann als den „Roten Engel" bezeichneten. Max hatte ein gutes Herz. Da konnte man schon mal die Vorschriften ignorieren und ein Auge zudrücken. Was Max machte, hatte Hand und Fuß. Er galt als zuverlässig und hoch motiviert, Menschen in Not zu helfen. Man bräuchte mehr solch engagierte junge Leute wie ihn. So ließ ihn der Fuhrparkleiter, Herr Bodenstaff, auch dieses Mal stillschweigend gewähren. Äußerlich sah der junge Mann ja schon etwas gewöhnungsbedürftig aus mit seiner roten, wirren Haartracht, die ihm zottelig und lockig bis weit in den Nacken fiel. Ganz zu schweigen von dem lichten Kinnbart, den er mit Gummibändern zusammenhielt. Seine schlabberigen, weiten Hosen und die selbst gefärbten schrillen T-Shirts, die er meistens dazu trug, trugen dazu bei, diesen etwas ungewöhnlichen Eindruck zu vervollständigen. An diesem Tag war Maximilian Faber nicht für Alte oder Gebrechliche mit dem KTW VW T5 unterwegs. Das erste Mal nutzte er das Fahrzeug rein privat, oder besser gesagt für die Memorialstiftung „Heiliger Geist zu Malta", deren Mitglied er war. Ein Geheimnis, von dem nur wenige Kenntnis hatten.

Seine Eltern waren gläubige Christen und nahmen ihn schon als Kind zu jedem sonntäglichen Gottesdienst in die Lorenzkirche mit. Max liebte Kirchen. Wow, was für ein spitzer Turm, hier in der Lorenzkirche. Er meinte damit das 20 Meter hohe Sakramentshäuschen, das Adam Kraft aus Vacher Sandstein geschaffen hatte. Es bestand aus mehreren Etagen und hatte tatsächlich die Form eines spitz zulaufenden Turms. Unten konnte man darum herumgehen, darüber lag die zweite Etage mit dem Hostienschrank. In der nächsten Ebene zeigte der Künstler das Letzte Abendmahl, darauf folgend Szenen aus dem Leidensweg Christi. Weiter oben sah man den gekreuzigten und den auferstandenen Jesus. Die Spitze schließlich war nach unten eingedreht und sollte die Erdverbundenheit Gottes zum Ausdruck bringen. Maximilian verstand das damals alles noch nicht, dazu war er noch viel zu klein. Auch der „Englische Gruß" des Nürnberger Meisters Veit Stoß war für ihn noch ein Rätsel. Dabei hatte das Kunstwerk mit England nichts zu tun. Das „Englische" im Namen ist von „Engel" abgeleitet und das Werk zeigt den Erzengel Gabriel, wie er Maria verkündet, dass sie Gottes Sohn gebären wird. „Sei gegrüßet, du Begnadete, der Herr ist mit dir", heißt es in Lukas 1,28. Für Maximilian waren das alles noch böhmische Dörfer. Er sah nur diese Gestalt mit Flügeln, die in einen hölzernen Rosenkranz eingebunden war, neben ihm eine Frau in festlichem Gewand. Das beeindruckte ihn. Ein Mensch der fliegen konnte. Das wäre doch etwas.

Als Maximilian 10 Jahre alt war, zogen seine Eltern um in das Gemeindegebiet von St. Sebald, der Kirche aus dem 13. Jahrhundert. Erst im Laufe der Zeit begriff der kleine Max, warum seine Eltern nie mit ihm zum Gottesdienst in die Frauenkirche gingen. Aber gerade an der Kirche „Unserer Lieben Frau" am Hauptmarkt hatte er von Kind an einen Narren gefressen. Besonders gefiel ihm das „Männleinlaufen" am Westgiebel, wenn um 12 Uhr am Mittag die Figuren der Kurfürsten zur Erinnerung an die Verabschiedung der Goldenen Bulle dreimal um Kaiser Karl IV. laufen, um ihm zu huldigen. Jedes Jahr verfolgte er inbrünstig die Eröffnung des Christkindlesmarktes, wenn das Christkind seinen Prolog auf der Empore der Frauenkirche am Markt sprach. Er kannte ihn auswendig. Immer wenn das Christkind vortrug, sprach er innerlich mit.

Ihr Herrn und Frau'n, die ihr einst Kinder wart, ihr Kleinen, am Beginn der Lebensfahrt, ein jeder, der sich heute freut und nicht morgen wieder plagt. Hört alle zu, was euch das Christkind sagt: In jedem Jahr, vier Wochen vor der Zeit, da man den Christbaum schmückt und sich aufs Feiern freut, ersteht auf diesem Platz, der Ahn hat's schon gekannt, was Ihr hier seht, Christkindlesmarkt genannt.

Dies Städtlein in der Stadt, aus Holz und Tuch gemacht, so flüchtig, wie es scheint, in seiner kurzen Pracht, ist doch von Ewigkeit. Mein Markt bleibt immer jung, solang es Nürnberg gibt und die Erinnerung.

Denn alt und jung zugleich ist Nürnbergs Angesicht, das viele Züge trägt. Ihr zählt sie alle nicht! Das ist der edle Platz. Doch ihm sind zugesellt Hochhäuser dieser Tags, Fabriken dieser Welt.

Die neue Stadt in Grün. Und doch bleibt's alle Zeit ihr Herrn und Frau'n: das Nürnberg, das ihr seid. Am Saum des Jahres steht nun bald der Tag, an dem man selbst sich wünschen und andern schenken mag.

Doch leuchtet der Markt im Licht weit und breit, Schmuck, Kugeln und selige Weihnachtszeit, dann vergesst nicht, ihr Herrn und Frau'n, und bedenkt, wer alles schon hat, der braucht nichts geschenkt.

Die Kinder der Welt und die armen Leut, die wissen am besten, was Schenken bedeut. Ihr Herrn und Frau'n, die ihr einst Kinder wart, seid es heut wieder, freut euch in ihrer Art. Das Christkind lädt zu seinem Markte ein, und wer da kommt, der soll willkommen sein.

Wenn dann, wie manchmal in früheren Jahren, der Hauptmarkt mit seinen weihnachtlichen Buden auch noch in eine zarte Schneedecke gehüllt war, fühlte Max den vorweihnachtlichen Glanz regelrecht auf seiner Haut. Max war ein tief gläubiger Christ, der Hilfsbereitschaft und Nächstenliebe als seine Lebensziele definiert hatte. Aber da gab es noch mehr: Maximilian Faber hatte sich ausgiebig mit der Geschichte der Kirche auseinandergesetzt, auch der vorreformatorischen Geschichte. Nicht alles gefiel ihm, was er da las. Besonders faszinierte ihn aber die Epoche der Kreuzzüge, als christliche Heere danach trachteten, die Muslime aus dem Heiligen Land zu vertreiben. Warum eigentlich? Das verstand er anfangs nicht. Je mehr er darüber las, desto weniger konnte er es verstehen. Er schämte sich geradezu der Gräueltaten seiner Vorfahren. Er hasste es, wenn ihn jemand fragte, ob der Islam zu Deutschland gehöre. Was für eine blödsinnige Frage. Ja, natürlich, es ging doch um die Menschen. Wenn die Menschen Not litten, wenn sie in ihrem Land mit dem Tod bedroht wurden oder in ihrer persönlichen Situation nicht mehr ein noch aus wussten? Dann musste man ihnen doch helfen. Deswegen war Max der Stiftung „Heiliger Geist zu Malta" beigetreten. Ein Kommilitone hatte ihm davon erzählt. Gemeinnützigkeit, Barmherzigkeit und Hilfe für andere waren eh sein Ding.

Nun war Max im Nürnberger Umland unterwegs, um einen heiklen und nicht ganz risikolosen Auftrag auszuführen, den ihm ein hohes Mitglied der Stiftung aufgetragen hatte. Was er nicht verstand: Warum sollte der Auftrag geheim bleiben? Er fuhr in Erlangen die Nürnberger Straße entlang und dann weiter die B4 in Richtung Nürnberg. Er drückte auf das Gaspedal des Wagens und erreichte schnell die erlaubten 100 Stundenkilometer. Schnell wollte er die brisante Fracht, die er vor rund dreißig Minuten übernommen hatte, in die Klinik der Stiftung bringen. Mit Sorge blickte er zum dunklen, grauen Himmel empor, der einen Wetterwechsel ankündigte. Seit mehr als einer Woche lag eine trockene Kältewelle aus Russland über Nordbayern und brachte eiskalte Polarluft und böig schneidende Winde aus Osten mit sich. Der einzige Lichtblick war, dass das frostige Wetter der vergangenen Wochen nun durch wärmere Luft vertrieben werden sollte. So zumindest der aktuelle Wetterbericht. Noch hatte tagsüber die Wintersonne am tiefblauen Himmel über Franken geglänzt. Die Böden waren noch beinhart gefroren. Das sollte sich im Laufe des heutigen Tages ändern, hieß es. Die Wärme sollte aus der Sahara über das Mittelmeer kommen und die nächsten Tage anhalten. Weiße Weihnacht ade. Die Wetterfrösche prophezeiten gar Regen, der auf die gefrorenen Böden treffen sollte. Blitzeis war angesagt. Als er die Stadtgrenze von Erlangen verließ, türmten sich im Westen bereits dunkle Wolken zu mächtigen Gebirgen auf. Das Thermometer war in der letzten halben Stunde auf knapp über null Grad gestiegen. Kurz darauf, als er die Autobahnzufahrt Tennenlohe passierte, klopfte auch schon ein erstes Regentröpflein zaghaft an die Windschutzscheibe seines Rettungswagens. Draußen war es inzwischen dunkel geworden. Die Wintersonne der letzten Tage hatte sich tief im Westen hinter dem bedrohlichen Wolkenberg verborgen und einer breiigen Dunkelheit Platz gemacht. Inzwischen hatte Max Boxdorf erreicht und somit auch Nürnberger Stadtgebiet. Er wusste, hier fuhr er momentan zu schnell. Hier waren nur 70 Stundenkilometer erlaubt, doch er wollte diesen Auftrag so schnell wie möglich hinter sich bringen. Seine Ladung hinten im Kastenwagen lag ihm schwer im Magen. „Heiliger Geist zu Malta" hin oder her, noch nie hatte er für die Stiftung einen solch heiklen Auftrag ausgeführt. Er hatte sich nur widerwillig breitschlagen lassen, eine tote junge Frau durch die Gegend zu schippern. Anke Silbermann. Sie war an einem Blinddarmdurchbruch gestorben. Jetzt bloß keine Polizeikontrolle. Dass der feine Sprühregen, der urplötzlich vom Himmel kam und eher einem Nebelschleier glich, sich nur deshalb nicht sofort auf seiner Windschutzscheibe zu Eis verfestigte, weil Max die Heizung eingestellt hatte, bemerkte er einen Herzschlag zu spät. Auf dem ausgekühlten Straßenbelag dagegen gefror das Nass von oben sofort zu Eis. Gefährliches Blitzeis! Hilflos und quietschend huschten die Scheibenwischer über eine dünne Eisschicht, die sich nun doch in Sekundenschnelle auf der Frontscheibe gebildet hatte – trotz eingeschalteter Heizung. Maximilian fluchte. Er spürte, dass sich das Fahrverhalten des KTWs verändert hatte. Irgendwie schwamm das Fahrzeug auf der Straße. Ihn erfasste Panik. Er nahm seinen Fuß vom Gaspedal. Auch die Sicht nach draußen hatte sich auf einen milchig-trüben Blick in die Dunkelheit reduziert. Wegen des Eises auf der Scheibe. Schnell stellte er die Heizung des Wagens auf volle Kanne und das Gebläse auf volles Rohr. Da schoss ein riesiger dunkler Schatten, von rechts aus der Bucher Hauptstraße kommend, auf die B4 heraus. Was war das denn? Das gab es doch nicht! Das dunkle Etwas musste doch Rot haben! Der Mercedes-Benz-Actros-33-Tonner kam aus dem Nichts und drehte sich mitten auf der Kreuzung der B4 wie ein Derwisch um seine eigene Achse. Dort kam er zum Stillstand. Ein riesiges Hindernis. Max bremste. Das letzte, was Maximilian Faber noch mitbekam, war die riesige weiße Schrift auf rotem Grund: Schöller! „Fahren die Lebkuchen aus oder Eis?", ging es ihm in Sekundenbruchteilen durch den Kopf. „So eine blöde, belanglose Frage", stellte er panisch fest, „das ist jetzt doch scheißegal". Der Lkw kam immer näher. „Scheiß-Blitzeis", war das letzte, was Max in seinem jungen Leben feststellte. Danach hatte er nur noch wenige Sekunden zu leben. Sein VW KTW stellte sich auf der spiegelglatten Teerdecke nun ebenfalls quer. Das Fahrzeug begann zu rotieren, drohte zu kippen, entzog sich der Kontrolle des Fahrers und schlitterte dann rutschend und drehend zwischen die Sattelzugmaschine und ihren Auflieger. Metall rieb sich kreischend an Metall, knickte ein, verformte sich, Glas splitterte und Maximilian Faber starb einen schnellen Tod. Das Führerhaus seines VWs war quasi nicht mehr existent. Als sich der Rauch legte, den der Aufprall verursacht hatte, hatte sich sein VW in die riesige Zugmaschine verkeilt. Die Wucht der Kollision hatte den Fahrersitz aus den Führungsschienen gerissen. Max Faber wurde angeschnallt nach vorne geschleudert. Überall waren Metallstreben geknickt und standen nun wie tödliche Lanzen in den ehemaligen Fahrerraum hinein. Seine Gehirnmasse vermischte sich mit Blut, als Körper und Kopf des jungen Mannes durch die Windschutzscheibe brachen. In seinem Hals steckte eine Metallstrebe. Auch hinten im Wagenkasten wurde alles durcheinandergeschleudert, was nicht niet- und nagelfest war. Nur die Gurte, welche den Leichnam der jungen Anke Silbermann festhielten, gaben keinen Zentimeter nach. Sie hielten. Max Fabers brisante Fracht hatte den Crash unbeschadet überstanden. Das hing allerdings vom Betrachtungsstandpunkt ab, denn die junge Frau war schon lange tot, als sie am Spätnachmittag von Max auf die Liege geschnallt worden war.

Zur gleichen Zeit am Nürnberger Flughafen

Der junge Polizeimeisteranwärter Heiko Kruse und sein Kollege Polizeimeister Bernd Schick von der Verkehrspolizeiinspektion in der Gustav-Adolf-Straße standen mit ihrem Audi-A4-Einsatzwagen am Nürnberger Flughafen, als der gefrierende Regen einsetzte und die Fahrbahnen und Gehsteige in wenigen Sekunden in gefährliche Rutschbahnen verwandelte. Die ahnungslosen Flugpassagiere, die schwungvoll aus der Ankunftshalle ins Freie traten, um sich um ein Taxi zu bemühen oder um den nächsten Aschenbecher aufzusuchen, purzelten reihenweise hin, als sie unbesorgt die tückischen Eisflächen betraten. Manche versuchten noch, an ihren Rollkoffern Halt zu finden, was aber nur wenigen gelang, da ihre Gepäckstücke dafür einfach nicht bestimmt waren. Viele der angekommenen Fluggäste zogen sich daraufhin wieder in das Flughafengebäude zurück, als sie das Chaos draußen sahen und warteten erst einmal ab. Einige wenige retteten sich, sich vorsichtig vorwärts tastend, in einen der nahen U-Bahnhöfe, um von dort unten den Nachhauseweg auf dem Schienenweg anzutreten. Heiko Kruse wollte gerade aussteigen, um einem alten Mütterchen über die Eisfläche zu helfen, als sich über Funk die Polizeieinsatzzentrale meldete: „Schwerer Verkehrsunfall auf der B4, Kreuzung Bucher- und Kraftshofer Hauptstraße", knarzte es aus dem Bordlautsprecher. „Wer übernimmt?"

„Scheiße, auch das noch!", fluchte Polizeimeister Bernd Schick, dann drückte er die Sprechtaste seines Funkgerätes. „Hier spricht Kuno 5, Polizeimeister Schick. Befinden uns am Flughafen. Wir übernehmen, kann aber etwas dauern, bis wir vor Ort sind. Die Straßen hier sind völlig vereist und spiegelglatt. „Schalt das Blaulicht ein und mach dich langsam vom Acker", wies er seinen jungen Kollegen Kruse an, „du hast ja gehört. Schöne Scheiße. Aber Heiko, bitte fahr vorsichtig!" Mit eingeschaltetem Blaulicht und heulendem Martinshorn schlich sich Kuno 5 mit annähernd 15 Stundenkilometern davon.

Für die wenigen Kilometer Wegstrecke bis zur Unfallstelle benötigten Heiko Kruse und Bernd Schick rund eine Stunde. Unterwegs herrschte Chaos pur. Etliche Pkws standen quer oder waren im Straßengraben gestrandet. Andere waren haufenweise aufeinander gerutscht. Fahrzeuge standen im Weg, ihre Fahrer besahen sich die

Blechschäden. Heiko Kruse und Bernd Schick krochen mit rotierendem Blaulicht dahin. Der Rückstau in Richtung Nürnberg war endlos, stellten die beiden fest, als sie es auf der Marienbergstraße endlich bis zur Einfahrt auf die B4 geschafft hatten. Links von ihnen erstrahlte ein breites Band gleißender Autoscheinwerfer, welches sich vom Nürnberger Stadtrand bis hierher zog. Dichte Abgaswolken quollen aus hunderten stehenden Fahrzeugen in den dunklen Nachthimmel, aus welchem nun dicke Regentropfen zur Erde klatschten und noch immer auf dem kalten Boden zu Eis gefroren. Auch rechts von Kuno 5 glänzte eine Autoschlange. Auf dem Weg nach Erlangen hatte sich ein rotes Meer von Rücklichtern gebildet. Auch diese Blechlawine war zum Stillstand gekommen und lauerte begierig auf jede Vorwärtsbewegung. „Von wegen Rettungsgasse", schimpfte Schick, griff sich das Mikro und schaltete den Lautsprecher ein. „Hier spricht die Polizei", dröhnte es über die Autodächer der vor ihnen stehenden Fahrzeuge. „Sie behindern einen Noteinsatz." Blaulicht rotierte in der Nacht, begleitet vom klagenden Heulen des Martinshorns. „Bilden Sie unverzüglich eine Rettungsgasse!", forderte die strenge blecherne Stimme von Polizeimeister Schick die vor ihnen stehenden Fahrer auf. Es dauerte, bis Bewegung in die Fahrzeuge kam. Über der Autoschlange knatterte im Tiefflug der Rettungshubschrauber Christoph 27 von der DRF Luftrettung hinweg, überflog den Stau in Richtung Erlangen und drehte zwei, drei Kilometer weiter vorne einen engen Kreis. Dann ging der Helikopter zur Landung nieder. Noch bevor die Rotoren des Drehflüglers zum Stillstand kamen, sprangen ein Notfallarzt und ein Rettungsassistent aus dem Fluggerät. Dr. Friedhelm Warter vom Klinikum Nürnberg versuchte, so gut und so schnell es ging, sich ein erstes Bild vom Unfallort zu verschaffen und entschied sich dann schnell für den lädierten Malteser Krankentransportwagen. „Sieh du im Führerhaus des Lkw nach", rief er seinem Assistenten zu, bevor er sich selbst vorsichtig der Fahrerkabine des KTW näherte. Hier gab es nichts mehr zu retten. Das stellte er auf den ersten Blick fest, als er mit einer starken Taschenlampe in das Blech- und Stangenwirrwarr des ehemaligen

Führerhauses leuchtete. Der Fahrersitz im KTW musste durch die Wucht des Aufpralls aus seiner Verankerung gerissen worden sein. Der Fahrer hing zwar noch in seinem Gurt, doch sein Kopf war durch die Windschutzscheibe gebrochen und nur noch ein lebloser, blutiger Körperanhang voller Glasscherben. In seinem Hals steckte eine rot gefärbte Metallstange. Dr. Warter wandte sich mitfühlend ab und dem Kastenaufbau des KTW zu, der großflächig deformiert auf den Auflieger der Schöller-Zugmaschine gedonnert war. Dennoch, die rückwärtige Tür ließ sich problemlos öffnen. Der Arzt leuchtete mit seiner Taschenlampe hinein. Wie zu erwarten herrschte auch hier ein heilloses Chaos aus medizinischen Gerätschaften, welche durch den Aufprall aus ihren Halterungen gesprungen waren. Dann blieb der Lichtkegel seiner Stablampe auf der Pritsche im Kastenaufbau des KTWs hängen. Darauf war ein unversehrt aussehender menschlicher Körper geschnallt. Der Arzt räumte herumliegende Utensilien zur Seite und verschaffte sich Zugang zum Inneren des Durcheinanders. Der Strahl seiner Taschenlampe leuchtete in das junge Gesicht einer Frau, schätzungsweise um die Zwanzig. Genau wie der Fahrer war auch sie tot – jedoch ohne sichtbare äußere Verletzungen, wie er nach einer schnellen, oberflächlichen Untersuchung feststellte. Wenn ihn seine Erfahrungen nicht vollständig trogen, war die junge Frau schon vor länger als dreißig Stunden verstorben. Darauf wies zumindest der Zustand der Totenflecken auf ihrem Körper hin. Die Hypostase, das Absinken ihres Blutes, hatte bereits vor vielen Stunden begonnen. Die rotvioletten bis blaugrauen Totenflecken waren bereits stark ausgeprägt und ließen sich nicht mehr wegdrücken. Ihr Blut musste bereits stark eingedickt sein. „Hier stimmt etwas nicht. Das ist ein Fall für die Rechtsmedizin und die Kripo", ging es dem Arzt durch den Kopf. Was machte eine Leiche in einem KTW?

„Hallo, ist da jemand?" Heiko Kruse und Bernd Schick waren endlich an der Unfallstelle angekommen. Das rotierende Blaulicht ihres Audi zeichnete gespenstische Lichtsignale in den regenträchtigen Himmel. Die beiden Piloten von Christoph 27 versuchten am

Straßenrand den Helikopter notdürftig von seinen Vereisungen zu befreien. Dr. Warters Rettungsassistent hatte die Ankunft der beiden Polizeibeamten ebenfalls bemerkt und meldete sich laut aus dem Inneren des Führerhauses der Mercedes-Benz-Zugmaschine, wo er dem nur leicht verletzten Fahrer eine Beruhigungsspritze gesetzt hatte.

„Es war, als ob ich gar net bremst hätt", jammerte der immer wieder. „Dabei hab ich fei scho bremst, weil die Ampl woar ja auf Rot, aber des hab ich bei dem Scheißregn zu spät gmerkt. Dann hab ich bremst. Der blede Lkw hat zuerst goar ned reagiert. Der is immer no weider gradaus gfahrn – einfach grutscht. Auf amol hat's mi dann dreht und dann hat's a scho an Schloch do. Was is'n überhaupt bassiert?"

Auch Dr. Warter hatte die Rufe der beiden Verkehrspolizisten gehört. In beiden Richtungen der B4 standen noch immer endlos lange Autoschlangen. Ungeduldige Fahrer malträtierten ihre Hupen und fluchten vor sich hin.

„Polizeimeister Bernd Schick von der Verkehrspolizeiinspektion Nürnberg, mein Kollege Heiko Kruse", stellte sich einer der Beamten vor, als der Notarzt aus dem Wrack des KTW gekrochen kam.

„Ich bin der Notarzt, Doktor Warter", stellte er sich vor.

„Was können Sie uns sagen, Herr Doktor?"

„Der Fahrer des Malteser-KTW ist an der Unfallstelle an den Folgen seiner Verletzungen verstorben. Im Kastenwagen befindet sich eine weitere Leiche. Es handelt sich dabei um eine junge Frau. Sie ist bereits schon länger tot, schon vor dem Unfall. Ich frage mich, warum wird sie in einem Malteser-KTW transportiert und nicht in einem normalen Leichenwagen. Da scheint etwas nicht zu stimmen. Woran sie verstarb, ist in der Kürze der Zeit nicht feststellbar gewesen. Da muss der Rechtsmediziner ran. Es sieht zumindest nach einem Todesfall mit Fragezeichen aus. Hier scheint einiges klärungsbedürftig zu sein. Sie sollten Ihre Kollegen von der Mordkommission hinzuziehen. Ich habe da ein ganz komisches Bauchgefühl. Lassen Sie die beiden Toten in die Rechtsmedizin bringen. Vielleicht wollen Ihre Kollegen von der Kripo ja noch einen Blick auf die Tote werfen."

„Machen wir", antwortete Schick.

„Wenn mein Assistent mit dem Lkw-Fahrer fertig ist, machen wir uns wieder vom Acker. Der nächste Einsatz ruft. Heute geht es ja zu wie im Tollhaus."

Am gleichen Abend in Ziegelstein und in Langwasser

Hauptkommissar Tobias Bellinghausen vom Kriminalfachdezernat 1 und Leiter der Mordkommission K11 am Jakobsplatz 5 war stinksauer. „So leid es mir tut, das ist Angelegenheit der Verkehrspolizei", unterbrach er am Telefon seine Partnerin, Kommissarin Sandra Knobloch. „Wegen so einem Scheißunfall rufst du mich an", warf er ihr erzürnt vor. Wir sind von der Mordkommission und außerdem schifft es draußen und es ist arschglatt!"

„Das weiß ich alles, Tobias", entgegnete die Anruferin unbeeindruckt. „Jetzt hör mir doch erst einmal zu, ohne mich nach jedem Halbsatz zu unterbrechen. Meinst du, ich habe große Lust, bei diesem Scheißwetter meinen Arsch nach draußen zu bewegen? Eigentlich hatte ich vor, ein heißes Bad zu nehmen und mir anschließend in Ruhe die Nachrichten und einen Spielfilm anzusehen. Aber lassen wir das jetzt. Der fliegende Notarzt, der vor Ort an der Unfallstelle war, sprach davon, dass sich – neben dem tödlich verunglückten Fahrer – in dem schrottreifen Krankentransportwagen auch die Leiche einer Frau befand, die gar nicht an den Folgen des Unfalls verstarb."

„Sondern?", warf Bellinghausen ein.

„Sondern, sondern? Woher soll ich das wissen? Jedenfalls war sie schon Stunden oder Tage vorher tot, sagt der Arzt. Hast du gehört? Bevor sich der Unfall ereignete."

„Ermordet?"

„Tobias, frag mich was Leichteres, ich bin keine Hellseherin. Wir müssen dorthin, dann wissen wir vielleicht mehr. Die Kollegen von der Verkehrspolizei sind da völlig überfordert."

„So ein Mist, vier Tage vor Weihnachten", klagte der Hauptkommissar.

„Ich könnte mir auch etwas Schöneres vorstellen", bestätigte ihm seine Kollegin, „aber jammern hilft jetzt auch nichts. Was und wie machen wir es also?"

Bellinghausen überlegte. „Mit dem Auto macht es keinen Sinn", bellte er in den Telefonhörer, „das dauert bei den Straßenverhältnissen viel zu lange, bis wir an der Unfallstelle sind. Wir nehmen die U-Bahn und treffen uns am Hauptbahnhof. Von dort fahren wir bis zur Station Nordwestring und dann weiter mit dem Taxi. Über die Käffer Letzendorf, Höfles und Buch kommen wir wahrscheinlich am schnellsten voran. Die B4 ist jedenfalls hoffnungslos dicht."

„Na, dein Wort in Gottes Ohr. Wann treffen wir uns am Hauptbahnhof?", wollte Sandra Knobloch noch wissen.

Tobias Bellinghausen sah auf seine Armbanduhr. „Bis zum nächsten U-Bahnhof Herrnhütte brauche ich fünf Minuten. Die nächste U-Bahn fährt dann zehn Minuten später ab. Sagen wir, in einer halben Stunde?"

„Okay, bis in einer halben Stunde. Könnte bei mir etwas knapp werden, aber das wirst du dann ja sehen. Und du bist dir sicher, dass die Taxen bei dem Sauwetter überhaupt noch fahren?", zweifelte Sandra Knobloch.

*

Die Kommissarin wohnte im Stadtteil Langwasser, Tobi, wie sie ihren Kollegen im Kommissariat alle nannten, in Ziegelstein. Sie erinnerte sich: Vor ziemlich genau zwei Jahren, es war ebenfalls kurz vor Weihnachten, hatte sich Tobias geoutet. Keiner der Kollegen und Kolleginnen hatte bis dahin etwas von seiner Homosexualität bemerkt. Gut, es gab immer wieder diese ach so lustigen

Bemerkungen wie: „Tobi, jetzt wird's aber langsam Zeit, jünger wirst auch du nicht mehr," oder „Mensch, Tobi, schau, da drüben läuft ein heißer Feger". Natürlich fragte man sich hin und wieder, warum man Bellinghausen nie in weiblicher Begleitung sah. Warum er nie etwas von einer Freundin erwähnte. Er, ein durchaus gut aussehender Mann Mitte vierzig, schlank, sportliche Figur, 1,86 Meter groß, kantiges, männliches Gesicht, grüne Augen und mit attraktivem, südländisch-dunklen Teint. So ließe sich sein Äußeres knapp und präzise beschreiben. Akribisch pflegte er seinen kurz gehaltenen, dunklen Bürstenschnitt. Jedes einzelne Haar musste an seinem Platz liegen. Auch charakterlich war Tobi in Ordnung. Eigentlich kontaktfreudig, lacht gerne und besitzt eine äußerst positive, lebenslustige Aura. Aber wehe, er hat schlechte Laune, jemand widerspricht unsachgemäß oder ärgert ihn, dann kann Tobi zum Alptraum werden. Schade nur, dass er so ein schlechtes Personengedächtnis hat, für einen Kriminalbeamten ungewöhnlich. Vielleicht waren es diese Gegensätze an ihm, die bisher eine dauerhafte Bindung verhindert hatten. So dachten die meisten, die Tobi kannten. Umso mehr schlug es im K11 wie eine Bombe ein, als sich Hauptkommissar Tobias Bellinghausen während einer kleinen, internen Weihnachtsfeier mit den Worten erklärte: „Leute, Kollegen, Kolleginnen, wieder stehen wir kurz vor den Feiertagen bei einem Glas Glühwein zusammen, plaudern und unterhalten uns, dabei wissen wir so wenig voneinander. Ich zum Beispiel habe euch jahrelang etwas vorgespielt, beziehungsweise verheimlicht. Damit will ich nun Schluss machen. Diese Heimlichtuerei geht mir langsam auf den Sack. Es soll ein jeder wissen: Ich bin schwul." Man hätte die berühmte Stecknadel fallen hören können, wenn sie denn gefallen wäre. Sandra Knobloch erinnerte sich noch gut an die Szene damals. Sie hatte als Erste die Fassung wiedergewonnen, war spontan auf ihren Kollegen und Chef zugegangen und hatte ihn fest umarmt. „Danke für deine Offenheit, no problem, Tobi", hatte sie sich laut und von allen Anwesenden deutlich hörbar artikuliert, „hast du geglaubt, wir sind von vorgestern? Das ändert überhaupt nichts." Schlagartig verloren auch die anderen Kollegen und Kolleginnen ihre Lähmung und ein herzlicher, langanhaltender Applaus brandete auf.

Ihre U-Bahn fuhr in die Station Hauptbahnhof ein, die Bremsen der Waggons quietschten. Die U-Bahn stoppte mit einem Ruck. Die Kommissarin hatte Tobi schon draußen auf der Plattform entdeckt. Sie mussten beide in die U3 umsteigen.

Als sie wenig später an der Endstation Nordwestring ankamen, wartete ein Streifenwagen der Verkehrspolizei auf sie. Sandra Knobloch hatte sich nicht auf die Verfügbarkeit der lokalen Taxis verlassen wollen. Die waren zwar im Einsatz, aber alle unterwegs. Gegen 22 Uhr kamen Tobias Bellinghausen und Sandra Knobloch endlich an der Unfallstelle an und wurden von Polizeimeister Schick begrüßt. Er und Kruse hatten inzwischen Verstärkung erhalten. Ihre Kollegen und Kolleginnen leiteten den Verkehr in Richtung Buch oder Kraftshof um. Es war wieder Leben in die Blechlawinen gekommen. „Der Notarzt ist schon zum nächsten Einsatz weitergeflogen", erklärte Schick, „der Leichnam des verunglückten KTW-Fahrers ist auf dem Weg in die Rechtsmedizin nach Erlangen. Die Leiche der jungen Frau befindet sich noch im Aufbau des demolierten Krankentransportwagens. Ich dachte mir, Sie wollen sie noch ansehen. Dabei könnte es sich um ein Mordopfer handeln, wenn ich den Notarzt richtig verstanden habe. Wenn Sie nun wollen, können wir."

„Gut gemacht, deswegen sind wir extra hergekommen", entgegnete der Hauptkommissar knapp. „Wenn Sie uns mal Ihren Handstrahler überlassen könnten? Auf geht's Sandra, sehen wir uns die Dame mal an!"

„Was soll mit dem KTW, beziehungsweise der Leiche geschehen, wenn Sie hier fertig sind?", wollte Polizeimeister Schick wissen. „Der Notarzt meinte, wir sollen die Tote ebenfalls in die Rechtsmedizin nach Erlangen schaffen lassen. Kommt die SpuSi auch noch?"

„Das sagen wir Ihnen, wenn wir uns die Dame etwas näher angesehen haben", erwiderte Knobloch. Dann näherten sie sich, vorsichtig vorwärts tastend, dem Kastenwagen. Nach einer Viertelstunde tauchten die beiden wieder aus dem zerstörten KTW auf.

„Da drinnen schaut es ja wild aus, alles durcheinander", meinte sie. „Es bringt nichts, wenn wir die SpuSi bei diesen Witterungsverhältnissen auch noch hierher rufen. Bitte veranlassen Sie, dass die Tote ebenfalls in die Rechtsmedizin überführt wird und der Unglückswagen soll auf das Gelände der Bereitschaftspolizei in der Kernburger Straße gebracht werden. Die SpuSi und die KTU werden sich morgen darum kümmern."

„Verstanden. Ich werde alles veranlassen. Ein Scheißtag ist das heute."

„Das können Sie laut sagen", bestätigte Sandra. „Die Dokumente, die wir im Handschuhfach des KTW gefunden haben, nehmen wir mit."

Rückschau: Kurz vor Weihnachten 1565 in der Kernburg

Heinrich Reiter der Ältere von Kernburg stellte die brennende Kerze näher an die Dokumente, die er heute erhalten hatte. Als er das Paket öffnete, flatterten zwei eng beschriebene Seiten auf den steinernen Fußboden. Dann griff er nochmal in den Umschlag und zog weitere, dick verschnürte und versiegelte Kuverts heraus. *Mein Vermächtnis* stand darauf, mit etwas wackeliger Handschrift geschrieben. Er hob die beiden Blätter vom Boden auf und betrachtete sie. Heinrich Reiter erkannte die verschnörkelte Handschrift seines Bruders. Er rückte nah an das Kerzenlicht heran und begann zu lesen. Im offenen Kamin knackten trockene Birkenholzscheite, an denen gierige Flammen züngelten und allmählich eine wohlige Wärme in der Stube verbreiteten. Der Brief war auf den 10. September datiert und stammte eindeutig von seinem Bruder Johannes. Draußen, hinter den vereisten Fenstern der Kernburg, tobte ein dichter Schneesturm. Eisiger Wind heulte um den Burgturm. Dicke Flocken wirbelten durch die Nacht, bevor sie sich tanzend fallen ließen und die Landschaft allmählich in ein weißes Kleid tauchten.

Hochehrwürdiger Bruder Heinrich,

die Schlacht ist geschlagen. Vor zwei Tagen sind die Türken wieder in See gestochen. Zumindest der Teil, der von ihnen übrigblieb. Wir haben mehr als die Hälfte von ihnen getötet und rund 10.000 der Gottlosen verwundet. Doch auch wir mussten kräftig Tribut zahlen. 10.000 von uns haben das Gemetzel nicht überlebt, 1.300 wurden schwer verwundet, so auch ich. Aber davon später. Wie von mir befürchtet haben die Osmanen zuerst Fort Elmo angegriffen. Dreißig Tage tobte der Kampf, bevor die Festung fiel. Von den ursprünglich 1.500 Verteidigern St. Elmos überlebten nur neun Ordensritter. Weil während der Kämpfe dort mehr als 8.000 türkische Soldaten ihr Leben lassen mussten, ließ Süleyman die neun zur Vergeltung hinrichten, ihre Leichen kreuzigen und sie über das Wasser zu uns nach Birgu und Senglea treiben. Im Gegenzug befahl unser Großmeister, türkische Gefangene zu enthaupten, und wir schossen mit unseren Geschützen ihre Köpfe hinüber auf das gefallene Fort St. Elmo, wo nun die gottlosen Türken saßen. Nach der Einnahme des Forts richteten die Osmanen ihre Kanonen auf unser Fort St. Angelo und begannen am 15. Juli den Sturmangriff auf unsere Bastion St. Michael. Doch wir haben es den Ungläubigen heimgezahlt und sie aus einer gut getarnten Batterie unterhalb von St. Angelo zusammengeschossen.

Meine ursprüngliche Sorge galt unserer Hauptstadt Mdina, die relativ ungeschützt im Hinterland zurückblieb. Das mussten auch die Türken mitbekommen haben. Mit 1.800 Soldaten erschienen sie vor den Mauern der Stadt. Unser Stadtkommandant, der von dem bevorstehenden Angriff rechtzeitig erfahren hatte, griff zu einer Kriegslist. Er kleidete die Alten und die Frauen der Stadt in Uniformen und stellte sie auf die Zinnen der mächtigen Mauern, als die Osmanen anrückten. Den Ungläubigen schickte er ein kurzes, heftiges Feuer entgegen, als sie in Reichweite gerieten. Die Türken waren so von der scheinbaren Wehrhaftigkeit der Stadt überrascht, dass sie unverrichteter Dinge wieder abzogen.

Vom 2. bis zum 7. August versuchten dann die verteufelten Osmanen unsere Bastionen sturmreif zu schießen, doch wir schlugen alle ihre Angriffe tapfer und erfolgreich zurück. Während einer ihrer Attacken rund um den Großen Hafen rückte unsere Kavallerie aus, suchte ihr schlecht geschütztes Feldlager heim und tötete zahlreiche Verwundete und Kranke, bevor sie es in Brand steckten. Auch dass wir die Brunnen in der Masra-Ebene vergiftet hatten, zahlte sich aus. Viele Türken waren krank und kampfunfähig. Sie litten an blutig-schleimigen Durchfällen, Fieber und Schwäche und waren nicht fähig zu kämpfen.

Als wir am 28. August einen weiteren ihrer Großangriffe abwehren konnten und die Osmanen am gleichen Tag erfuhren, dass ein wichtiges ihrer Versorgungsschiffe auf dem Weg nach Malta von uns geentert worden war, war dies der Anfang vom Ende. Ihr Nachschub lag darnieder, ihre Truppen waren durch viele Kranke und Gefallene geschwächt und ein Entsatzheer gegen sie war von Sizilien aus unterwegs. Wir schöpften neue Hoffnung und waren gewillt, bis zum Tod zu kämpfen. Unser Großmeister ließ die Brücke zum Fort St. Angelo sprengen. „Es gibt kein Zurück, nur Sieg oder Tod", rief er. Als die Türken am 8. September kopflos und geschlagen abzogen, waren wir gerade noch 600 des Kampfes fähige Verteidiger.

Hochehrwürdiger Bruder, nun zu mir. Wenn du diese Zeilen liest, bin ich bereits ins Grab gelegt. Bis zuletzt hatte ich gehofft, die mörderische Schlacht zu überleben und nach Kernburg und in unsere schöne Reichsstadt Nürnberg zurückzukehren. Aber nun sterbe ich an einer unheilbaren Verletzung. Einer der elendigen türkischen Soldaten hat, zwei Tage bevor sie getürmt sind, ein Geschütz auf St. Angelo abgefeuert, dessen Kugel fast unmittelbar neben mir in die Mauern unserer Bastion fuhr. Der Einschlag war so gewaltig, dass Steinbrocken wie scharfkantige Schrapnelle um mich herumflogen. Einer dieser Splitter fuhr mir in die Gedärme, wo er noch immer steckt. Unsere Ärzte sagen, dass sie mir nicht helfen können. Ich soll meinen Frieden mit Gott machen, beichten und die letzten Dinge regeln. Ich fürchte mich nicht vor dem Tod. Nun liege ich auf einer Strohmatratze und schreibe mit zitternder Hand an diesem Brief. Ich merke, wie es mit mir zu Ende geht. In den Kampfpausen der vergangenen Monate habe ich an meinem Vermächtnis geschrieben, welches ich dir zu treuen Händen schicke. Lies, was ich niedergeschrieben habe, und sorge dafür, dass mein letzter Wunsch erfüllt werden kann.

Dein Dir ergebener Bruder
Johannes
Möge Gott dich beschützen!

Am nächsten Tag in der Hafenstraße in Nürnberg-Eibach

Guido Bodenstaff, Leiter des Malteser-Fuhrparks an der Hafenstraße, wusste, dass er Scheiße gebaut hatte. Gestern, spät am Abend, hatte er einen Anruf von der Verkehrspolizei Nürnberg erhalten. Ob er Maximilian Faber kenne, wurde er gefragt. Erst danach erfuhr er, dass Max tödlich verunglückt war. Natürlich konnte er die Frage nicht beantworten, welchen Auftrag Maximilian während seiner Unfallfahrt zu erledigen hatte. Er geriet ins Stottern, als der Beamte am Telefon weitere Fragen stellte und wissen wollte, was mit der weiblichen Leiche im Wagenkasten geschehen sollte. Mit der Leiche hatte man ihn auf dem falschen Fuß erwischt. Max, was hast du bloß getan? Am Ende des Telefonats war Bodenstaff völlig geschafft. Er zitterte am ganzen Leib. An Schlaf war in der letzten Nacht nicht zu denken gewesen. Er hatte kein Auge zugetan. Immer wieder liefen in seinem Kopf dieselben Szenarien ab. Am Ende war ihm klar, dass nur die Wahrheit weiteren Schaden verhindern konnte. Ausflüchte, Ausreden oder gar Lügen würden seine Situation nur noch verschlimmern. Dass er seinen Job verlieren würde, das stand für ihn so fest wie das Amen in der Kirche. Er hatte wissentlich gegen interne Richtlinien verstoßen, indem er Max den Krankentransportwagen zum wiederholten Male einfach so überlassen und jedes Mal im Nachhinein das Fahrtenbuch mit imaginären Eintragungen manipuliert hatte. Aber seine Entlassung war noch das Geringste, was ihm passieren konnte. Vielmehr machte er sich Gedanken darüber, ob er auch strafrechtlich belangt werden konnte. Sicherlich. Würden auch Schadenersatzforderungen auf ihn zukommen? Wahrscheinlich! Er sah sich bereits ruiniert. Verdammt nochmal, warum hatte er immer weggesehen, wenn sich Max einen Wagen „auslieh"? Wo verdammt war der Student gestern überhaupt gewesen? Wozu hatte er den KTW gebraucht? Max, wie kommt eine weibliche Leiche an Bord des Fahrzeuges? Was hast du getan?

Als draußen auf dem Hof ein VW Passat vorfuhr und ein Mann und eine Frau ausstiegen, sackte ihm das Herz in die Hose.

*

„Was haben Sie sich eigentlich gedacht, als Sie Herrn Faber oftmals einen KTW ungefragt und ohne Auftrag überließen? So blöd kann doch kein Mensch sein! Man beißt nicht die Hand, die einen füttert!" Hauptkommissar Bellinghausen war außer sich. Guido Bodenstaff sank tiefer und tiefer in den Bürosessel und stierte nur noch apathisch auf einen imaginären Punkt auf dem Fliesenfußboden. Erklärungen zu den Vorwürfen hatte er keine. „Können Sie wenigstens erahnen, warum der Verunglückte mit einer Leiche durch die Gegend fuhr, woher er die hatte und wohin er damit wollte?"

„Ich habe keine Ahnung", flüsterte der Fuhrparkleiter.

„Ich habe keine Ahnung", äffte Bellinghausen ihn nach. „Wovon haben Sie denn überhaupt eine Ahnung? Hoffentlich davon, welche Konsequenzen Ihnen durch Ihr Fehlverhalten drohen können?"

Guido Bodenstaff hielt es nicht mehr aus. Er war fix und fertig. Sein Nervenkostüm brach zusammen, bevor er hemmungslos anfing zu heulen.

Sandra Knobloch tat der Mann leid, der durch seine eigene Gutmütigkeit Gefahr lief, sein Leben zu zerstören. Sie konnte sich das alles nicht mehr mit ansehen. „Ich rufe jetzt einen Arzt", bestimmte sie, „der soll Ihnen eine Beruhigungsspritze geben. Dann lassen Sie sich arbeitsunfähig schreiben. Ist das okay?"

Das Häuflein Mensch nickte nur und wischte sich den Rotz aus dem Gesicht. „Danke", stammelte er.

„Das heißt aber nicht, dass Sie uns los sind", schränkte Sandra ein. „Wenn Sie einigermaßen wieder auf dem Damm sind, müssen wir uns ganz bestimmt nochmals unterhalten. Und was wir jetzt noch brauchen, sind ein paar persönliche Angaben zu Maximilian Faber. Kann das für Sie jemand anders übernehmen?"

„Der Dietmar Krumm, mein Stellvertreter."

„Wo finden wir den?"

„Ich rufe ihn an."

„Wenn wir hier fertig sind, fahren wir noch in die Kernburger Straße", bemerkte Tobias Bellinghausen zu Sandra. Er hatte inzwischen auch gemerkt, dass er den labilen Guido Bodenstaff vielleicht doch etwas zu forsch angepackt hatte. „Vielleicht haben die SpuSi und die KTU schon etwas Brauchbares an dem Unglücksfahrzeug gefunden", wandte er sich erneut an Sandra. „Nachmittags sind wir dann noch in der Rechtsmedizin in Erlangen."

In der Kernburger Straße

Hauptkommissar Bellinghausen und seine Kollegin Sandra arbeiteten unermüdlich, fein, wie ein Schweizer Uhrwerk. Sie hatten sich, ohne es auszusprechen, einen ehrgeizigen Zeitplan auferlegt, weil sie wussten, dass während der bevorstehenden Feiertage ihre Ermittlungen zwangsweise ins Stocken geraten würden.

Um 10.30 Uhr kamen sie an der Kernburger Straße an, wo die Mitarbeiter der KTU und der SpuSi seit den frühen Morgenstunden dabei waren das Wrack des verunglückten VW Krankentransportwagens zu untersuchen. Auch Kommissar Leo Zwanziger, der Leiter der Spurensicherung, war anwesend und hatte seinen fülligen Körper in einen Ganzkörperanzug gezwängt. Als er den ankommenden VW Passat wahrnahm, trat er aus der Halle, in welcher er und seine Leute ihre Arbeit verrichteten.

„Hallo Tobi, Sandra, schon so früh unterwegs?"

„Morgen, Leo", begrüßte ihn der Hauptkommissar, „schick schaust du aus in deinem Ganzkörperkondom. Oder ist das dein Schäuferla-Anzug, um deine Rettungsringe zu kaschieren?"

„Der Tobi, immer zu einem Scherz aufgelegt", wandte sich Zwanziger an die Kommissarin. „Wie hältst du das mit dem nur den ganzen Tag über aus? Für Typen wie den muss Gott den Flammenwerfer erfunden haben."

Sandra Knobloch amüsierte sich über das Macho-Gehabe der beiden Männer. „Habt ihr schon was?", wollte sie wissen.

„Das Übliche. Jede Menge Fingerabdrücke, Hautschuppen, Blutreste und Haare aus der Fahrerkabine, aber auch hinten aus dem Inneren des Kastenaufbaus. Ein paar Kollegen von der KTU sind auch hier. Sie untersuchen ebenfalls den demolierten VW. Scheint vor dem Unfall aber technisch in Ordnung gewesen zu sein."

„Und sonst?", brachte sich Tobi wieder ins Gespräch.

„Ja, da ist noch etwas, das uns Rätsel aufgibt", rückte Leo Zwanziger heraus. „Eine Art Abziehbild, wie wir es als Kinder oft ins Wasser gelegt haben, um es dann auf Armen, Beinen, oder sonstigen Körperstellen aufzubringen. Kommt mit in die Halle, seht es euch an."

„Und das Motiv von dem Abziehbild?", wollte Sandra auf dem Weg in die Halle wissen.

„Keine Ahnung. So etwas habe ich noch nie gesehen. Eine Art Kombination aus einem Rosenkranz mit Bischofsstab und einer Muschel darin. Seht selbst. Das Ding – ich bleibe bei der Bezeichnung ‚Abziehbild' – lag am Boden auf der Beifahrerseite des KTW, halb durch die Fußmatten verdeckt."

„Gib mir mal deine Taschenlampe, Leo", bat der Hauptkommissar, als sie drinnen gemeinsam den Fund der SpuSi betrachteten. „Scheint ja ziemlich filigran zu sein."

„Was ist deine Meinung, Tobi? Wie würdest du das Motiv beschreiben? Ich habe dazu wirklich keine Meinung", gab Kommissar Zwanziger zu.

„Hm, schwierig. Sieht aus wie ein schwebender Stab in einem Rosenkranz, darunter eine Jakobsmuschel, wobei ich allerdings nicht alle Details genau erkennen kann. Anscheinend ist an dem Stab noch eine Fahne befestigt, auf der ein Malteserkreuz zu sehen ist. Seltsam. Ich kann mir im Moment auch keinen Reim darauf machen."

„Habt ihr eine Lupe da?", wollte Sandra wissen.

„Hast du noch etwas entdeckt?"

„Keine Ahnung, mal sehen. Da unten, auf der Fahne, steht da nicht ganz klein die Zahl 1565 geschrieben?"

„Tatsächlich", bestätigte Leo Zwanziger, nachdem er sich ebenfalls die Lupe genommen hatte. „Was die wohl bedeuten mag?"

Später, in der Rechtsmedizin Erlangen

Professor Dr. Franziskus Stich, Rechtsmediziner und forensischer Anthropologe an der Uni Erlangen traute seinen Augen nicht, als er das Tuch zurückschlug, welches das Gesicht der Leiche verdeckte. Im ersten Moment dachte er an eine gewaltige Schlamperei seines eigenen Personals. „Schwester Olga?", brüllte er durch den gefliesten Sezierraum, dass man es auch noch draußen auf dem Gang hören konnte. Die derart gerufene OP-Schwester Olga rauschte keuchend heran. „Herr Professor?"

„Was soll das?", raunzte der Rechtsmediziner vorwurfsvoll. Was soll ich schon wieder mit der toten Anke Silbermann? Wie kommt die überhaupt in die Rechtsmedizin? Die ist doch vor zwei Tagen im Waldkrankenhaus an einem Blinddarmdurchbruch gestorben. Und außerdem, wo ist die weibliche Leiche, die gestern in einem verunglückten Malteser-KTW gefunden wurde?"

Schwester Olga schien nicht ganz zu verstehen. Das sah man ihrem Gesichtsausdruck an. Sie blickte von Anke Silbermanns Leiche in Professor Stichs Gesicht, der auf Antwort wartete, und wieder zurück auf die Tote.

„Der Leichnam hier sollte doch schon längst vom Waldkrankenhaus abgeholt worden sein", versuchte der Professor einen aufklärenden Beitrag beizusteuern. „Ihre Eltern, die in der Nähe von Dortmund leben, wollten sie doch in der Heimat zu Grabe tragen. Habe ich zumindest gehört", setzte er hinzu.

Schwester Olga stand immer noch auf dem Schlauch. Dann fiel ihr endlich ein, dass Stich ehrenamtlich in der Initiative „Ärzte helfen in Krankenhäusern" aktiv war und auch in Erlangens Waldkrankenhaus Kranke behandelte. „Das muss ein seltsamer Zufall sein, Herr Professor", begann sie langsam, „ich verstehe Sie so, dass Ihnen die Verstorbene nicht unbekannt ist. Aber bei dieser Leiche hier handelt es sich tatsächlich um jene Tote, die sich gestern – bei dem Unfall auf der B4 – in dem verunglückten KTW des Malteserrettungsdienstes befand. Ich war gestern Abend, als der Leichnam bei uns angeliefert wurde, selbst anwesend und habe die Leiche gemeinsam mit Schwester Luise entgegengenommen und in eines unserer Kühlfächer gebracht.

Nun war es der Professor, der wie ein begossener Pudel dreinschaute und dem es für einen Moment die Sprache verschlug.

„Wie kommt die dann in den Rettungswagen?", grollte er.

„Das weiß ich doch nicht", gewann Schwester Olga wieder Oberhand und tadelte die Zerstreutheit des Professors.

„Ist Silbermann nicht ein jüdischer Name?", schweifte der Professor ab.

„Das weiß ich nicht", wehrte die Krankenschwester ab. „Ich denke, der Name kommt von einer alten Berufsbezeichnung, so wie Silberhändler oder Silberschmied", argumentierte sie.

„Sie müssen immer das letzte Wort haben", ärgerte sich Stich.

*

Bellinghausen und Knobloch waren in der Rechtsmedizin eingetroffen und saßen dem Professor gegenüber. Sie schlürften an ihrem heißen Kaffee.

„Anke Silbermann wurde in der Nacht vom 19. auf den 20. Dezember vom Roten Kreuz in das Waldkrankenhaus eingeliefert. Der Notfallarzt hatte korrekt akuten Blinddarmdurchbruch diagnostiziert. Die junge Frau hatte einen Bauch so hart wie ein Brett. Sie muss unwahrscheinlich starke Schmerzen gehabt haben, war in kalten Schweiß gebadet und ihr Herz raste wie eine Dampflokomotive. Ich erinnere mich", resümierte Stich, „sie war bereits halb im Delirium, wurde leider viel zu spät eingeliefert. Wir operierten sie sofort. Der entzündete Wurmfortsatz war längst aufgebrochen und wir gaben ihr eine hohe Dosis Antibiotika, um gegen die Bakterien vorzugehen. Aber unsere Rettungsbemühungen kamen zu spät. Die Bauchhöhle war bereits völlig vereitert. Noch in der gleichen Nacht starb sie." Der Professor endete und sah Bellinghausen und Knobloch erwartungsvoll an.

Den beiden Kripobeamten hatte der tödliche Unfall von gestern gewaltig die Feiertagslaune verdorben. Den vor Monaten eingereichten und genehmigten Weihnachtsurlaub hatten beide bereits geistig gestrichen. Bis auf den Namen eines tödlich verunglückten Medizinstudenten und einer ebenfalls toten, aber ihnen noch unbekannten Frau hatten sie nichts in Händen. Beiden war sofort klar, dass sie unter den gegebenen Umständen nicht einfach in einen gemütlichen Feiertagsmodus übergehen konnten. Im Gegenteil, die Aufklärung eines Falls kannte keine öffentliche Feiertagsregelung. Tobi hatte zwar eh nichts Anderes vor, als zwischen den Jahren einfach etwas zu relaxen, sich mit seinem Freund zu treffen, die Füße hochzulegen und vielleicht ein spannendes Buch zu lesen. Sandra Knobloch, die sportlich-schlanke, gutaussehende Kommissarin traf die Situation deutlich härter. Die 39-jährige wollte über die Feiertage ihre Tochter Sarah in Berlin besuchen, die dort im Oktober ein Physik-Studium begonnen hatte und in einer WG untergekommen war. Außerdem hatte sie sich vorgenommen, mit ihrem Noch-Ehemann Gunther die Scheidungsmodalitäten zu klären. Der war zu seiner Freundin nach Stuttgart gezogen und war nicht bereit, deswegen nach Nürnberg zu kommen, der Scheißkerl. Sandra erwartete einen zähen Rosenkrieg. Doch sie war eine Kämpferin, im Berufs- wie im Privatleben. Von Männern hatte sie im Moment die Schnauze gestrichen voll. Gut, dass Tobi schwul war. Das war im Moment vielleicht besser so. Besser einen schwulen, verlässlichen Freund und Chef als ein verlogenes Miststück von Ehemann, der seinen Schwanz nicht kontrollieren konnte.

Sandra sah auf die Uhr in Professor Stichs Büro. Gleich 16 Uhr. Seit einer halben Stunde saßen sie hier in der Erlanger Universitätsstraße, genossen den angebotenen Kaffee und lauschten den Worten des Rechtsmediziners.

„Was können Sie uns sonst noch über die Tote sagen, Herr Professor?", hörte sie Tobi fragen.

„Herzlich wenig", meinte der. „Ich war regelrecht von den Socken, als die junge Frau das zweite Mal innerhalb weniger Tage auf meinem Tisch landete. Ich weiß, dass sie mit ihren Eltern in einem Stadtteil von Dortmund lebte"

„War sie das einzige Kind?", wollte der Hauptkommissar wissen.

„Keine Ahnung. Alles, was ich von ihr weiß, stammt auch nur von Dritten", entgegnete der Professor in einem abschwächenden Tonfall. Das Schicksal der jungen Frau schien ihn tief zu berühren. „Da nimmt so ein junger Mensch eine lange Reise von Dortmund in unsere Gegend auf sich, nur um ein Jahr später an einem lächerlichen Blinddarmdurchbruch zu sterben. Ist das nicht paradox?"

„Wissen Sie, wo sie hier lebte, ob sie eine eigene Wohnung hatte oder in einer WG zu Hause war? Sie war doch Studentin, richtig? Hatte sie hier vielleicht Freunde, die wir befragen können?", meldete sich nun Sandra zu Wort.

„Wie gesagt, was ich über sie zu wissen glaube, kenne ich nur vom Hörensagen. Angeblich lebte sie in Nürnberg in einer WG. Ich schlage vor, dass Sie sich in der Verwaltung des Waldkrankenhauses Erlangen erkundigen, wie es zu ihrer Einweisung am Abend des 19. Dezembers kam. Vielleicht wissen die mehr oder kennen zumindest den genauen Wohnort, beziehungsweise irgendwelche Bezugspersonen der jungen Frau. Ein junger türkischstämmiger Mann soll sie in die Klinik begleitet haben. Den kenne ich aber nicht persönlich. Eine Autopsie habe ich an ihr allerdings nicht mehr durchgeführt. Ich weiß ja, woran sie gestorben ist, schließlich habe ich den Totenschein ja selbst ausgestellt."

„Und der junge Mann, der verunglückte Fahrer?", wollte der Hauptkommissar wissen.

„Maximilian Faber", stellte der Rechtsmediziner fest. „Ebenfalls ein junger Mensch, dessen Lebenslicht viel zu früh erlosch. Auch bei ihm wäre eine extensive Leichenschau eine unverhältnismäßige Angelegenheit gewesen. Der Notfallarzt Dr. Warter, der gestern an der Unfallstelle war, hat mir heute Morgen seinen

Bericht geschickt, den ich nur bestätigen kann. Dennoch, ich habe mir die Leiche des jungen Mannes nochmals äußerlich angesehen. Den Bericht bekommen Sie noch. Es gibt zwei letale Verletzungen: Wie Dr. Warter mir schrieb, wurde durch die Wucht der Kollision der Fahrersitz aus seiner Führungsschiene gerissen und nach vorne durch die Windschutzscheibe geschleudert, Genickbruch, tödlich. Bedingt durch die gleichzeitige Deformation der Fahrerkabine hat sich auch noch ein Blechteil des Führerhausrahmens in den Hals des Fahrers gebohrt, was letztendlich zu einem fatalen Blutverlust führte. Ich denke, die Rätsel um Maximilian Faber liegen in einem anderen Bereich. Warum hatte er die bereits tags zuvor verstorbene Silbermann in seinem Krankentransportwagen? Wo wollte er mit der Leiche hin, und warum? Wie kam er überhaupt an die Leiche? Aber ich denke, das zu klären ist Ihre Zuständigkeit. Die persönlichen Sachen, die wir bei Herrn Faber gefunden haben, haben wir natürlich aufbewahrt. Die kann ich Ihnen gleich mitgeben."

„Etwas Auffälliges dabei?", kam Sandra ihrem Kollegen zuvor.

„Ja, eine Plastikkarte im Kreditkartenformat mit der Aufschrift „Heiliger Geist zu Malta" und der Zahl 1565 dahinter. Sieht aus wie ein Mitgliedsausweis."

„Und die Zahl?", wollte Sandra Knobloch wissen.

„Keine Ahnung. Eine Mitgliedsnummer vielleicht? Und noch etwas: Unter dem linken Schulterblatt hat der junge Mann eine Tätowierung. Fotos davon finden Sie in meinem Bericht. Aber das muss auch gar nichts zu bedeuten haben. Wenn ich mir heutzutage die Arme von Fußballern und anderen anschaue, verstehe ich sowieso so manches nicht. Jedenfalls ist dort auch die Zahl 1565 in die Haut eintätowiert. „

„Lassen Sie mich raten, Herr Professor", unterbrach ihn der Hauptkommissar. „Das Motiv der Tätowierung zeigt einen Rosenkranz, darin einen schwebenden Stab und eine Muschel?"

„Sie sind doch immer wieder für eine Überraschung gut, Herr Bellinghausen. Woher wissen Sie das und worum handelt es sich dabei?"

„Das weiß ich selbst noch nicht, aber wir werden es herausfinden."

„Gut, ja, das war's dann von meiner Seite", zeigte sich der Professor etwas enttäuscht, weil ihm das Geheimnis der Tätowierung verborgen blieb. „Was machen wir denn nun mit den beiden Leichen?"

„Wir ermitteln die nächsten Angehörigen des jungen Mannes und geben Ihnen dann Bescheid", bedankte sich Tobias Bellinghausen. „Gleiches gilt für die junge Frau. Wie schnell wir damit weiterkommen, kann ich Ihnen noch nicht sagen. Aber auch hierzu hören Sie von uns, sobald wir mehr wissen. Die Angelegenheit sollte im Prinzip schnell zu regeln sein. Nochmals vielen Dank für Ihre Zeit, Ihre Kooperationsbereitschaft und den ausgezeichneten Kaffee."

„Wir wünschen Ihnen ein ruhiges Weihnachtsfest und einen guten Rutsch", bedankte sich auch Sandra Knobloch.

„Danke, auch Ihnen einen schönen Feierabend."

„Da wird noch nichts draus", meinte der Hauptkommissar, „wir müssen noch zum Roten Kreuz."

Beim BRK Erlangen in der Henri-Dunant-Straße

Tobi und Sandra mühten sich von der Universitätsstraße durch die Innenstadt Erlangens. Der Feierabendverkehr hatte eingesetzt und es ging nur zäh voran. „Scheiß-Einbahnstraßen", schimpfte der Hauptkommissar. Sie benötigten 30 Minuten, bis sie in der Henri-Dunant-Straße 4 ankamen. Nikolaus Schwab, der Leiter des Kreisverbandes Erlangen-Höchstadt des Roten Kreuzes erwartete sie schon. „Ich habe mir die Unterlagen schon mal rausgesucht", empfing er sie. „Aber nehmen Sie doch bitte Platz. Es war kurz vor 23 Uhr am Montag dieser Woche, als wir den Notruf erhielten. Von einem Yusuf Bastürk, wohnhaft in Erlangen-Bruck, in der Gerhart-Hauptmann-Straße 8, gar nicht so weit weg von hier. Herr Bastürk ist ein

deutsch-türkischer Student und lebt dort in einer Wohngemeinschaft, zusammen mit zwei anderen türkischen Kommilitonen. Er
überschlug sich fast am Telefon, berichtete mir unser Einsatzleiter,
der den Anruf entgegennahm, und faselte etwas von Geburtstags-
feier, Bauchschmerzen und Anke. Als unser Team vor Ort ankam,
war eine wilde Feier im Gang. Rund 25 junge Leute, viele Ausländer,
tanzten zu lauter Musik in den Gängen und in der Küche. Es roch
nach Haschisch. Herr Bastürk führte unsere Leute in ein Zimmer.
Auf einem der Betten lag eine junge Frau, stöhnte, wand sich vor
Schmerzen und hielt sich dabei den Bauch. Unser Notfallrettungs-
arzt vermutete nach kurzer Untersuchung sofort eine Blinddarm-
entzündung oder gar schon einen Durchbruch und ordnete die
unverzügliche Einlieferung in das Waldkrankenhaus an. Der Türke,
ich meine Yusuf Bastürk, begleitete schließlich den Krankentransport. Aber etwas unwillig, wie mir berichtet wurde."

„Sie sagten, ,viele Ausländer'. Was heißt das?"

„Na ja, da waren auch ein paar Deutsche unter den Gästen. An
einen erinnerten sich unsere Leute, weil er vom Alter so gar nicht
zu den anderen passte. Anfang, Mitte fünfzig, Glatze, ziemlich
bullige Figur. Aber nicht dick, eher athletisch. Wurde Gerhard
genannt. Der hat anscheinend den Bastürk überzeugt, die Patientin auf dem Weg ins Krankenhaus zu begleiten."

„Haben sich Ihre Leute den vollständigen Namen dieses Mannes geben lassen?"

„Nein, dazu war keine Zeit. Das ist alles, was wir haben. Es ging
um jede Minute. Das Leben der jungen Frau stand im Vorder-
grund. Aber wenn Sie Herrn Bastürk fragen?"

„Wissen Sie, wo die Verstorbene gelebt hat?", hakte Sandra Knobloch nach.

„Pillenreuther Straße angeblich, in Nürnberg, so steht es jedenfalls in unseren Unterlagen", antwortete Nikolaus Schwab, nachdem er sich nochmals vergewissert hatte. Die jungen Leute dort
wohnen in einer WG."

„Haben Sie eine Vorstellung, warum der Notruf nicht schon deutlich früher abgegeben wurde?", beteiligte sich nun auch Hauptkommissar Bellinghausen wieder am Gespräch.

„Das dürfen Sie mich nicht fragen. Diese Frage konnte uns Herr Bastürk auch nicht vernünftig beantworten."

„Was hat er denn sonst noch erzählt?

„Sie meinen, über die Patientin?", vergewisserte sich der BRK-Leiter.

„Zum Beispiel, oder über sich."

„Herzlich wenig, wie ich von meinen Leuten erfahren habe. Außerdem hat er bei der Anmeldung im Waldkrankenhaus widersprüchliche Angaben gemacht."

„Sprachprobleme", vermutete Sandra, „oder ganz einfach Aufregung und Sorge um die Patientin? In welchem Verhältnis stand er eigentlich zu Anke Silbermann? War sie seine Freundin?"

„Ich weiß es nicht genau. Sprachprobleme kann ich mir nicht vorstellen. Bastürk soll ein einigermaßen gutes Deutsch gesprochen haben."

„Was waren das für Widersprüche, von denen Sie sprachen?"

„Zuerst sagte er, dass Anke Silbermann seine Freundin sei. Dann, später, behauptet er, dass er sie kaum kenne und erst das zweite Mal gesehen habe. Von ihm stammt aber auch die Info, dass sie Studentin sei und in Nürnberg in der Pillenreuther Straße lebe. Ich weiß auch nicht, was jetzt stimmt. Wir haben telefonisch nachgefragt, weil wir wissen wollten, ob die junge Frau krankenversichert ist. Eine junge Frau namens Anke Silbermann sei dort wohnhaft, hieß es. Aber das muss noch nichts bedeuten. Wir hatten am Telefon wegen Netzproblemen ein paar Verständigungsschwierigkeiten. Dennoch ist es seltsam. Deswegen bin ich nicht sicher, ob der Bastürk uns die Wahrheit gesagt hat. Ich denke, wenn Sie mehr über die verstorbene junge Frau erfahren wollen, müssen Sie persönlich bei ihm in Erlangen-Bruck vorbeischauen."

„Nachtigall, ick hör dir trapsen", murmelte Tobi. „Da stimmt doch etwas nicht. Sandra, ich rieche förmlich große Scheiße auf uns zukommen."

„Haben Sie auch die Namen der anderen zwei Mieter am Ort der Party?", vergewisserte sich Sandra.

„Ja, die Namen kann ich Ihnen gerne aus unseren Unterlagen raussuchen", zeigte sich Nikolaus Schwab hilfsbereit.

„Und die Adresse von Ankes Eltern?"

„Keine Ahnung. Wir haben die Patientin nur in der Klinik abgeliefert. Was danach mit ihr geschehen ist, wissen wir nicht. Dass sie verstorben ist, höre ich von Ihnen zum ersten Mal. Und warum sie, nachdem sie schon verstorben war, vom Malteser Rettungsdienst in der Klinik abgeholt wurde und nicht von einem Leichenwagen, gibt mir schon einige Rätsel auf. „

„Das würden wir auch gerne verstehen", entgegnete Hauptkommissar Bellinghausen und hatte dabei ein sehr, sehr ungutes Gefühl.

Rückschau: Kernburg, kurz vor Weihnachten 1565

Heinrich Reiter der Ältere musste kurz durchatmen, als er den Abschiedsbrief seines Bruders gelesen hatte. Trauer und tiefe Betroffenheit angesichts des Todes des geliebten Bruders ergriffen ihn. Noch lag das Testament von Johannes unangetastet auf dem Schreibtisch. Heinrich Reiter fröstelte. Schnell legte er drei weitere dicke Birkenäste auf die rote Glut im Kamin. Die winterliche Kälte drang durch die undichten Fenster und der Schneesturm heulte noch immer um den Turm der Burg. Noch hegte Heinrich Reiter ein winziges Fünkchen Hoffnung, dass Johannes vielleicht doch noch überlebt hatte, aber er ahnte auch, dass er sich damit wahrscheinlich nur selbst etwas vormachte. Der letzte Strohhalm, wie man so schön sagt. Die Kerze flackerte, als er den Brief zur Seite legte und die noch ungeöffneten Dokumente zur Hand nahm. Es waren drei Umschläge, welche durch eine Schnur zusammengebunden waren. Obenauf, wo die Schnur sich kreuzte, war das rote Siegel, das Lilienwappen der Kernburger, gepresst worden. Der

Adelige nahm ein kurzes scharfes Messer und durchtrennte die Schnur. *Mein Vermächtnis* stand auf dem oberen Umschlag. *Stiftung* titelte der mittlere und *Meine Wünsche* stand auf dem dritten.

Heinrich Reiter nahm den obersten Umschlag mit der Überschrift *Mein Vermächtnis* und wieder benutzte er das Messer, um das Kuvert zu öffnen.

Kleine Flämmchen aus der roten Glut leckten nach den nachgelegten Birkenästen und gründeten neue Flammenherde. Es knackte und knisterte.

Wir Kreuzritter sind ausgezogen, um den Glauben an unseren Herrn Jesus Christus zu leben, unsere Gemeinschaft war das Gebet und unser Handeln im Sinne der heiligen römisch-katholischen Kirche. Wir wollten Zeugnis geben von unserem Kampf gegen den Unglauben, christliche Pilger schützen und kranken Mitmenschen dienen, genau wie es Papst Anastasius IV. mit seinem Privileg „Christianae fidel religio" in der bischöflichen Jurisdiktion festgelegt hat. Nun stehen wir im Kampf gegen eine gewaltige Übermacht von Osmanen. Ob wir überleben werden, ist fraglich, eher unwahrscheinlich. Doch umso mehr bin ich davon überzeugt, dass wir den Krieg gegen die Ungläubigen mit allen Mitteln fortsetzen müssen. Deus lo vult – Gott will es! Die Anhänger Mohammeds werden niemals Ruhe geben. Haben sie nicht ihre Welteroberungsabsichten im 7. Jahrhundert mit dem Einfall in Ägypten bekundet? Und wer hat im gleichen Jahrhundert das Byzantinische Reich angegriffen? Wer hat um 700 das spanische Westgotenreich innerhalb weniger Monate regelrecht überrannt? Wer hat 1529 Wien belagert? Ich habe in den letzten Wochen und Monaten ihre Taten persönlich miterlebt. Wir müssen sie stoppen. Über unseren Tod hinaus, wenn wir am Tag des Jüngsten Gerichts vor unseren Schöpfer treten und um unser Seelenheil bitten. Ich will Buße tun mit meinem Vermächtnis, lieber Bruder, wie du gleich lesen wirst.

Doch nicht nur die Muselmanen bedrohen unsere Mutter Kirche. Wie kann Gott es zulassen, dass sich dieser abtrünnige Mönch Martin Luther gegen die Einheit der Kirche wendet und seine ketzerischen Schriften durch die Buchdruckerkunst auch noch ein breites Gehör finden? Gleichzeitig bedrohen Hexen und Zauberer nicht nur die Kirche, sondern alle Welt! Es ist wohlgetan von Kaiser Karl V., dass er mit seiner neuen

Gerichtsordnung der Ketzerei, Hexerei und Gotteslästerung energisch Einhalt gebietet. Brennen sollen sie, die Hexen und Dämonen, die mit dem Teufel einen Pakt geschlossen haben. Doch ich weiche ab. Zurück zu den verteufelten Anhängern Allahs, die sich bereits in so vielen Teilen der Welt ausgebreitet haben. Ich bin mir sicher, dass sie ein Weltreich anstreben. Das müssen wir verhindern.

Doch das ist es nicht alleine. Auch wir Christen haben Schuld auf uns geladen, sind schwach im Glauben geworden, verfallen in Sünde. Wahrscheinlich hat Gott die gesamte Christenheit und uns Malteser deshalb mit hohen Verlusten bestraft. Gerade deshalb will ich um Vergebung meiner Sünden bitten und all mein Hab und Gut einer christlichen Stiftung vermachen: Mein gesamtes Vermögen soll dem Kampf gegen Krankheit und Tod ehrlicher Christenmenschen dienen. Mein Erbe aus dem Vermögen der Reiter von Kernburg soll in diese Stiftung fließen. Die Stiftung soll nach meinen Vorgaben, wie du aus den beiliegenden Unterlagen ersehen kannst, gegründet werden und soll „Der Heilige Geist zu Malta" genannt werden. Als Bewahrer und Wächter des Stiftungsvermögens sollen die Großmeister des Ordens vom Heiligen Grab zu Jerusalem dienen.

Folgende meiner Erbanteile sollen in die Stiftung eingebracht werden: Mein Erbteil aus dem Reiterschloss mit Grundherrschaft in Kernburg, die Grundherrschaft in Kalbensteinberg, das Rittergut mit Schloss Untererlbach bei Spalt, das Landgut mit Schloss Harrlach bei Allersberg, meine Anteile an Schloss Ottmaring und am Rittergut Uttenreuth. Weiter meine Anteile am Reiter-Haus in Windsheim und an den Grundstücken westlich von Erlangen. Dies ist mein erklärter Wille.

Nur du kannst die mir erblich zustehenden Vermögensanteile aus dem Familienvermögen herauslösen. Wenn du das alles geregelt hast, dann übergebe den Erlös aus meinen Erbanteil an den Großmeister unseres Malteserordens, so wie ich es beschrieben habe. Bis die Stiftung gegründet werden kann, soll mein Vermögen vom Malteserorden bewahrt und vermehrt werden. Ich tue dies auch um meines Seelenheils willen und hoffe, mir dadurch Ablass zu verschaffen.

Besuch bei Maximilians Eltern

Der Donnerstag war ins Land geschlichen, zwei Tage vor Weihnachten, Zeit mit Maximilians Eltern zu sprechen. Die wohnten am Unschlittplatz, gleich neben dem Hotel Hauser und in unmittelbarer Nähe des Henkerstegs, der alten, überdachten Holzbrücke über die Pegnitz. Hier hatte ab 1578 Meister Schmidt gewohnt, der berühmteste Henker Nürnbergs. Franz Schmidt war in Hof geboren und sammelte erste Berufserfahrungen in der Gegend von Bamberg. Er war ein absoluter Meister seines Faches. Obwohl sein Beruf als unehrlich galt, war er in der Stadt ebenso angesehen wie gefürchtet. Sein Arbeitsplatz befand sich meist außerhalb der Stadtmauern. In Galgenhof wurden Delinquenten gehängt und gerädert, in Flaschenhof wurde geköpft und verbrannt, bei den Hallerwiesen wurden Frauen ertränkt. Aber auch Ehrenstrafen fielen in seinen Zuständigkeitsbereich. Er stellte Rechtsbrecher am Hauptmarkt vor dem Rathaus und auf der Fleischbrücke an den Pranger, legte sie in Ketten und setzte ihnen die Schandmasken auf. Nach fast vierzig Jahren Tätigkeit als Henker eröffnete er eine Wundarztpraxis. Seine Berufserfahrung kam ihm dabei sehr zugute, hatte er doch die von ihm Hingerichteten sezieren dürfen. Der Nürnberger Rat hatte ihm erlaubt, „den enthaupteten cörper zu schneiden und, was ime zu seiner arznei dienstlich, davon zu nehmen". Diese Zeit der drakonischen Rechtsprechung ist längst vorbei, aber noch heute stehen der Wasser- und der Henkersturm wie Schutztürme am Anfang und am Ende der ehemaligen Henkerswohnung.

Zehn Minuten Fußweg brauchten Tobi und Sandra vom Jakobsplatz bis hierher. Sie waren über die Karl-Grillenberger-Straße gekommen. Sandra hatte den Termin mit Egon und Hannelore Faber vereinbart. Nun saßen sie im Wohnzimmer der trauernden Eltern.

„Er war noch so jung", schniefte die blonde Mutter und zwei dicke Tränen kullerten ihr über die Wangen, „warum musste er so früh gehen?" Ihr Gesicht verriet Fassungslosigkeit. „Arzt wollte er werden, Chirurg, und allen Menschen helfen."

Der rotschopfige Vater stierte vor sich hin.

Sandra schätzte die beiden auf Mitte bis Ende vierzig. „Wir sind hier, weil wir noch ein paar Fragen zu Maximilian haben", flüsterte sie.

„Fragen Sie", gab die blonde Frau zurück.

„Max hat noch zu Hause gewohnt?", fuhr die Kommissarin in leisem Ton fort.

„Ja, einen Stock höher ist sein Zimmer."

„Da würden wir nachher gerne einen Blick reinwerfen."

„Ist schon gut", antwortete Frau Faber.

Der Vater blickte immer noch wie versteinert vor sich hin.

„Dass Maximilian Rettungsfahrer bei den Maltesern war, wissen Sie?", schaltete sich nun auch Bellinghausen in die Unterhaltung ein.

„Ja, es konnte ihm gar nicht schnell genug gehen, helfen zu können", stammelte die blonde Frau.

„Ich habe ihm davon abgeraten", mischte sich nun der Vater ein. „Hätte er nur auf mich gehört, dann würde er heute noch leben."

„Wissen Sie, warum er eine Leiche transportiert hat?", fuhr Sandra fort.

„Keine Ahnung", schluchzte die Mutter. Der Vater schüttelte nur den Kopf.

„Dann wissen Sie also auch nicht, wohin er sie bringen wollte, beziehungsweise wer ihm den Auftrag dazu gab?"

Beidseitiges Kopfschütteln.

„Wissen Sie, was das Tattoo auf seinem Rücken bedeuten soll?", setzte Sandra die Befragung fort.

„Tattoo?" In den Vater kam Leben. „Wir wissen nichts von einem Tattoo."

„Ja, ein Rosenkranz, in dem sich ein Stab und eine Muschel befinden", erklärte Tobi.

„Hast du davon gewusst?", fragte der Rotschopf seine Frau.

„Nein, davon höre ich das erste Mal."

„Dazu gehört auch noch eine Zahl", ergänzte Bellinghausen, „1565. Ist das eine Mitgliedsnummer? War Maximilian in irgendwelchen Vereinen organisiert?"

„Nicht, dass wir wüssten", antwortete die Mutter.

Das Gespräch brachte keine weiteren Erkenntnisse. Die Eltern kannten ihren Sohn anscheinend doch nicht so gut.

„Können wir nun Maximilians Zimmer sehen?", blies Tobi zum Aufbruch.

Wieder war es die Mutter, die aufstand und die beiden Beamten eine Etage höher geleitete. Herr Faber blieb sitzen und stierte weiter vor sich hin.

„Das ist es", meinte Maximilians Mutter und stieß eine Türe auf. In dem rund 15 Quadratmeter großen, rechteckigen Raum standen ein Bett, ein Schrank, ein Schreibtisch, zwei Stühle und ein zweisitziges Sofa. An einer Wand hing ein Flachbildschirm und auf der Schreibtischplatte stand ein Laptop.

„Den müssten wir leider mitnehmen", erläuterte Tobi. „Kennen Sie das Passwort?"

„Keine Ahnung."

Jede noch freie Stelle an den Wänden war mit irgendwelchen Postern zugeklebt. Da hingen Plakate vom Bund Naturschutz, von der Evangelischen Kirche und von den Maltesern. Wäsche türmte sich in unordentlichen Haufen am Boden, darunter jede Menge wohl selbst gefärbter T-Shirts.

„Wir müssen auch in die Schubladen sehen", bemerkte Tobi.

Maximilians Mutter zuckte nur mit den Schultern. Die Suche ergab aber nichts von Interesse.

Diskret verabschiedeten sich Sandra und Tobi wieder von Maximilians Eltern und ließen sie in ihrem Leid zurück.

Im Waldkrankenhaus Erlangen

Wo normalerweise hunderte von Pkws das Klinik-Parkhaus und die anliegenden Seitenstraßen der Rathsberger Straße zuparkten und Besucher hastig durcheinander wuselten, herrschte heute am frühen Nachmittag gähnende Leere. Kommissar Helmut Lehmann von der Kripo Erlangen und seine Kollegin, Kommissaranwärterin

Barbara Wiedehopf, hatten einen Gefälligkeitsauftrag für ihre Nürnberger Kollegen übernommen. Sie sollten feststellen, wie in der Nacht vom 19. auf den 20. Dezember die Einlieferung von Anke Silbermann in das Waldkrankenhaus abgelaufen war. Insbesondere sollten sie die Rolle von Yusuf Bastürk hinterfragen. Und sie sollten möglichst alle persönlichen Daten, die junge Patientin und Bastürk betreffend, einsammeln, egal welche Unterlagen auch immer in der Klinikverwaltung vorhanden sein mochten. Es dauerte etwas, bis die beiden an diesem trüben Tag vor dem richtigen Gebäude standen, in dem die Verwaltung untergebracht war. Der gesamte Gebäudekomplex war nahezu menschenleer, so kurz vor Weihnachten. Hie und da trafen sie auf ein paar Ärzte in fliegenden weißen Kitteln, welche die Gänge entlanghasteten, oder auf eine Krankenschwester. Es herrschte schon Minimalbesetzung. Heiligabend stand vor der Tür. Draußen am Klinikeingang standen ein paar in Morgenmäntel gehüllte Patienten und Patientinnen herum, die gierig an ihren Zigaretten saugten, bevor sie den inhalierten Rauch wieder in die nasskalte Luft entließen. Traurige Gestalten, die die Feiertage in der Klinik verbringen mussten. Außer ihnen vermutlich nur noch frisch Operierte auf der Intensivstation oder ein paar schwere Fälle.

Kommissar Lehmann klopfte zweimal an die Zimmertüre, als die beiden Polizisten glaubten, an der richtigen Stelle zu sein. Von drinnen hörten sie ein „Ja, bitte!" Dann traten sie ein. Wohlige Wärme empfing sie und ein süßlicher Glühweinduft lag in der abgestandenen Luft. Die einzige Lichtquelle im Zimmer war eine dicken flackernde Kerze, die genau zwischen zwei Schreibtischen platziert worden war. Daneben stand ein mit goldenen und silbernen Sternen gemusterter Pappteller, gut gefüllt mit Weihnachtsplätzchen, Dominosteinen, Lebkuchen und Walnüssen. Ein altertümliches Kofferradio trällerte gedämpft „Süßer die Glocken nie klingen, als zu der Weihnachtszeit ..." An den beiden Schreibtischen saßen sich zwei Frauen gegenüber. Beide kauten, hielten einen dampfenden Glühweinbecher in den Händen und sahen die eintretenden Polizisten mit großen, fragenden Augen an.

„Entschuldigen Sie die Störung, meine Damen", ergriff Lehmann das Wort, „ich denke, wir wurden angekündigt ...?"

„Des war ka Scherz?", reagierte die etwa vierzigjährige, stämmig gebaute Fränkin mit der beachtlichen Oberweite, nachdem sie die letzten Reste ihres Elisenlebkuchens gerade endgültig ihrer Speiseröhre übergeben hatte. „Wissns, unser Chef macht sich an solchn bsondren Tagen gern a Späßla mit uns."

„Ich hab's dir doch gesagt, Irmgard!", stellte ihr dunkelhaariges Gegenüber aus Wolfenbüttel fest, deren Gesicht einem Malkasten nicht unähnlich sah – knallrote Lippen, hellblauer Lidschatten, viel zu helles Make-up, schwarz gebürstete Augenbrauen und die Wangenknochen mit Zartrosa betont. „Dieses Mal hat es der Chef tatsächlich ernst gemeint. Was machen wir jetzt?", fuhr der brünette Farbkasten ratlos fort und trank den Glühweinbecher leer.

„Am besten, Sie bemühen Ihr Archiv oder Ihren PC", schlug Barbara Wiedehopf vor.

„Heute?", entrüstete sich der Malkasten. „Es ist bald Weihnachten und heute ist unser letzter Arbeitstag im alten Jahr! Irmgard, sag doch auch etwas! Warum sollen wir uns ausgerechnet heute noch ein Bein ausreißen? Wo wir doch nächstes Jahr vielleicht eh nicht mehr hier sein werden."

„Andonia, die zwaa dun doch aa nur ihre Bflicht", lenkte Irmgard ein und steckte sich einen Dominostein in den Mund. „Also, um wen geht's nomal?"

„Um die Patientin Anke Silbermann", antwortete Kommissar Lehmann. „Wir wissen, dass sie am 19. Dezember kurz vor Mitternacht mit Verdacht auf Blinddarmdurchbruch vom BRK Erlangen bei Ihnen eingeliefert wurde. Begleitet wurde sie von einem gewissen Yusuf Bastürk. Leider hat sie den Eingriff nicht überstanden."

„Ach, der Dürk", schnaubte Irmgard.

„Kennen Sie den Mann?", wollte Lehmann wissen.

„Gott sei Dank net", antwortete Irmgard, „aber ghört hab i vo ihm. Der muss si ja ganz bleed danebnbnomma ham an dem Abnd."

„Wer sagt das?"

„Die Kollechn vo der Batienteneinlieferung."

„Wieso, was ist da vorgefallen?"

„Na ja, der wollt zu seiner Person wie auch zu der vo der Batientin zerscht überhaupt nix sogn. Hat rumgschria, dass wir uns um die junge Fraa kümmern und ka so blöde Frachn stelln solln. Dann hat er di Kollechn auf Dürkisch beschimpft. Erscht, als mer ihm droht hat, dass er die Batientin gleich widder mitnehma kann, is er einsichti worn und hat si a weng bruhicht. Schließli is er dann doch no mit seim Berso rausgrüggt."

„Können wir die Daten haben?", meldete sich nun Barbara Wiedehopf zu Wort." Außerdem brauchen wir eine Kopie aller Einlieferungsunterlagen, insbesondere von der Patientin."

„Also hören Sie mal", mischte sich die Brünette wieder ein, „das sind Personendaten. Die dürfen wir gar nicht rausgeben."

„Ach pfeif doch drauf, Andonia", beschwichtigte Irmgard ihre Kollegin. „Die Batientin is dod und wie du scho gsacht hast: Vielleicht hoggn wir des nächste Jahr goar nemmer hier. Außerdem is des die Bolizei. Ich erinner mi", machte sich Irmgard wichtig. „Die verschdorbene Fraa war doch a Batientin vom Professor Stich, gell?"

„Das wissen wir nicht. Und außerdem", warf die Polizistin ein, „möchten wir herausfinden, wer wann den Leichnam abgeholt hat."

„Ich lass Ihna die Unterlagn ausdruggn, wenns no a boar Minuddn Zeit ham", zeigte sich die Fränkin zuvorkommend. „Ich muss aber erscht mein BC widder hochfahrn. Mit Ihrm Bsuch, heit an unserm letztn Arbeitstooch, ham wir nämli tatsächli nemmer grechnet. Möchtns a boar Blätzli probiern? Hab i fei alle selber baggn. An Glühwein vielleicht? Bediena Sie sich fei."

„Danke, ich nehme mir einen Lebkuchen", nahm die Polizistin das freundliche Angebot an. „Glühwein eher nicht. Sie wissen, wir sind noch im Dienst ... Sagen Sie, warum sprechen Sie davon, dass Sie nächstes Jahr möglicherweise gar nicht mehr hier sitzen?", interessierte sich die angehende Kommissarin.

„Das wissen Sie nicht?", meldete sich nun wieder Antonia zu Wort.

„Nein."

„Die Trägerschaft des Krankenhauses ändert sich im nächsten Jahr. Neuer Gesellschafter wird die Malteser Deutschland GmbH. Und ob die uns übernehmen oder eigenes Personal mitbringen? Man macht sich halt so seine Gedanken."

„Das verstehe ich", zeigte sich die Polizistin verständnisvoll.

„Wir mergn des scho deitli", verriet nun auch Irmgard. „Die Krangntransporte wern schon seit einicher Zeit vermehrt durch den Malteser Rettungsdienst verricht." Der Drucker auf ihrem Sideboard tuckerte und spie einige Seiten Papier aus. „Hier, Ihre Unterlachn", fuhr Irmgard fort. „Sogar verstorbene Batienten wern – wie Sie an Ihrm Fall ja sehgn – scho vo den Maltesern abgholt. A verrüggte Zeit. Da geht's doch nur um den Kommerz und darum Kostn zu sparn. Mei Meinung."

„Und das alles zu Lasten der kleinen, überarbeiteten Angestellten", empörte sich der Malkasten und schenkte sich noch einen dampfenden Glühwein ein. „Wir überschlagen uns vor lauter Arbeit und den Herren Professoren steckt man es hinten rein."

„Sagen Sie", hakte die Polizistin in einem milden Ton nach, „wohin sollte eigentlich der Leichnam von Anke Silbermann gebracht werden?"

„Do schauns", klärte Irmgard sie auf und zeigte mit einem ihrer Wurstfinger auf ein Feld auf Seite drei der Unterlagen: Leichenluftrückführungstransport ieber Nemberch, Düsseldorf nach Dortmund und hier is die Unterschrift vom Malteser Rettungsdienst, von einem Maximilian Faber, der die Tote gholt hat."

„Zum Flughafen Nürnberg also", kombinierte die junge Polizistin, „und dann weiter nach Dortmund? Und wer hat diese Angaben gemacht?"

„Vermutlich der Bastürk", erwiderte Irmgard. „Jedenfalls hat der unsern Kollechn die Heimatadress vo der Dodn gebn, beziehungsweis die vo ihre Eltern: Dortmund, Stadtbezirk Scharnhorst im Nordosten. Keine Ahnung, wo des is. Die Adress steht auch in aner der Kopien, die wo ich Ihna grad ausdruggn hab lassn."

„Ist bekannt für seine ausgedehnten Wälder, Äcker, Wiesen und Felder", mischte sich der Malkasten Antonia wieder in das Gespräch ein.

„Wer odder was is wofier bekannt?", ärgerte sich Irmgard darüber, dass Antonia die allgemeine Aufmerksamkeit auf sich zog.

„Der Stadtbezirk Scharnhorst", echauffierte sich der Farbtopf, als handele es sich hierbei um Allgemeinwissen einfachster Natur, „kennt doch jeder gebildete Mensch", setzte sie provokativ hinzu. „Haus Wenge", warf sie darauf in den Raum und wartete genüsslich auf eine Reaktion.

„Wenge?", tat ihr Kommissar Lehmann den Gefallen.

„Ein ehemaliges Wasserschloss aus dem 16. Jahrhundert", flötete Antonia stolz, „Dortmunds ältestes Gebäude. Außerdem gibt es dort auch eine Talsperre, aber auch die Mülldeponie und die Kläranlage liegen dort. Dorf und Großstadt treffen da aufeinander."

„Pfui Deifl, Mülldeponie und Kläranlage", reagierte Irmgard angewidert, „da kricht mer ja Biggl."

„Was willst du damit sagen?", reagierte Antonia scharf, „willst du damit zum Ausdruck bringen, dass ich Pickel habe?"

„Waaß mers? Vielleicht am Orsch?", spekulierte ihre Kollegin, noch immer sichtlich verärgert.

Barbara Wiedehopf verfolgte den Streit der beiden Bürodamen einigermaßen geduldig, war aber mit den bisherigen Auskünften noch nicht ganz zufrieden. „Woher kannte denn Yusuf Bastürk die Heimatadresse von Frau Silbermann?", wollte sie noch wissen.

„Na des woar doch sei Freindin", resümierte Irmgard. „Am Anfang, als er sie eigliefert hat, hat er si no a weng ziert, des zuzugebn. Aber dann, als er gmerkt hat, dass unsere Kollechn vo der Aufnahme nix weiter vo ihm wolln, da hat er des zugebn. Wenn's der net waß, wer sunst?"

Rückschau: Reichsdorf Kernburg 1565

Heinrich Reiter war todmüde. Den ganzen Vormittag hatte er an einer Ratsherrensitzung in Nürnberg teilgenommen. Der Stadt und dem ganzen Reich standen schwere Zeiten bevor. Dieser Martin Luther hatte mit seiner Lehre einen Bruch der Kirche ausgelöst und das hatte Folgen auf vielen Gebieten. Die Theologen auf beiden Seiten spielten verrückt. Viele glaubten an Teufel- und Hexenwerk und forderten die Todesstrafe für Zauberei. Dabei war doch vielmehr Besonnenheit gefragt, wie er fand. Was, wenn jemand Zauberei gebraucht, aber niemandem schadet? Soll man so jemanden deswegen auf dem Scheiterhaufen verbrennen? Gott sei Dank waren die Nürnberger Ratsherren vernünftige Politiker, vernünftiger als anderswo. Zumindest bisher. Mit ihrem Edikt von 1536 hatten sie maßvoll gehandelt. Einerseits bewies es Glaubenseifer und zeigte andererseits der Obrigkeit Gehorsam. Doch der Druck der Hexenverfolger nahm im Zuge der Gegenreformation deutlich zu. Nürnberger Gerichte bestraften die Gotteslästerer und Zauberer nicht hart genug, so hieß es. Heinrich Reiter stand vor dem Fenster und sein Blick wanderte in die nachmittägliche Landschaft hinaus, die nun mit einer dicken, weißen Decke verhüllt war. Seine Gedanken wanderten zu seinem verstorbenen Bruder, dessen Leichnam weit von der fränkischen Heimat entfernt in einem einsamen, dunklen Grab vermoderte. Wie gerne hätte er ihn noch einmal gesprochen, um zu erfahren, was ihn zur Gründung dieser Stiftung getrieben hatte. Aber vielleicht stand das noch genauer in den Unterlagen, die er noch nicht gelesen hatte. „Herr, nimm Johannes in dein Reich auf und gib ihm Frieden, er hat so lange dir zu Ehren gekämpft". Wieder nahm er sein kleines Messer zur Hand und fuhr mit der Klinge in das weiche Papier des Kuverts, das mit *Stiftung* betitelt war.

Stiftung

Ich, Johannes Reiter, geboren am 28. April 1537 in Kernburg bei Nürnberg, erkläre hiermit, heute am 6. August 1565 im Vollbesitz meiner geistigen Kräfte, dass ich eine Stiftung ins Leben rufen will. Diese Stiftung soll gegründet und zum Leben erweckt werden, wenn die Voraussetzungen dafür gegeben sind. Die Stiftung soll sich in Bescheidenheit nach außen üben, darum soll sie geheim gehalten werden. Zum Gedenken an meinen Dienst als christlicher Ritter auf dieser Insel soll sie den Namen „Heiliger Geist zu Malta" tragen. Ziel und Zweck meiner Stiftung will ich unter „Aufgaben der Stiftung" beschreiben.

Gründer der Stiftung bin nur ich, durch meine persönliche Unterschrift am Ende dieses Dokuments belegt.

Zum Treuhänder der zu gründenden Stiftung ernenne ich meinen Bruder Heinrich Reiter den Älteren, geboren am 1. Mai 1522 zu Kernburg bei Nürnberg, hochwürdiger Ratsherr der Reichsstadt Nürnberg. Nach seinem Ableben sollen seine Erben diese Aufgabe übernehmen.

Zum Bewahrer und Wächter des Stiftungsvermögens bis zu deren Gründung ernenne ich den Großmeister des Souveränen Ritter- und Hospitalordens vom heiligen Johannes von Jerusalem von Rhodos und von Malta, Jean Parrisot de la Valette und nach seinem Ableben seine rechtmäßig gewählten Nachfolger.

Der Gründer dieser Stiftung stellt das Vermögen für den in dieser Urkunde beschriebenen Zweck zur Verfügung. Bei diesem Vermögen handelt es sich um die dem Gründer rechtmäßig zustehenden Erbanteile aus dem Kernburgschen Familienvermögen.

Zweck und Ziele der Stiftung sind die folgenden: Die Stiftung widmet sich mildtätigen Werken und schützt und verteidigt den christlichen Glauben. Insbesondere soll es Aufgabe der Stiftung sein, Bedürftige zu heilen, Kranken zu helfen und Verletzte zu pflegen. Die Stiftung selbst soll aus Demut im Geheimen operieren. Sie soll im Gebiet meiner geliebten Heimatstadt Nürnberg tätig werden und durch Krankheit oder Verletzung bedingtes Leid von Christenmenschen abwenden oder mildern.

Um das Vermögen der Stiftung zu erhalten und zu mehren, sollen auch andere Arbeiten verrichtet werden, ähnlich wie in dem durch den

Patrizier Johannes von Steren 1361 gegründeten Bürgerspital zu Würzburg.

Die Stiftung soll ihre Tätigkeit aber erst dann aufnehmen, wenn die Heilkunst weiter fortgeschritten ist. Schon heute soll es indischen Gelehrten gelungen sein, Haut von einer Stelle des Körpers an eine andere zu verpflanzen, daher kann ich mir vorstellen, dass es eines Tages auch möglich sein wird, menschliche Organe von einem Menschen auf den anderen zu übertragen. Wenn dies möglich ist, soll die Stiftung ins Leben gerufen werden.

Würden unsere Heiler schon heute diese Kunst beherrschen, hätte das Leben tausender maltesischer Ritter gerettet werden können.

Ich hoffe für mich, dass mir Gott für mein Handeln meine Sünden vergibt und mich am Tag des Jüngsten Gerichts gnädig empfangen wird.

Bis die Heilkunst tatsächlich soweit war, wenn das überhaupt jemals passieren würde, würden noch viele Jahre vergehen. Wer weiß, ob die Stiftung jemals mit Leben gefüllt werden konnte. Heinrich Reiter trat erneut ans Fenster. Draußen schneite es schon wieder. Zeit, auch das dritte Kuvert zu öffnen, das mit *Meine Wünsche* beschriftet war. Dieses letzte Dokument würde er sich noch ansehen, bevor er sein Nachmittagsschläfchen antrat. Das Wesentliche wusste er zwar bereits. Er würde sich aber noch bei einem befreundeten Rechtsgelehrten Rat und Beistand holen müssen. Dann nahm er das dritte Kuvert zur Hand und öffnete es. Es trug das Datum vom 9. September 1565, einen Tag, nachdem die Türken geflüchtet waren, und drei Tage, nachdem sein Bruder verletzt worden war.

Lieber Bruder,

Du magst vielleicht denken, dass mich die Fieberkrämpfe umnachtet haben, als ich dieses Dokument zu Papier brachte, aber mitnichten, dem ist nicht so. Ich bin von voller Klarheit umgeben. Es waren die Lehren unseres Stadtheiligen, des Heiligen Sebaldus, die mich zu diesem Schritt bewogen haben. Er hat seiner Mitmenschen gedacht, sie zum christlichen Glauben bekehrt und Wunder an ihnen vollbracht. Vor allem die einfachen und ärmeren Leute gedenken noch immer seiner. Es liegt mir fern, die Arbeit des Nürnberger Rates zu schmälern, der Papst Martin V. dazu bewogen hat, Sebaldus im Jahre 1425 heilig zu sprechen. Das war richtig. Auch der Heilige Sebald hat Kranke geheilt. Nur war er ein armer Eremit, bar jeden Vermögens, der zu seinen Lebzeiten im Nürnberger Reichswald sein Leben fristete. Auch um ihn zu ehren, gründe ich meine Stiftung „Heiliger Geist zu Malta". Ich möchte nicht aus dieser Welt gehen, ohne ein gutes Werk hinterlassen zu haben, auch wenn es nur eine kleine Stiftung ist. Noch ist die Kunst der Chirurgen und Bader nicht so groß, dass sie Verletzten wie mir helfen können. Aber ich hoffe, dass ich mit meiner Tat Gutes leiste, zum Wohl unserer fränkischen Mitbürger, die sonst nie eine Chance auf Heilung hätten. Ich hoffe und bete, Gott möge mein Handeln sehen und mir meine Sünden vergeben, wenn ich bald vor ihn trete.

Im Glauben an Gott und im Vertrauen auf unseren Stadtheiligen ist es mir wichtig, dass das Handeln der Stiftung immer von christlichem Denken geprägt ist. Deshalb sollen die Zeichen der Stiftung an den Heiligen Sebaldus erinnern, auch wenn die Stiftung im Geheimen operiert. Diese Zeichen sollen sein ein Bischofsstab, ein Rosenkranz und die Muschel, die Attribute des Heiligen Sebaldus. Wie bei unserem Stadtheiligen soll der Krummstab stehen für die Herrschaft Gottes, der Rosenkranz mit seinen 59 Perlen soll an Maria erinnern, die Jesus geboren hat, und die Jakobsmuschel an die Menschwerdung Jesus. Die Muschel ist auch das Symbol des Grabes, das unseren Herrn bis zu seiner Wiederauferstehung umschlossen hielt. Auch stehen diese Zeichen für das Unterwegssein mit einem festen Ziel vor Augen, so wie es Pilger haben.

Lieber Bruder, ich hoffe ich bürde dir keine zu große Last auf, wenn ich mit meinen Wünschen an dich herantrete. Mit mir geht es zu Ende, das spüre ich.

Und noch etwas Wichtiges: Es soll von dem Vermögen der Stiftung ein Spital gebaut werden, in welches die Bedürftigen aufgenommen werden können. Die Stiftung sollen diejenigen gründen, welche zum Zeitpunkt der ersten Organverpflanzung auf deutschem Boden diese Unterlagen in Händen halten. Damit sollen sie beim Großmeister des Souveränen Ritter- und Hospitalordens vom Heiligen Johannes von Jerusalem von Rhodos und von Malta das Erbe beanspruchen. Mögen sie die Stiftung mit geschickter Hand führen. Ich hoffe, dass viele Bedürftige von meinem Vermächtnis profitieren.

Heinrich war bewegt. Auch wenn dieser Brief – vermutlich durch das Fieber und die Nähe des Todes – schon ein wenig verwirrt klang, so konnte man doch den Gedanken seines Bruders noch folgen und seinen Willen erkennen. Nur fragte er sich, ob es jemals möglich sein würde, ein menschliches Organ in den Körper eines anderen zu versetzen, oder ob da der Fieberwahn aus seinem Bruder sprach. Aber das würde er nicht beurteilen müssen, er musste nur dessen Willen erfüllen. Doch bis es soweit sein würde, dass die Organe verpflanzt werden konnten, sollte sich das Vermögen ordentlich vergrößert haben. Dafür konnte er sorgen.

Die Kirche St. Sebald und der Stadtheilige

Die starken Sandsteinmauern von St. Sebald, der Kirche des Stadtheiligen, dem Johannes Reiter so sehr nacheiferte, stehen oberhalb des Hauptmarktes auf dem Weg zur Kaiserburg. Nur das Getuschel vereinzelter Touristengruppen störte die Mittagsruhe sowie das Läuten der Uhrglocke im Nordturm. Im Jahr 1225 war mit dem Bau begonnen worden, die 75 Meter hohe, doppelchörige Basilika wurde nach dem Vorbild des Bamberger Doms errichtet. Damit ist sie die älteste Pfarrkirche der Stadt und die Heimat großer Kunstwerke, die schon vor der Reformation entstanden: die Bildschnitzereien von Veit Stoß, wie den Apostel Andreas und das Tucher-Epitaph von 1513 an der Nordwand des Ost-Chors; die Figuren der Volckamer'schen Gedächtnisstiftung; die Bleiglasfenster im Hallenchor, die nach Entwürfen Albrecht Dürers im Jahr 1500 angebracht wurden, sowie weitere Fenster, die vom Patriziat gestiftet wurden. Auch die Geschichte der Orgeln reicht bis in das 15. Jahrhundert zurück. Weitere Sehenswürdigkeiten sind der Peters- und der Katharinenaltar sowie die vielen Portale und Epitaphe.

Die Sebalduskirche ist ein historisches Schatzkästchen, das wichtigste Kunstwerk aber ist das Grab des Heiligen Sebaldus, von Peter Vischer dem Älteren und seinen beiden Söhnen Peter und

Hermann zwischen 1507 und 1517 in Bronze gegossen. In Auftrag gegeben wurde der Schrein von der Kirchenpflegschaft der Kirche und kostete 3145 Gulden. Es ragt mit seinen vielen Verzierungen 4,71 Meter in die Höhe.

*

„Der Transport von Anke Silbermann ist fehlgeschlagen, Maximilian Faber ist tot. Er hatte einen schrecklichen Unfall", flüsterte eine Stimme von hinten dem Mann ins Ohr, der in einer Kirchenbank saß.

„Das heißt, die Polizei ist eingeschaltet?", raunte der zurück.

„Ja, aber die haben keine Ahnung", flüsterte der Erste. Dann trennten sich die Wege der beiden Männer wieder.

*

Der Legende nach war der Heilige Sebaldus ein dänischer Königssohn, der seiner frisch angetrauten französischen Prinzessin in der Hochzeitsnacht den Vollzug der Ehe verweigerte. Natürlich musste er das begründen. Das tat er mit den Worten: „Mit Gold und Edelgestein bist du geziert, o edle Jungfrau. In diesem kostbaren Schmuck hast du dich vor Räubern zu sichern. Siehe, wir wandeln über Schlangen und Skorpionen. Unser verwesliches Fleisch wird bald eine Speise der Würmer sein. Die Jungfräulichkeit ist das Gold, das dich ziert, sie ist das kostbarste Geschmeide, das dich schmückt. Ist dies dahin, so kann selbst der allmächtige Gott es dir nicht wiedergeben. Bewahre dich also, dass nicht die Strafsentenz dich treffe. In Schmerzen wirst du Kinder gebären, wenn du dich nicht daran hältst. Bewahren wir, was uns von Geburt an zu Teil geworden ist. Erleben wir unter Beistand der Gnade, was uns verheißen ist – du in deinem Vaterhause, ich in der Einsamkeit. Da will ich unter Gottes Beistand in Mühen und Schweiß darben, was den Engeln aus Gnade zu Teil geworden. Unser gegenseitiges Gelöbnis unterstellen wir dem Schutze des jungfräulichen Bräutigams und Beschützers der unbefleckten Jungfrau Maria, des heiligen Joseph und seiner jungfräulichen Braut. Diese himmlischen Beschützer nehme ich zu Zeugen. Vor ihrem Angesicht erkläre ich dich frei und bitte dich, bewahre deine Unschuld und Jungfräulichkeit unversehrt auf den Tag, an dem du erscheinen wirst vor dem ewigen Richter, der selbst die Blüte und die Frucht der Jungfräulichkeit ist."

Nach diesen beeindruckenden Worten verschwand der junge Mann, um sein Leben als Einsiedler zu fristen. Natürlich reiste der junge Eremit nach mehreren Jahren enthaltsamen Lebens auch nach Rom, um dort die sieben Pilgerkirchen und den Papst zu besuchen.

Sebaldus muss ein Tausendsassa gewesen sein, wenn man den Legenden Glauben schenken darf: Auf dem Weg in die Heilige Stadt überquerte er auf seinem Mantel segelnd die reißende Donau. Einem armen Bauern half er bei dessen Suche nach entlaufenen Rindviechern, indem er bei Nacht seine Finger wie Lampen leuchten ließ. Als er in Vicenza eine Predigt hielt, versank ein lästernder Ketzer plötzlich in einer Erdspalte. Ein Engel schenkte ihm eine Brotspeise und ein Weinfass, das sich immer wieder von selbst füllte. Schließlich heilte er einen von den Heiden geblendeten Mann, der zu ihm kam und ihm einen Fisch schenkte. Aus Eiszapfen entzündete er ein Feuer. Nach seiner Audienz beim Papst, dem er seine Lebensgeschichte erzählte, beauftragte der ihn, als Missionar das Christentum im Gebiet um Nürnberg zu verbreiten.

Wie es sich für einen angehenden Heiligen gehörte, endeten die Wunder nicht mit seinem Tod: Den Kopf des Verstorbenen brachte man kranken, schwangeren Frauen, die daraufhin Heilung erfuhren. Pilger auf ihrem Weg nach Rom riefen ihn an und beteten um Schutz vor gefährlichen Räuberbanden. Selbst Seeleute baten ihn, Stürme auf hoher See zu besänftigen. Die Verehrung des toten Sebaldus verbreitet sich von Jahr zu Jahr und davon hörten auch die Nürnberger Ratsherren und die Kaufleute der Reichsstadt. 1070 tauchte sein Name erstmals in den Quellen auf. Es verbreitete sich eine gewisse Sebaldus-Frömmigkeit und es dauerte dann nicht mehr lange, bis ihn die Nürnberger Patrizier in Sachen Glauben zu ihrer Galionsfigur kürten, nicht zuletzt um damit auch ihre Unabhängigkeit von den nahe gelegenen Bischofsstädten Bamberg, Eichstätt, Würzburg und Regensburg zu demonstrieren.

Der Einfluss der Nürnberger Räte war groß, ihre Handelswege waren weitläufig und reichten bis Flandern, Böhmen, Österreich, Polen, Spanien, Portugal und nach Venedig. Je weiter diese Handelswege wuchsen, umso größer wurde der politische Einfluss der reichen Nürnberger. Er reichte schließlich bis zum Papst, der Sebaldus im März 1425 heiligsprach. Mit ihrem Stadtheiligen hatten die Nürnberger Räte und Patrizier nun ein Markenzeichen, das sie erfolgreich vermarkteten, indem Kunstwerke geschaffen, Münzen geprägt und Kinder auf den Namen Sebaldus getauft wurden.

Die Gebeine des Stadtheiligen sind selbstverständlich in der Stadtpfarrkirche St. Sebald bestattet. Die Geschichte besagt, dass diese im 14. Jahrhundert nach Nürnberg geschafft wurden und man dort ein repräsentatives Grabmal des Heiligen plante. So entstand schließlich von 1507 bis 1517 des Heiligen Sebaldus letzte Ruhestätte, die von Peter Vischer und seinen beiden Söhnen geschaffen wurde. Wie ein Tresor sichert dieses Bronzegehäuse den Schrein mit den Gebeinen.

Erlangen, Gerhart-Hauptmann-Straße 8

Als Tobi und Sandra von Maximilians Eltern wieder an den Jakobsplatz zurückgekehrt waren, gingen sie gar nicht erst ins Büro, sondern stiegen gleich in ihren Wagen und fuhren nach Erlangen.

„Hier, im achten Stockwerk wohnen sie. Amid Basra und Abdul Mohamad, die Namen, die wir vom BRK bekommen haben", meinte Sandra und zeigte auf die Klingeltafel. Ein älterer Herr mit Hundeleine, an deren Ende eine träge Bulldogge mit traurig blickenden Augen hing, trat aus dem Haus. Bevor die Tür zuschnappte, nutzten die beiden Polizisten ihre Chance, huschten in das Gebäude und steuerten auf die Aufzugsanlage zu. Das Schild „Außer Betrieb" entlockte Tobi einen derben Fluch.

„In zwei Tagen ist Weihnachten, das Fest der Liebe", erinnerte ihn seine Kollegin Sandra, „uns ist der Heiland geboren. Also halte dich mit deinen unchristlichen Flüchen zurück!"

„Du mich auch", kommentierte der. „Warum steht der Name Bastürk nicht auf dem Klingelschild?"

„Warum bin ich keine Wahrsagerin geworden?", reagierte seine Kollegin mit der Gegenfrage.

„Weil man dich sonst als Hexe längst auf dem Scheiterhaufen verbrannt hätte", antwortete Tobi maliziös.

Im achten Stockwerk angekommen musste der Hauptkommissar erst ein paar Mal tief schnaufen. Auch Sandra war etwas außer Atem. Dann drückte sie den Klingelknopf. Es dauerte etwas. Aus dem Inneren der Wohnung drangen türkisch klingende Wortfetzen. Dann wurde die Tür geöffnet. Ein junger Mann Mitte zwanzig, stand im Türrahmen, rund 1,85 Meter groß, schlank, mit dunkler Mähne und Vollbart. Bekleidet war er mit einer roten Jeans und einem karierten, langärmeligen Hemd im kanadischen Holzfällerstil. Seine pechschwarzen Augen fixierten die beiden Beamten mit Argwohn.

„Hauptkommissar Tobias Bellinghausen von der Kriminalpolizei Nürnberg, meine Kollegin Sandra Knobloch", ergriff Tobi das Wort und hielt seinen Ausweis hoch. „Wir möchten Herrn Yusuf Bastürk sprechen." Inzwischen war ein zweiter junger Mann mit nacktem Oberkörper am Türstock aufgetaucht. Auch er trug Vollbart.

„Yusuf nix da, ist weg", reagierte der im Holzfällerhemd.

„Yusuf ist gestern ausgezogen", präzisierte der Oberkörper in akzentfreiem Deutsch.

„Weg. Ausgezogen? Was heißt das?", fragte der Hauptkommissar nach.

„Weg is weg", wiederholte der erste zunehmend genervt. „Nix verstehen? Yusuf nicht da. Nix können sprechen mit Yusuf."

„Sind Sie Herr Basra und Herr Mohamad?", wollte nun Sandra Knobloch wissen.

„Das sind wir", bestätigte der Halbnackte.

„Dann müssen wir mit Ihnen sprechen. Können wir kurz reinkommen?"

„Worum geht es?"

„Es geht um die verstorbene Anke Silbermann und ihre Beziehung zu Yusuf Bastürk. Vielleicht können Sie beide uns weiterhelfen."

„Kommen Sie herein", forderte Abdul Mohamad die Polizisten auf und erntete einen strafenden Blick von seinem Mitbewohner.

*

„Ich wiederhole, was wir verstanden haben", fasste Tobi nach einer halben Stunde zusammen. „Yusuf Bastürk wohnte seit rund einem Jahr gemeinsam mit Ihnen beiden hier in dieser Wohnung in einer Wohngemeinschaft. Bis gestern. Gestern gegen 14 Uhr kam ein Bekannter Yusufs, der sich als Benno vorstellte, vorbei, ein deutscher Kommilitone von Yusuf. Daraufhin begann Herr Bastürk damit, seine persönlichen Sachen zusammenzupacken und die beiden erklärten Ihnen, dass Yusuf sofort aus der gemeinsamen Wohnung ausziehen werde, ohne Ihnen dafür einen Grund zu nennen. Ist das der Sachverhalt?"

„Genauso hat es sich zugetragen", antwortete Abdul Mohamad, der sich inzwischen ein Hemd übergeworfen hatte.

„Sie erklärten weiterhin", fuhr der Hauptkommissar fort, „dass Sie beide und Herr Bastürk am 19. Dezember hier in diesen Räumen eine Party ausrichteten, zu der auch die später verstorbene Anke Silbermann eingeladen war."

„Von Yusuf eingeladen", stellte Abdul Mohamad klar. „Amid und ich kannten Anke bis dahin gar nicht. Anke war Yusufs Freundin."

Sandra notierte sich Mohamads Aussage. „Sie wissen auch nicht", fuhr Tobi unbeirrt fort, „wohin Yusuf Bastürk gezogen ist, beziehungsweise was die Gründe für seinen überraschenden Wegzug sein könnten."

„Richtig! Wir wissen nur, dass er nach Nürnberg gezogen ist."

„Wer von Ihren Gästen des 19. Dezember kannte Yusuf oder Anke?"

„Das wissen wir auch nicht so genau."

„Dann brauchen wir die Namen, Adressen und Telefonnummern Ihrer Gäste", stellte Sandra Knobloch fest. „Außerdem müssen wir die Räumlichkeiten untersuchen, die Yusuf Bastürk bewohnt hat."

„Nix schauen", mischte sich nun wieder Amid ein, „Yusuf weg. Polizei nun auch weg. Verschwinde!"

„Herr Mohamad, ich habe den Eindruck gewonnen, dass Sie etwas vernünftiger reagieren als ihr Mitbewohner. Bitte verdeutlichen Sie Herrn Basra doch, dass wir einen seltsamen Todesfall aufzuklären haben und dafür die Räume des verschwundenen Herrn Bastürk in dieser Wohnung untersuchen müssen. Bitte machen Sie Herrn Amid Basra klar, dass es besser wäre, wenn auch er sich kooperativ zeigen würde. Ansonsten müssten wir mit einem Durchsuchungsbeschluss für die gesamte Wohnung zurückkommen. Dann stellen wir hier alles auf den Kopf. Und nun bitte ich Sie, uns die Räume zu zeigen, in welchen sich Herr Bastürk zu Wohnzwecken aufgehalten hat. Wir müssen diese leider versiegeln, bis unsere Spurensicherung sie wieder freigibt."

„Ich verstehe", erwiderte Abdul Mohamad. „Ich zeige Ihnen Yusufs Refugium. Jeder von uns hatte ein Zimmer für sich zur Verfügung. Küche, Flur, Wohnzimmer, Toilette und Bad wurden von uns gemeinsam genutzt. Kommen Sie, ich zeige Ihnen Yusufs Zimmer."

Die beiden Polizeibeamten und die zwei Studenten erhoben sich von ihren Sitzplätzen in der Küche. Sandra hatte während des Gesprächs den Raum visuell inspiziert. Ihr graute vor dem Dreck und der Unordnung, die überall herrschten. Schmutziges Geschirr im Spülbecken, Weißbrotkrümel auf dem Boden, ein überquellender Mülleimer, getrocknete Cola-Flecken auf dem Küchentisch und von den Fliesen über dem Herd konnte man den Speiseplan der letzten Wochen ablesen.

Als sie in der Tür von Yusufs ehemaligem Zimmer standen, bemerkte sie eine offensichtlich gebrauchte Herrenunterhose, die halb unter dem Bett lag. „Wem gehört die Unterhose?", fragte sie.

„Ist von Yusuf", kommentierte das Holzfällerhemd. Für DNA-Spuren war offensichtlich ausreichend gesorgt. Ihr Chef hatte wohl dieselbe Beobachtung gemacht. Schwungvoll schlug er die Zimmertür zu, versperrte sie und zog den Schlüssel ab. Dann klebte Tobi ein Polizeisiegel zwischen Türblatt und Türstock und erklärte nochmals den Sinn und Zweck dieser Maßnahme. „Geben Sie uns bitte noch die mobile Telefonnummer von Herrn Bastürk", forderte er seine beiden Gegenüber mit Nachdruck auf. Mohamad nickte und diktierte den beiden Beamten eine 0151er-Handynummer.

„Und nun brauchen wir noch die Gästeliste", erinnerte Sandra Knobloch die beiden Türken.

„Da haben wir ein Problem", gestand Abdul Mohamad.

„Und warum?"

„Weil wir die meisten Leute, die Yusuf eingeladen hatte, gar nicht kennen. Viele haben wir auch das erste Mal gesehen. So wie Anke Silbermann."

„Ist Ihnen ein Deutscher aufgefallen?", wollte Hauptkommissar Bellinghausen wissen. „Anfang, Mitte fünfzig, ziemlich bulliger Typ, sehr kräftig?"

„War auch Freund von Yusuf", trug Amid Basra wieder zu der Befragung bei, „wir nix kennen."

„Und Sie haben sich auch nicht mit ihm unterhalten?" Sandra ließ nicht locker.

„Nein, wir nicht. Yusuf sprach mit ihm. Es ging um Anke. Der Deutsche kam auch erst ziemlich spät hier an. Ich glaube, Yusuf hat ihn hierher gebeten, nachdem Anke diese Bauchschmerzen bekommen hatte. Als Yusufs Freundin vom Roten Kreuz abgeholt worden war, war der Typ auch schon wieder verschwunden."

„Wie hieß der Mann?", wollte Tobi nun wissen.

„Wir haben gehört, dass Yusuf ihn Gerhard nannte", erwiderte Mohamad.

„Was für ein Tag", stöhnte Sandra, als sie und Tobi wieder ins Freie traten. „Die Zielperson ausgezogen, ein Dreckssloch von einer Wohnung und ein Fragment von einer Gästeliste. So richtig weihnachtlich."

„Was machst du übrigens am ersten Weihnachtsfeiertag?", fiel dem Hauptkommissar ausgerechnet in diesem Moment ein.

„Ach Tobi, was soll ich schon machen? Der Ex ist bei seiner Freundin, die Tochter in Berlin. Da kommt so richtig Weihnachtsstimmung auf. Wahrscheinlich sitze ich vor dem Fernseher und schaue mir die üblichen Wiederholungen an. Und du?", wollte sie umgekehrt wissen."

„Ich treffe mich mit Martin. Er will heuer am ersten Feiertag eine Gans für uns in den Ofen schieben. Ich habe ihm gesagt: Du spinnst. Das ist viel zu viel für zwei Personen. Aber wenn er sich etwas vorgenommen hat, dann redest du gegen eine Wand. Weißt du was, Sandra? Komm doch mit."

„Spinnst du?", kam die Antwort. „Ich würde nie eure Zweisamkeit stören wollen. Ihr seht euch doch auch nicht so oft."

„Ich glaube, Martin würde sich freuen. Ich habe ihm erzählt, wie super du dich verhalten hast, als ich mich vor zwei Jahren vor den Kollegen geoutet habe, wie spontan du reagiert hast. ‚Eine tolle Frau', hat er gesagt. Ich bin mir sicher, er würde dich mögen und dich gerne mal kennenlernen. Komm doch mit, bitte! Ich hole dich ab, wenn ich dir zumuten kann, dass du dir nach Hause ein Taxi nimmst."

Erst zierte sich Sandra noch ein bisschen, doch dann taute sie innerlich auf. Warum eigentlich nicht?

Weihnachten, Nürnberg, Tullnaupark

Der schmächtige, etwas kurz geratene Vertriebsleiter der Firma ReproTrans GmbH & Co oHG, Deutschland, war am Spätnachmittag dieses 24. Dezembers noch geschäftlich aktiv. Endlich hatte er Zeit, sein Büro am Tullnaupark aufzuräumen. Zu viel Papier lag hier herum. Daheim wartete niemand auf ihn. Seine junge Geliebte Thea hatte heute in der Klinik Bereitschaftsdienst. Er würde sie später von dort abholen. Die Büros der ReproTrans waren leer, die Mitarbeiter bereiteten sich daheim mit ihren Familien auf Heiligabend vor. Vor fünf Tagen war ein Rettungswagen des Malteser-Rettungsdienstes auf der B4 verunglückt, der Fahrer tot. Keine Katastrophe, aber ziemlich ärgerlich, weil die so dringend benötigte Ladung wegen polizeilicher Intervention nicht mehr zur Disposition stand. Diese befand sich nun im Verantwortungsbereich und Zugriff der Polizei und der Staatsanwaltschaft. Gewebe, Sehnen, Knochen, Herzklappen, Augen, Hornhäute, Gehörknöchelchen und anderes, was so dringend von ihnen gebraucht wurde, waren nicht mehr verfügbar. Noch nie hatten das pharmazeutisch-medizintechnische Unternehmen und die dazugehörige Billroth-Klinik ihre Privatpatienten und betuchten Selbstzahler terminlich hängen lassen. Wo die doch so dringend auf menschliches Gewebe und andere Arzneimittel warteten. Das sollte auch so bleiben, hatte sich der Vertriebsleiter vorgenommen. Er hatte einen Plan. Auf keinen Fall wollte er den variablen Anteil seines Jahreseinkommens, welches an der Erfüllung seiner persönlichen Geschäftsziele hing, gefährden. Jetzt, so kurz vor Jahresende. Er wusste genau, dass der Diebstahl von Anke Silbermanns Leichnam ihn für Jahre ins Gefängnis bringen konnte, wenn die Wahrheit jemals ans Licht kam. Doch mit dieser Möglichkeit hatte er bisher in keiner Sekunde gerechnet. Er war es gewohnt, mit Geschäftsrisiken zu leben. Scheiß-Blitzeis! Höhere Gewalt, wie man so schön sagt. Andererseits war er erleichtert, dass der Fahrer bei dem Unfall ums Leben gekommen war und so der Polizei nicht mehr Rede und Antwort stehen konnte. Niemand außer wenigen Eingeweihten würde nachvollziehen können, wohin die tote Frau tatsächlich transportiert werden sollte. Niemand ahnte, wofür ihr Körper so dringend gebraucht wurde. Es gab keine Unterlagen. Nochmal Glück gehabt. Wo kein Kläger, da kein Richter. Aber das half ihm im Moment auch nicht aus der Patsche. Er benötigte dringend eine Ersatzleiche, brauchte Gewebe, Knochen, Herzklappen und Hornhäute. Einige der gut zahlenden Patienten in der Privatklinik „Dr. Theodor Billroth" warteten auf ihre medizinischen Anwendungen. Und es galt, ein weiteres Problem endgültig zu lösen: Dieser Türke, der ihnen den Leichnam von Anke Silbermann überlassen, besser gesagt verkauft hatte, obwohl er zu der Verstorbenen in keinerlei verwandtschaftlicher Beziehung stand, machte Probleme. Dieser Hallodri war der Einzige, der ihm gefährlich werden konnte, auch wenn er absolut keine Ahnung von den Geschäften der ReproTrans und der Billroth-Klinik hatte. Allein die Tatsache, dass er wusste, dass man Leichen verkaufen konnte, und leider seine Telefonnummer kannte, konnte dem Vertriebsleiter gefährlich werden. Darüber musste er mit Gerhard nochmal ein ernsthaftes Wörtchen reden. Der konnte nicht jedermann seine Handynummer weitergegeben. Dazu noch mit der Info, dass er sich für Leichen interessiere. Jetzt hatten sie den Salat: Dieser lausige Erpresser bestand auf Bezahlung der versprochenen 5.000 Euro, obwohl die Leiche von Anke nie in der Billroth-Klinik angekommen war. Dass er gestern während des letzten telefonischen Kontakts gedroht hatte, bei Nichtbezahlung der Polizei einen anonymen Hinweis zu geben, missfiel dem Vertriebschef in allerhöchstem Maße. Erpressen lassen wollte er sich nicht. Hoffentlich hatte dieser Bastürk seinen Rat angenommen, sofort aus seiner Wohnung zu verschwinden, um sich einer möglichen polizeilichen Befragung zu entziehen. Nur dann hätte er überhaupt Aussicht auf die Begleichung der geforderten 5.000 Euro. Das hatte er ihm sehr klar verdeutlicht. Der Vertriebschef der ReproTrans, einer der Vorstände der Stiftung „Heiliger Geist zu Malta", hatte nicht vor 5.000 Euro so einfach zum Fenster hinauszuschmeißen. Trotzdem hatte er sich um 22 Uhr mit Yusuf Bastürk zu einem Treffen in der Billroth-Klinik verabredet. Der glaubte immer noch, dass er bald um 5.000 Euro reicher sein würde, doch mit seinem Erpressungsversuch hatte er sich selbst sein Schicksal bereitet, hatte, ohne es zu ahnen, sein eigenes Todesurteil ausgesprochen.

Nürnberg, in der Billroth-Klinik am Weihnachtsabend

Yusuf Bastürk hatte keine Ahnung, warum er den Käufer von Ankes Leiche im Privatbereich der Billroth-Klinik treffen sollte, aber ihm war es egal, an welchem Tag und Ort er die 5.000 Euro kassierte. Heiligabend war ihm gerade recht. Er war mit der Buslinie 44 von der Regensburger Straße hergekommen, an der Haltestelle Valznerweiher ausgestiegen und die letzte Strecke zu Fuß gegangen. Kein Mensch war unterwegs, als er durch das hell erleuchtete Portal des Privateingangs schritt. Stramm marschierte er auf die Anmeldung zu, an der einsam und verlassen eine Rothaarige mit beeindruckender Oberweite saß. Sie blickte auf, als er nähertrat.

„Guten Abend! Mein Name ist Bastürk. Ich soll mich bei Ihnen melden, Sie wüssten dann schon Bescheid."

„Ach, Herr Bastürk. Einen schönen guten Abend auch. Ja, ich soll Sie ins Besprechungszimmer bringen. Ihr Gesprächspartner wird sich dann in wenigen Minuten Ihrer annehmen. Wenn Sie mir bitte folgen wollen? Der Raum liegt gleich am Ende des Gangs, direkt um die Ecke. Wenn ich vorausgehen darf?"

Yusuf Bastürk folgte der attraktiven Rothaarigen und bewunderte ihren drallen Po, der in einer engen Röhrenjeans steckte.

„Bitteschön", flötete sie, als sie eine Zimmertüre öffnete und ihn hineinbat. „Ihr Gesprächspartner kommt gleich. Ich informiere ihn, dass Sie angekommen sind. Nehmen Sie doch schon Platz."

„Nicht ungeschickt", dachte sich Yusuf, „ein Besprechungszimmer in einer Privatklinik. Keine Augen- und Ohrenzeugen." Schnell nahm er sein Mobiltelefon zur Hand und schaltete das integrierte Aufnahmegerät ein, bevor er das Handy wieder in seiner Jackentasche verschwinden ließ. Die kleine Kamera an der Decke, welche unter einer halbrunden, abgedunkelten Glashaube versteckt war, übersah er dabei. Er hatte keine Ahnung, dass er beobachtet wurde. Das Einzige, was ihm auffiel, waren die noble Ledercouch, auf welcher er saß, und die Anrichte hinter ihm, auf der Gläser und Tassen sowie ein Telefonapparat standen.

Es dauerte rund fünf Minuten, bis sich die Tür öffnete und ein eher kleiner, elegant gekleideter Mann ins Zimmer trat. Bastürk hatte den Eindruck, dass der Mann ihm höchstens bis zum Kinn ging. Ansonsten schlank, gepflegtes Äußeres, feingliedrige Hände, dunkler Hauttyp mit leicht angegrauten Schläfen, ungefähr Anfang bis Mitte vierzig in einem dunkelblauen Anzug mit weißem Hemd und dunkelroter Krawatte. So sah also ein Leichenkäufer aus. Was wollte der mit der toten Anke?

„Schön, dass Sie kommen konnten, Herr Bastürk", ergriff der Kleingeratene die Initiative. „Um gleich zur Sache zu kommen, ich habe mir die Angelegenheit nochmal durch den Kopf gehen lassen. Sie können natürlich nichts dafür, dass der Krankentransportwagen auf dem Weg hierher verunglückte. Widrige Witterungsumstände", fügte er hinzu. „Blitzeis! Also lassen Sie uns die Sache mit dem Geld gütlich aus der Welt schaffen. Es lohnt sich nicht, wegen läppischer 5.000 Euro einen Streit vom Zaun zu brechen." Yusuf Bastürk entspannte sich.

„Darf ich Ihnen etwas zu trinken anbieten? Ein Mineralwasser? Oder vielleicht einen grünen Tee aus den Teeplantagen um Hangzhou am West Lake? Sehr zu empfehlen."

„Ein Tee wäre nicht schlecht", gab Yusuf zur Antwort.

„Dann entschuldigen Sie mich bitte für einen kurzen Moment, bevor ich mich ebenfalls setze, um unser Gespräch fortzuführen. Ich gebe nur schnell die telefonische Bestellung für den Tee auf." Dann trat der Mann hinter Yusuf an die Anrichte und ergriff den Telefonhörer.

Bastürk achtete nicht weiter auf ihn. Er war euphorisch. Als er den schmerzhaften Stich in seinem Hals verspürte, war es bereits zu spät. Er hatte noch genau 40 Sekunden zu leben. Die Nadel der Spritze drang tief ein. Das Nervengift von *Chironex fleckeri*, der Seewespe, einer Unterart der australischen Würfelqualle wirkte augenblicklich. Nur ein kurzer Todeskampf, aber der brennende Schmerz war unerträglich. In Sekundenschnelle zeigten sich Verätzungen an seinem Hals. Er spürte die beginnende Muskel- und Atemlähmung, fühlte, wie sein Herz raste. Er konnte sich nicht mehr selbst helfen und bemerkte nur noch die nahende Bewusstlosigkeit. Nach weniger als einer Minute war Bastürks Puls nicht mehr fühlbar. Seine Pupillen waren starr zur Decke gerichtet. Er zitterte, als er starb.

„Ihr könnt ihn abholen und in den Sezierraum in den Keller schaffen", flüsterte der Kleingewachsene in den Telefonhörer. Bastürk hörte die Worte nicht mehr. Er lag, an akutem Atemstillstand verstorben, zusammengekrümmt auf der eleganten Ledercouch.

Der Mann im Anzug fixierte den Toten. „Anfänger!", stieß er verächtlich aus. Dann griff er gezielt in dessen rechte Jackentasche und angelte das Smartphone heraus. Nachdem er den Akku und die SIM-Karte entfernt und eingesteckt hatte, wartete er auf den Abtransport der Leiche. Er hatte ihn wieder, den so dringend benötigten Leichnam. Wenn schon nicht den von Anke Silbermann, dann eben den von diesem Erpresser. Was spielte das schon für eine Rolle? Zeit, endlich Feierabend zu machen und seine rothaarige Geliebte am Empfang einzusammeln. Er freute sich schon auf das Zusammensein an diesem Weihnachtsabend.

Weihnachten mit Martin und Tobias

Am ersten Weihnachtsfeiertag schlief Sandra etwas länger. Erst kurz vor 10 Uhr kroch sie aus ihrem Bett, schlurfte in die Küche, warf einige Teelöffel Kaffeepulver in die Maschine und gab Wasser dazu. Dann schnitt sie sich zwei Stück vom Sandkuchen ab, den sie unter der Woche gebacken hatte, holte Milch aus dem Kühl- und Süßstoff aus dem Küchenschrank und starrte durch das Fenster des zehnten Stockwerks hinunter auf das schmutzige Weiß Langwassers. Die Kaffeemaschine gurgelte und zischte, weißer Dampf entwich. Draußen war es viel zu warm geworden für diese Jahreszeit. Die Reste der Schneedecke schmolzen dahin. Sandra wohnte noch gar nicht so lange hier. Erst nach der Trennung von ihrem Ex war sie hier eingezogen und nannte nun diese Dreizimmerwohnung ihre Bleibe; ein Unterschlupf, in dem auch ihre Tochter Platz fand, wenn sie in Nürnberg weilte. Sandra hatte sich die Geschichte von Langwasser erzählen lassen.

Der Stadtteil lag im Südosten der Stadt, die Messe und das ehemalige Reichstagsgelände nicht allzu weit davon entfernt. Langwasser hatte sich zu einer richtigen Trabantenstadt mit Wohn- und Gewerbeflächen gemausert. Anfang des 20. Jahrhunderts war das Gebiet des heutigen Stadtteils noch dicht bewaldet. Erst in den 1920ern begann man mit der Rodung. Dann, in der ersten Hälfte der 1940er, während des Zweiten Weltkrieges, wurden hier Kriegsgefangenenlager errichtet. Der neue Stadtteil entstand ab 1957; ab diesem Zeitpunkt wurde mit der konsequenten Bebauung begonnen und in den 1990ern war damit Schluss.

Der Kaffee war fertig und Sandra goss sich eine Tasse ein. Einsam aß sie ihren Kuchen. Für heute war sie von Tobias zu einem Festessen eingeladen worden. Es war das erste Mal, dass sie seinen Freund Martin sehen würde. Sie war schon gespannt. Hoffentlich ging ihnen der Gesprächsstoff nicht aus. Notfalls sprechen wir eben über den neuen Fall. Sandra kaute auf ihrem letzten Stück Kuchen herum, schenkte sich eine zweite Tasse Kaffee ein und griff sich die Zeitung von vorgestern, die am Küchentisch lag.

*

Am Nachmittag warf sich Sandra in ihren roten Jumpsuit mit dem tief ausgeschnittenen Rücken. Nicht dass sie zwei schwule Männer mit ihren weiblichen Vorzügen reizen wollte, aber der Anzug betonte ihre schlanke Figur und etwas festlich gekleidet wollte sie schon aussehen. Sie hatte noch massig Zeit und sah zum wiederholten Mal in den Spiegel. Die Frisur saß, das Rouge war nicht zu aufdringlich und überhaupt sah sie gut aus, wenn auch die kleinen Lachfältchen um ihre Mundwinkel herum immer tiefer wurden. Endlich war es Zeit zum Aufbruch. Sandra hüllte sich noch schnell in einen Hauch von Chanel No. 5 und verließ die Wohnung.

Tobi wartete schon unten in seinem Ford C-Max. Auch er hatte sich herausgeputzt. Anstelle seiner täglichen Jeans trug er eine ockerfarbene Flanellhose, dazu ein taubenblaues Hemd. Sein rostfarbenes Jackett lag auf dem Rücksitz. „Oh, du duftest ja", meinte er, dann ließ er den Motor an.

„Wo wohnt Martin eigentlich?", startete Sandra die Konversation.

„In Gibitzenhof. Dort hat er sich in einer alten Lagerhalle ein kleines Loft gebaut. Martin ist Goldschmied und nutzt die Wohnung auch als Studio oder Werkstatt für seinen Beruf."

„Aha. Weißt du eigentlich, woher der Name Gibitzenhof kommt?", stellte sie ihren Kollegen auf die Probe.

„Ja, das weiß ich zufällig. Martin hat es mir mal vor einiger Zeit erzählt", antwortete er. „Gibitzen kommt von Gigitz. So bezeichnete man im Mittelalter den Kiebitz. Da muss es in dieser Gegend wohl viele gegeben haben. Und der zweite Teil des Namens, das ist wohl klar, das waren die Höfe und Güter, die früher die Herren der Burg versorgt haben. Viel Ursprüngliches ist nach dem Zweiten Weltkrieg von Gibitzenhof nicht übriggeblieben. Das alte Viertel wurde durch die Bomben der Alliierten zerstört." Sie fuhren durch die Stadt nach Süden.

Es duftete herrlich nach gebratener Gans, als sie am Zielort ankamen. Am Türschild stand der Name Petch. Martin Petch. Was für ein komischer Name. Er erwartete sie bereits. „Schön, dich kennenzulernen. Ich darf doch beim Du bleiben?", begrüßte er Sandra.

„Selbstverständlich."

„Ich habe schon so viel von dir gehört", fuhr er fort.

„Hoffentlich nur Gutes."

„Schlechtes würde Tobi nie erzählen."

Er nannte ihren Kollegen ebenfalls Tobi, wie niedlich, fiel ihr auf.

„Hast du Hunger mitgebracht?" Dann nahm er ihr ihren Mantel ab. „Wow, très chic, ganz in Rot. Komm doch rein in die gute Stube. Aperitif?"

„Gerne."

„Sherry, Prosecco, Campari oder gleich etwas Gehaltvolleres?",
schlug er vor.

„Ich nehme einen Prosecco", antwortete Sandra.

„Ich einen Single Malt", orderte Bellinghausen, der sich hier
auskannte.

„Einen Prosecco, einen Glenmorangie, selbstverständlich.
Kommt gleich. Tobi, sei so gut und unterhalte unseren Gast, bis
ich mit den Gläsern bei euch bin." Martin kümmerte sich sogar
noch um ihre Unterhaltung.

Sandra fühlte sich sofort in Martins Wohnung wohl. Sie war
großflächig in zwei Teile aufgegliedert. Die Werkstatt war offensichtlich durch eine dreistufige Treppe vom Wohn- und Essbereich
abgetrennt. Dieser war großzügig, schlicht und einfach mit hellen
Möbeln ausgestattet. Der Esstisch war weihnachtlich dekoriert
und darauf stand ein bereits dekantierter Rotwein.

„Gefällt es dir hier?", wollte Tobi wissen.

„Super", gestand Sandra, „ein Traum."

„Was ist ein Traum?" Martin war wieder zurück, mit drei Gläsern in den Händen.

„Wir sprechen gerade über deine Wohnung", erklärte Bellinghausen.

„Na ja", tat Martin etwas ironisch ab, „das Nötigste eben. Was
ist, wollen wir unser Glas erheben? Auf deinen ersten Besuch hier,
Sandra!", sprach er zum Toast aus und hob sein Glas. „Ich hoffe, es
folgen noch viele."

Das Essen war vorzüglich. Als Vorspeise gab es pürierte Avo-
cado in einer Himbeersoße. Danach genoss Sandra eine knusprige
halbe Gänsebrust, die mit Rotkraut und böhmischen Knödeln
serviert wurde. Der französische Burgunder aus dem Jahr 1974
dazu hatte gerade die richtige Temperatur. Das Dessert aus
Joghurt-, Vanille- und Schokoeis zum Abschluss musste sich Sandra regelrecht reinzwingen. Danach brauchte sie einen Schnaps
und schloss sich gerne an, als Martin einen braunen Williams
anbot.

Als sie fertig waren, trug Martin das Geschirr ab. Er ließ es nicht zu, dass Sandra oder Tobias halfen. Sie waren seine Gäste.

„Tobi, was guckst du denn dauernd so ernst?", meinte Sandra.

„Mir geht unser neuer Fall einfach nicht aus dem Kopf", klagte er. „Dieses Bild, das Zwanziger und seine Leute entdeckt haben, du weißt schon, das mit dem Rosenkranz, dem Stab und der Muschel, das auch auf dem Rücken des jungen Max eingraviert war, mit der Zahl 1565 ..."

„Was ist damit?", unterbrach ihn seine Kollegin.

„Ich glaube, dabei handelt es sich um etwas Historisches, keine Mitgliedsnummer, sondern eine Jahreszahl, und ich habe mir schon überlegt, ob wir da nicht einen Fachmann einschalten sollten."

„An wen hast du denn gedacht?", erwachte die Kommissarin in Sandra.

„Da gibt es an der Uni Erlangen so einen kurz vor der Pension stehenden Professor. Gisbert Gall ist sein Name. Er lehrt religiöse Ikonologie, Symbologie. Außerdem ist er Archäologie und Historiker. Vielleicht kann der uns sagen, was der Rosenkranz, der Stab und die Muschel bedeuten."

„Klingt ja spannend. So einer wie bei Dan Brown? Wenn du meinst, dass er uns helfen kann, dann besuchen wir ihn doch", willigte sie ein.

*

„Na ihr zwei, fachsimpelt ihr schon wieder über euren neuen Fall", vernahmen sie Martin. „Es ist heute verboten, über die Arbeit zu sprechen."

„Dann frage ich dich mal, woher eigentlich der Name Petch kommt?", ging Sandra den Stier bei den Hörnern an.

„Der Name stammt aus Australien mit Ursprung in England und soll wohl etwas mit der Krönung von König Harold II. zu tun gehabt haben. Aber so genau weiß ich das auch nicht."

„Du bist Australier?", wunderte sich Sandra.

„Ursprünglich schon, aber inzwischen längst eingebürgert", meinte er belustigt. „Mein Großvater kam aus dem Land und war im Zweiten Weltkrieg Funker an Bord einer alliierten Lancaster. Er hat Nürnberg bombardiert."

„Das ist ja verrückt", stammelte Sandra. „Erzähl", forderte sie ihn auf.

„Was soll ich da erzählen? Ich weiß was Besseres, ich lese dir aus seinen Erinnerungen an den Luftangriff vom 2. Januar 1945 vor. Er hat das so spannend geschildert. Ich kenne seine Geschichte inzwischen schon auswendig."

Dann begann Martin: „Die Nacht war kristallklar. Sterne funkelten am Himmel und der Mond schien so hell, dass es nahezu wie Tageslicht war. Die Lancasters vor uns ließen weiße Kondensstreifen hinter sich, denen feindliche Jäger leicht hätten folgen können. Es war eine perfekte Nacht zum Fliegen. Nürnberg erwartete wohl keinen Angriff, denn die Lichter in einem weit vom Zentrum entfernten Vorort waren an. Wir waren dreieinhalb Minuten vor der geplanten Zeit über Nürnberg. Die Ziele waren noch nicht markiert. Wegen der knapp bemessenen Zeit befahl der Pilot, auf 300 Meter runterzugehen und die Bomben abzuwerfen. Es schien uns, als ob wir in Dachhöhe mit unserer Lancaster die Stadt überflögen. Die von Schnee bedeckten mittelalterlichen Gebäude erinnerten an eine Weihnachtskarte. Es schien nicht recht zu sein, diese friedliche Szene mit Bomben zu zerstören. Meine Nerven waren zum Zerreißen gespannt, als wir mit offenem Bombenschacht langsam über das Stadtzentrum flogen. Ich erwartete jeden Moment, dass ihre berüchtigte Flak das Feuer eröffnet und uns vom Himmel fegt."

Ein Moment der Stille trat ein, als Martin geendet hatte. „In dieser Nacht ging der bisher größte Bombenhagel mit brachialer Gewalt auf die Altstadt nieder", ergänzte er. „Es wurden 1825 Tonnen Spreng- und 4791 Tonnen Brandbomben abgeworfen. Die alten Fachwerkhäuser brannten wie Zunder, hat mir mein Großvater erzählt."

„Lass uns von etwas anderem reden", schlug Tobias vor, „oder ein Spiel machen. Zum Beispiel Monopoly."

„Gerne", willigte Sandra ein.

Als Tobi und Martin drei Stunden später Pleite waren und sich bei Sandra das Spielgeld lagerte, stoppten sie ihr Spiel. „Ich glaube, es wird langsam Zeit für mich", gähnte Sandra, „Martin, bestellst du mir ein Taxi?"

„Moment, ich habe noch etwas für dich. Ein kleines Geschenk, damit du dich immer gerne an diesen Abend erinnerst." Wie mit Zauberhand griff er in eine seiner Innentaschen und holte ein kleines Schächtelchen hervor. „Mach es auf", forderte er sie auf.

Sie folgte seinen Worten und lüftete den Deckel. Ein kleiner Marienkäfer auf einem goldenen Blatt sah sie an. Sandra war so bewegt, dass sie Martin spontan umarmte und ihm einen dicken Schmatz auf die Wange gab. „Danke, das ist ja echt süß von dir!", flüsterte sie.

Doch Martin war noch nicht fertig. „Was machst du morgen?", wollte er wissen.

„Am zweiten Weihnachtsfeiertag? Nun, lange schlafen, wenig essen nach dem opulenten Mahl von vorhin und vielleicht nehme ich mir ein spannendes Buch zur Hand. Ich habe mir da so einen Schmöker „Mörderisches Bamberg" gekauft.

„Dann lass uns doch einen Stadtspaziergang unternehmen", schlug Martin vor. „Nicht zu früh, so um 15 Uhr am Nachmittag?"

„Ja, wenn euch das nicht zu viel wird?"

„Dann können wir irgendwo noch einen Kaffee trinken und vielleicht ein Stück Torte dazu essen", begeisterte sich Martin. „Treffen wir uns an der Kongresshalle und laufen ein Stück den Dutzendteich entlang", schlug er vor.

Ein Spaziergang am Weihnachtsfeiertag

Sie hatten sich an der Kongresshalle verabredet, genau genommen am Eingang zum „Dokumentationszentrum Reichsparteitagsgelände". Sandra war mit der Straßenbahn gekommen, Tobi und Martin fuhren mit dem Wagen. Die Sonne des Vortages hatte sich verflüchtigt und einem Berg grauer Wolken Platz gemacht. Es sah nach Schnee aus. Nur wenige Leute waren an diesem 26. Dezember unterwegs. Die meisten blieben zu Hause an diesem trüben und kalten Feiertag.

„Hier haben sich von 1933 bis 1938 alljährlich die Nazi-Größen getroffen", resümierte Martin, nachdem sie sich gegenseitig begrüßt hatten. „Ursprünglich war geplant, eine Fläche von rund 25 Quadratkilometern mit Prachtbauten zu versehen", fuhr er fort. „Das ist eine Fläche, die fünfzehn mal größer als die Nürnberger Altstadt ist. ‚Warum gerade Nürnberg?', werdet ihr fragen. Bereits im Mittelalter zählte die Stadt zu den bedeutendsten Städten im Heiligen Römischen Reich Deutscher Nation, in der schon seit 1495 Reichstage abgehalten wurden. Diese Geschichte wollte die NSDAP für sich reklamieren. Bereits 1927 und 1929 hatte die NSDAP hier Parteitage gehalten."

Sandra und Tobi sahen hinauf auf die 40 Meter hohe Kongresshalle.

„Lasst uns weitergehen", forderte Martin die beiden auf. „Gehen wir im Uhrzeigersinn den See entlang. Da drüben liegen ein paar Restaurants. Nürnberg war damals eine Hochburg des Antisemitismus", fuhr er fort, „mit zahlreichen politischen Unterstützern der NS-Ziele. Durch Hitlers Entscheidung wurde das Gelände um den Luitpoldhain zu einem der größten Bauprojekte des Dritten Reichs. Tausende von Arbeitern begannen mit der Errichtung der Kulissen für die alljährliche Machtdemonstrationen. Bauwerke mit gigantischen Ausmaßen sollten entstehen, gedacht für riesige Menschenmengen, die nur ein Ziel hatten: Sie sollten mit ihrer architektonischen Größe und dem imposanten Rahmen Hitlers Größe demonstrieren."

Der 20 Meter hohe Leuchtturm, der anlässlich der Bayerischen Landesausstellung 1906 errichtet wurde, lenkte die Blicke auf sich. „Woher hat eigentlich der Dutzendteich seinen Namen und ist das ein natürliches Gewässer?", wollte Sandra wissen.

„Nein", antwortete Martin, „der Teich, beziehungsweise die acht Weiher, die es hier gibt, wurden in den Jahren ab 1337 als Fischgewässer angelegt. Kaiser Ludwig der Bayer gab seine Erlaubnis dazu. Und er heißt nicht Dutzendteich, weil es zwölf Gewässer gibt, sondern der Name ist wahrscheinlich von dem altdeutschen Begriff ‚Doutze' abgeleitet, was so viel wie ‚Schilfrohr' hieß."

„Du bist echt gut informiert, wie geht die Geschichte mit dem Dritten Reich weiter?", fragte Tobi nach, nachdem Sandra keine weitere Frage mehr gestellt hatte.

„Nun, die jeweils acht Tage dauernden Veranstaltungen der Reichsparteitage hatten den Zweck, die Verbundenheit der politischen Führung mit dem Volk zu bekunden, und waren für die Teilnahme von bis zu einer Million Menschen ausgelegt. Für die geplanten Monumentalbauten war der nördliche Teil des Geländes vorgesehen. Dort stand bereits das 1928 eröffnete Städtische Stadion, in dem der 1. FC Nürnberg heute seine Heimspiele austrägt. Während der Reichsparteitage wurde es für den Aufmarsch der Hitlerjugend genutzt. Ein weiteres gigantisches Stadion sollte gebaut werden. Das ‚Deutsche Stadion'. Über 100 Meter hoch sollte es werden und 100.000 Menschen Platz bieten. So lauteten die Pläne, aber über die Aushebung der Baugrube kam es nicht hinaus. Die lief mit Grundwasser voll. So entstand der heutige Silbersee. Auch aus dem Märzfeld wurde nichts, einem rund 58 Hektar großen Areal, auf dem Schaukämpfe der Wehrmacht stattfinden sollten. Heute steht darauf ein Teil der Trabantenstadt Langwasser." Dabei sah Martin Sandra an.

„Bin ich froh, dass ich nicht in dieser Zeit gelebt habe", zeigte die sich erschüttert.

„Wir kommen gleich zum Zeppelinfeld", erzählte Martin weiter, „das heißt so, weil Graf Zeppelin hier mit seinem Luftschiff gelandet war. Früher war es eine Wiese. Von 1933 bis 1937 schufen Bauarbeiter eine 285 Meter mal 312 Meter große Fläche, umringt von 34 Türmen und einer 23 Meter hohen Haupttribüne mit Raum für 250.000 Menschen. Die Seitenwälle boten Platz für noch einmal 70.000 Zuschauer. Das Bauwerk war das einzige der geplanten Objekte, das fertiggestellt wurde. Es diente Schaumanövern der Wehrmacht, Hitlers Selbstinszenierungen und den Treueschwüren seiner NS-Schergen. Unten auf dem Platz agierten die Teilnehmer in der Rolle der Volksgemeinschaft, die voller Bewunderung ihre Blicke auf die erhöhte Rednerkanzel richtete, hin zu ihrem Führer."

„Brrr, mir wird langsam kalt", klagte Sandra. „Ich brauche jetzt eine Tasse Kaffee und dazu ein Stück Schwarzwälder Kirschtorte. Das wäre nicht schlecht. Außerdem fängt es zu schneien an."

„Dann lass uns umkehren", willigte Martin ein. „Marschieren wir ins Restaurant ‚Gutmann'. Dort können deine Wünsche bestimmt erfüllt werden."

„Was an den geplanten Gebäuden wurde sonst noch realisiert?", interessiert sich Tobi weiter und Martin erzählte von der Großen Straße und der Kongresshalle, die das römische Kolosseum zum Vorbild hatte.

*

Die drei hatten in der Weizenstube des Restaurants Platz gefunden und sich an einem Sechsertisch niedergelassen. Es war nicht viel los. Die hellen Möbel verliehen dem Gastraum eine freundliche Atmosphäre. Draußen auf der Terrasse wirbelten dichte Schneeflocken durcheinander. Sandra, Tobias und Martin hatten ihre Bestellung aufgegeben.

„Woher weißt du das alles, das über Nürnberg und die Nazis?", wollte Sandra wissen, „ich meine, du als gebürtiger Australier."

„Mein Großvater hat geholfen, Nürnberg zu zerstören. Da macht man sich Gedanken. Ich jedenfalls. Also habe ich mich mit der Vergangenheit der Stadt etwas vertraut gemacht. Nürnberg war ja bis weit in die 1950er-Jahre hinein noch eine Ruinenstadt."

„Den Schutt haben die Einheimischen mit einer Trümmerbahn aus der Stadt geschafft", trug Tobi bei.

„Ich weiß", äußerte Martin, „12 Millionen Kubikmeter Steine, Schutt und Geröll lagen herum. Eine der Trassen führte auch hier in der Nähe vorbei und verlief weiter bis nach Fischbach. Nur um eine Vorstellung zu haben: Die unvorstellbare Menge an Bauschutt entsprach etwa dem vierfachen Rauminhalt der Cheopspyramide. Kein Wunder, denn 90 Prozent der Altstadt waren zerstört. Die große Anzahl der historischen Fachwerkhäuser führte zu einem wahren Feuersturm. Wohin dann mit dem ganzen Müll? Hinaus aus der Stadt. Der Verlauf der Bahnstrecke ging von der Altstadt über den Valznerweiher, das Reichsparteitagsgelände und den Silberbuck bis nach Fischbach. Dort sollten die Steinfuhren unauffällig im Wald verteilt werden. Bei dem Trümmer-Express handelte es sich um ein flexibel verlegbares Bahnsystem, eine Schmalspurbahn mit 900 Millimeter Spurweite. Achtzehn kleine Dampflokomotiven mit 20 bis 75 PS kamen hier zum Einsatz. Natürlich wurden die Schuttberge auch mit Lastwagen oder mit Kähnen auf dem damals noch fast durchgängig befahrbaren Ludwig-Donau-Main-Kanal abtransportiert. Die Trümmerfrauen hatten mit der Beladung ausreichend zu tun. Von dem Ruß und Öl der Lokomotiven war alles schwarz – die Gebäude wie auch die Arbeiterinnen und Arbeiter. In der Lorenzer Altstadt arbeiteten sich zusätzliche Feldbahnen durch die Ruinen. Je nach Räumungsfortschritt wurden die provisorischen Strecken in der Innenstadt mit dem Rückewagen immer wieder neu verlegt. Bis zu zwölfmal pro Tag rollte der Trümmerzug los. Anfang der 1950er-Jahre wurde der Trümmer-Express wieder abgebaut, die Trassen überbaut, die Wälder wieder aufgeforstet und renaturiert. Das große Aufräumen nach dem Krieg war abgeschlossen. Der Wiederaufbau der Stadt konnte begonnen werden."

„Mann, was du alles weißt", bewunderte Sandra den gebürtigen Australier.

Besuch bei Professor Dr. Gisbert Gall

Professor Gisbert Gall war ein kleiner, kugeliger Mann, der in seinem Leben noch niemals etwas mit der Kriminalpolizei zu tun gehabt hatte. Am auffälligsten an ihm war sein Schnurrbart, der an den Enden geschwungen war und wie eine Bürste in seinem Gesicht stand. Sein Haupthaar war dagegen als schon etwas licht zu bezeichnen. Mit seinen 65 Jahren war er der dienstälteste Professor an der Uni in Erlangen und bei seinen Studenten sehr beliebt und anerkannt, weil er als zwar streng aber gerecht galt.

Gall war dem Hauptkommissar dankbar, dass der ihn nach dem zweiten Weihnachtsfeiertag zu einem Gespräch gebeten hatte. „Wenn Sie Urlaub haben, können wir das auch verschieben", hatte der Polizist am Telefon gesagt, „oder wir kommen raus zu Ihnen nach Büchenbach."

„Nein, nein, das ist schon in Ordnung", hatte der kleine, kugelige Mann eiligst geantwortet, „wenn Sie Fachfragen haben und ich auf meine Lehrbücher zurückgreifen muss, ... Wissen Sie, die sind alle in meinem Büro in der Uni." Das stimmte zwar, aber der Professor brauchte keine Lehrbücher mehr. Eigentlich hatte er alles in seinem Kopf abgespeichert. Er war ein international anerkannter Historiker und Archäologe und insgeheim erleichtert, einen Grund zu haben, schon wieder in seine geliebte Uni zu gehen. Nach Heiligabend und den zwei Feiertagen war ihm zuhause schon ziemlich langweilig geworden. Immer mit den beiden Frauen zusammen zu sein, seiner Frau Annemarie und ihrer älteren Schwester Helga, war für ihn eine Qual. Ihm graute schon vor dem nächsten Jahr, wenn er endgültig in Pension musste. Er musste da nochmal mit der Personaldienststelle reden.

„Danke, dass Sie für uns Ihre wertvolle Zeit opfern, trotz Urlaub", begrüßte Bellinghausen den Gelehrten, als er und Sandra in dem von Büchern überquellenden Büro an der Felix-Klein-Straße Platz nahmen.

„Ist doch selbstverständlich", gab der Professor zurück. „Was haben Sie denn für ein Problem, um gleich auf den Punkt zu kommen?", fragte er neugierig.

„Wir bearbeiten da gerade einen Fall, der uns Kopfzerbrechen bereitet", antwortete Bellinghausen auf die Frage des kleinen Mannes.

„Und der wäre?", meinte der.

„Sehen Sie sich bitte diese Abbildungen an, auf die wir im Zusammenhang mit diesem Fall gestoßen sind. Sandra, kannst du auf deinem Handy Herrn Gall die Fotografie zeigen, die Professor Stich von der Schulter des toten Max Faber gemacht hat?"

Seine Kollegin griff in ihre Manteltasche und holte ihr Mobiltelefon heraus. Dann öffnete sie die Galerie.

„Aha, ein Rosenkranz, ein Stab und eine Muschel", sinnierte der Professor. „Das sind eindeutig die Attribute des Heiligen Sebaldus. Aber die Zahl und die Malteserfahne passen irgendwie nicht dazu."

„Des Heiligen Sebaldus?", reagierte der Hauptkommissar überrascht.

„Ja, eindeutig. Aber diese Kombination von Elementen habe ich noch nie gesehen", steuerte Gall bei.

„Sie meinen den Stadtheiligen von Nürnberg?", setzte Bellinghausen nochmals nach.

„Genau, den meine ich", bestätigte Gall, „es gibt nur einen Heiligen Sebald." Der Gelehrte war gedanklich schon viel weiter. Ihn beschäftigten die Zahl und die Fahne. Er war aufgestanden und an eines seiner Regale getreten. Nun zog er einen dicken Wälzer aus der Unsumme der Bücher hervor, die dort aufgereiht standen. „Dies ist ein Werk, über die Malteser", erklärte er. „Mal sehen, ob wir da auf eine Erklärung stoßen." Er fing an zu blättern.

„Wieso Malteser?", wollte Bellinghausen wissen.

„Nun, die Fahne und das Jahr", eröffnete ihm Gall. „Auf die Schnelle finde ich da jetzt nichts, das braucht wahrscheinlich doch etwas mehr Zeit", verkündete er, nachdem er eine Weile in dem Buch geblättert hatte.

„Nochmal, warum die Malteser, Herr Professor?", fragte Bellinghausen, nachdem er einen Blick auf die Titelseite des Schinkens „Enzyklopädie der Malteser" geworfen hatte.

„Wegen der Fahne am Bischofsstab", erklärte der Wissenschaftler, „ich denke mir, dass die Abbildung etwas mit Malta zu haben muss, weil die Fahne da auf Ihrem Handy", und dabei sah er Sandra an, „scheint mir eindeutig eine Malteserflagge zu sein. Dazu passt die Jahreszahl 1565. Das war das Jahr der türkischen Belagerung."

„Moment, Moment, nicht so schnell", brauchte Tobi noch einen Augenblick. „Sie verwirren mich. St. Sebaldus, Bischofsstab? Jahreszahl? Malta? Ich komme da noch nicht ganz mit."

„Das ist eigentlich ganz einfach", erklärte Professor Gall. Der Rosenkranz, der Stab – hierbei handelt es sich um einen bischöflichen Krummstab – und die Jakobsmuschel sind ganz eindeutige Attribute des Heiligen Sebaldus. Was nicht dazu passt, sind die Malteserflagge und die Jahreszahl 1565. Sebaldus war nie auf Malta und die Belagerung der Insel war lange nach seiner Zeit. Da passt irgendetwas nicht zusammen. Woher haben Sie denn das Foto?"

„Das stammt vom Rücken eines Toten", erklärte Tobi, „ein Tattoo."

„Na, da brauche ich offensichtlich doch noch etwas Zeit, um zu klären, wie die Zusammenhänge sind", ließ der Historiker verlauten. „Kann ich eine Kopie der Aufnahme haben?"

„Geben Sie mir Ihre Handy-Nummer", reagierte Sandra, „dann schicke ich Ihnen das Foto."

„Jedenfalls haben Sie uns schon mal sehr geholfen", bedankte sich Bellinghausen, „jetzt wissen wir wenigstens, in welche Richtung wir weiter ermitteln müssen. Der Heilige Sebaldus", schüttelte er seinen Kopf, „wer hätte das gedacht."

Ein Freund von Yusuf Bastürk

Benno Regenfuß machte sich Sorgen. Yusuf war am Heiligen Abend, vor drei Tagen also, verschwunden und seitdem nicht wieder aufgetaucht. Heute war Dienstag. Vor drei Tagen hatten sie sich gemeinsam „Rambo IV" ansehen wollen, „Zur Hölle und zurück". Er hatte sich den Film, Stallones brutales Comeback mit der Jagd durch den burmesischen Dschungel, extra als Download besorgt. Sie beide, er und Yusuf, hielten nichts von Weihnachten mit Engelsgesang und Glöckleingeläut.

Das Einzige, was Benno wusste, war, dass Yusuf am Heiligen Abend mit dem 44er Bus von der Wohnanlage Regensburger Straße in Richtung Mögeldorfer Bahnhof fahren wollte. Aber wohin Yusuf wollte, das wusste er nicht. Wo war er ausgestiegen? Wohin wollte er? Benno hatte Yusuf noch angeboten, ihn zu fahren, aber das wollte der nicht. „Ich bin bald zurück", hatte er noch gesagt. Der Bus brauchte doch nur eine knappe dreiviertel Stunde bis zum Mögeldorfer Bahnhof. Da war Endstation. Sollte er Yusuf als vermisst melden? Nein, das ging nicht. Benno wusste, dass Yusuf irgendwelche Schwierigkeiten mit den Bullen hatte. Deswegen war er ja bei ihm untergekrochen. Möglicherweise suchten die Bullen nach ihm.

Wie aus heiterem Himmel war Yusufs Anruf gekommen. Ob er kurzfristig bei ihm einziehen könne, nur vorübergehend. Was tat man nicht alles für einen guten Freund? Benno willigte ein. Nun war Yusuf abgängig und Benno sah zum wiederholten Male auf den Busfahrplan, um sich zu informieren, welche Stationen die Line 44 anfuhr. Er versuchte sich zu erinnern. Hatte Yusuf nicht was von Valznerweiher gesagt? Er glaubte schon. Das war zwar nicht am Heiligen Abend gewesen, aber vorher am Telefon. Dass er unbedingt dorthin müsse, hatte er noch gesagt. Richtig, Yusuf hatte ihn sogar danach gefragt, welche Buslinie dahin fuhr. Benno erinnerte sich wieder. Das war, als Yusuf ihn gefragt hatte, ob er kurzfristig bei ihm einziehen könne. Was gab es in Zerzabelshof, dem Stadtteil, in dem der Valznersweiher lag, so Interessantes?

Gut, da lag der 1. FC Nürnberg auf der Strecke, aber sonst? Der Stadtplan verriet ihm, dass auch noch das Inselrestaurant „Valznerweiher" und die Gaststätte „Geflügelhof" dort sein mussten. Zum 1. FCN wollte Yusuf bestimmt nicht. Er hasste Fußball. Und in die Gaststätten sicher auch nicht. Sie hatten doch vereinbart, dass sie sich Pizza holen und dabei den Film ansehen wollten. Scheiße aber auch, Benno fiel bei seinen Überlegungen nichts mehr ein. Dann hatte er doch noch eine Idee, was er machen konnte. Er würde sich selbst an die Bushaltestelle stellen und sich so lange durchfragen, bis er den Busfahrer gefunden hatte, der am Heiligen Abend Dienst hatte. Vielleicht konnte der sich an Yusuf erinnern.

Rückschau: Die Reiters sterben 1753 aus

Obwohl sich die Reichsstadt in den ersten Jahren des Dreißigjährigen Krieges durch Waffenlieferungen und Geldzuweisungen an beide Kriegsgegner um Neutralität bemühte, ließ sich diese zweideutige Position nicht lange durchhalten. Verschiedene Truppen zogen durch das Nürnberger Land und plünderten alles, was ihnen in die Finger fiel. So wurde auch die Reichsstadt Kriegsschauplatz: Ganz in ihrer Nähe standen sich die Truppen von Wallenstein und die des Schwedenkönigs Gustav Adolf gegenüber. Die kaiserlichen Truppen hatten ein riesiges Lager bei Ober-/Unterasbach und Zirndorf. 1634 gab es bei Nördlingen die entscheidende Schlacht, die den Schweden erheblich zusetzte. Für die Bevölkerung hieß der Krieg Hunger und Seuchen. Die Pest tötete Tausende. Eine Spur des Todes zog sich durch das Land, ganze Landstriche waren menschenleer. Den wirtschaftlichen Einbruch, den der Krieg mit sich gebracht hatte, konnte die Stadt danach nie wieder aufholen.

Heinrich Reiter hatte bereits 1566 begonnen, das persönliche Erbe seines verstorbenen Bruders Johannes zu Geld zu machen und dieses an den Malteserorden zu transferieren. Dort wurde ein Treuhandkonto in Johannes Reiters Namen angelegt, auf dem sich das eingehende Geld sammeln und mit Zins und Zinseszins vermehren konnte.

Bis 1753 blieb das Erbe in der Familie, bis zum Ableben von Johann Albrecht Andreas Adam von Reiter zu Kernburg und Kalbensteinbach. Aber jetzt gab es ein Problem: Johann Albrecht Andreas Adam, Nürnberger Patrizier, kaiserlicher Rat und Direktor des Kantons Altmühltal der treuen Reichsritterschaft, hatte keinen ehelichen Erben. Auch seine zweite Frau hatte ihm keine Kinder geschenkt. Die Linie derer von Reiter war ausgestorben, nachdem ihn im Februar 1753 der Schlag getroffen und er sich davon nicht mehr erholt hatte.

Aber es gab dennoch einen Nachkommen. Die Unfruchtbarkeit der Ehe lag nicht an ihm, wie ein uneheliches Kind aus der Verbindung zu Margarete Hegenstein bewies. Margarete stammte ursprünglich aus der Gegend um Windsheim, war als Zwölfjährige 1708 nach Nürnberg gekommen und hatte sich alsbald zu einer hübschen jungen Frau entwickelt, die ihren Körper verkaufte. Johann Albrecht Andreas Adam hatte sie 1720 getroffen, da war sie gerade 24 Jahre alt. Er hielt sie als seine Geliebte und kaufte ihr in der Nürnberger Altstadt ein kleines Haus, in dem er sie regelmäßig besuchte. Mit 26 wurde sie schwanger und gebar 1723 einen Sohn. Margarete zu heiraten kam nicht in Frage. Sie war nicht standesgemäß und in den Augen der Gesellschaft eine Hure.

Aber er konnte seinen „natürlichen" Sohn anerkennen und diesem etwas vererben. Und so wurde Margaretes Sohn Wolfgang Erbe des Malteser Treuhandfonds. Als Wolfgangs leiblicher Vater starb, war Wolfgang gerade 30 Jahre alt. Es war ein komisches Jahr, dieses 1753. Das Gleichgewicht der europäischen Großmächte hielt noch, obwohl schon Tendenzen sichtbar waren, dass Österreich sich zu Frankreich hinwenden und Großbritannien mit Preußen paktieren würde. 1753 wurde überschattet von schlechten Ernten und einer hohen Abgabenlast. Das Volk war unzufrieden. Die besseren Kreise wandten sich der Philosophie und der Literatur zu, während die ärmeren Leute als Pöbel bezeichnet wurden. In den Provinzen kam es vereinzelt zu Aufständen gegen die Obrigkeit.

Die Vorzeichen der Revolution waren zu erkennen. Mit 33 Jahren heiratete Wolfgang eine Tuchmacherin.

Abschied von Opa Ernst

Die Trauergäste, die Opa Ernst Vicking am Dienstag auf dem St. Rochus-Friedhof zu Grabe tragen wollten, waren von weit hergekommen. Der Friedhof St. Rochus ist voller historisch und künstlerisch wertvoller Bronzeepitaphe und kulturgeschichtlich bedeutsam wegen seiner liegenden Grabsteine. Mehr als 2.800 Gräber befinden sich auf dem rund einen Hektar großen Gelände, das bereits seit dem Spätmittelalter als Bestattungsort diente. Die Familienangehörigen hatten sich für eine Sargbestattung entschieden. Sie wollten keine verrottbare Urne und Opa Ernst wollte das auch nicht. Ebenso hatten sie etwas gegen eine Feuerbestattung. Nun standen sie alle in der Nähe der Trauerhalle, in der der Leichnam von Opa Ernst zur letzten Ruhe vorbereitet wurde, und warteten auf den Einlass. Unter ihnen war auch Enkelin Maria, die extra aus Wien angereist war.

Die Zugangstüre zur Halle öffnete sich und ein junger Mann trat heraus, der sich eine Zigarette ansteckte. „Sie können in fünf Minuten reingehen und sich von dem Toten verabschieden", sprach er und blies den Rauch seines Glimmstängels in den Winterwind. „Wir haben zwanzig Minuten eingeplant, dann geht es zum Grab. Leider müssen wir des Betriebes wegen auf exakte Einhaltung des Zeitlimits bestehen. In fünf Minuten bin ich mit dem Rauchen fertig, dann gehen wir rein. Wenn Sie sich also noch etwas gedulden wollen." Die Trauernden sahen auf ihre Uhren.

„Folgen Sie mir", sprach er und zertrat seine Kippe im Kies vor der Trauerhalle. Maria war eine der letzten, die eintraten. „Sie können sich nun persönlich von dem Verstorbenen verabschieden", sprach der junge Mann weiter. „Wie gesagt, Ihnen stehen dafür zwanzig Minuten zur Verfügung." Dann postierte er sich an einer Wand, die dem Sarg und der Leiche darin am nächsten war. Es waren der Sohn und die Tochter von Opa Ernst mit ihren Ehepartnern, die den Anfang machten. Zwölf Minuten waren vergangen, an denen die Trauernden an Opa Ernsts Sarg vorbeigeschritten waren. Einige hielten inne und verneigten sich, andere marschierten einfach daran vorbei. Nun war Maria an der Reihe. Sie war eine der letzten, die Opa Ernst die letzte Ehre erwiesen. Friedlich lag er in seinem Sarg, die Augen geschlossen, ausgestattet mit seinem besten Anzug, dem man aber auch das Alter ansah. Seine Hände waren wie zum Gebet gefaltet. Maria erinnerte sich. Er war es, der sie in ihren Jugendjahren zu Wochenendausflügen in die Fränkische Schweiz mitgenommen hatte, der ihr hie und da heimlich einen Zwanziger zugeschoben hatte, damit sie sich etwas kaufen konnte, oder der sie an ihrem Geburtstag immer mit einem großen Geschenk überrascht hatte. Sie hatte diesen Mann geliebt. Ihre Gefühle übermannten sie. Sie beugte sich zum geliebten Großvater hinab und gab ihm einen letzten Kuss auf die kalte Stirn. Dabei rutschte die lange Halskette mit dem Bernsteinanhänger – ein Geschenk von Opa Ernst – aus dem Inneren ihres Mantels hervor. Sie hing bis in den Sarg hinein. Maria bemerkte zu spät, dass sie sich irgendwo verhakt hatte. Sie zog. Erfolglos, die Kette hatte sich verfangen. Es half nichts, die Kette kam nicht mehr frei. Es ging weder vor noch zurück. Es sah schon etwas komisch aus, wie sie so über die Leiche gebeugt an dem offenen Sarg stand, ohne wieder loszukommen. „Kann mir mal jemand helfen", rief sie verzweifelt. Der junge Mann, der an der Wand stand, hatte ihre missliche Lage bemerkt und zeigte Erbarmen. Flugs löste er sich aus seiner starren Haltung und eilte auf Maria zu. Schon griff er nach Marias Kette und zog ebenfalls heftig daran. Doch auch er hatte kein Glück. Die Kette musste sich irgendwo richtig fest verhakt haben. Nun bemerkten auch die anderen Trauergäste die missliche Lage Marias und eilten herbei. Auch ihr Vater hatte sich aus dem Kreis der Umstehenden gelöst. In seinem Bemühen, das Malheur zu lösen, zog er zu heftig an dem Schmuckstück. Die dünne Goldkette riss und der Bernsteinanhänger kullerte in den Sarg. „Oje", jammerte Maria, die aber froh war, sich wieder aufrichten zu können.

„Bitte verlassen Sie nun die Trauerhalle", verkündete der junge Mann und an Maria gewandt meinte er, „ich werde Ihnen Ihren Anhänger wieder besorgen."

*

Das war leichter gesagt als getan. Als sich die Halle geleert hatte, machte sich der junge Mann auf die Suche nach dem Bernsteinanhänger. Er ließ so viel Pietät wie möglich walten und ging vorsichtig vor. Er wollte die Totenruhe nicht unnötig stören. Mit gestreckten Fingern suchte er seitlich im Sarg nach dem entschwundenen Schmuckstück. Was er fühlte, war Plastik, das da aber nicht hingehörte. Neugierig ging er der Tatsache auf den Grund. Es blieb ihm nichts anderes übrig, als den Toten auf die Seite zu drehen. Die Unterlage, auf der Opa Ernst lag, verrutschte und ein Stück Plastiktüte wurde sichtbar. Was war das denn? Der junge Mann wühlte weiter. Ein ganzer Plastiksack tauchte auf. Der wurde immer größer und länger. Schließlich wuchtete der junge Mann den toten Greis zur Seite. Er rüttelte an dem merkwürdige Plastiksack und riss ihn dabei auf: Ein menschlicher Kopf, blutig, hautlos und ohne Augen starrte ihn an.

Gall gibt nicht auf

Es fuchste und wurmte Gall, dass er den beiden Kripobeamten nicht zu hundert Prozent dienlich sein konnte. Noch fehlte eine vernünftige Erklärung, was die Malteserfahne mit den Attributen des Heiligen Sebaldus zu tun hatte. Der Historiker fuhr am Dienstag wieder ins Büro. „Die Sache von gestern, die Angelegenheit mit der Nürnberger Kripo", erklärte er seiner Frau Annemarie. Dann war er entschwunden. Im Büro angekommen überlegte er erst in Ruhe. Dann schritt er erneut sein Bücherregal ab. Bei dem Band „Biographisch-Bibliographisches Kirchenlexikon Malta I", blieb er stehen und nahm ihn heraus. Es war mehr so ein Gefühl als tatsächliches Wissen. Die Fahne hatte etwas mit Malta zu tun. Das war klar. Mehr als 20.000 Artikel über verstorbene Malteser waren in dem Schmöker enthalten. Es war ein Nachschlagewerk zur maltesischen Geschichte von 1100 bis 1798. Im Juni 1798 endete die Ordenszeit auf Malta, als Napoleon den Orden von der Mittelmeerinsel vertrieb. Der emigrierte nach St. Petersburg. Das Buch war so ein dicker Wälzer, dessen Inhaltsverzeichnis sich bereits über viele Seiten hinwegzog. Gall folgte seufzend den Hinweisen. Er folgte alphabetisch allen 1565 verstorbenen Maltesern. Infolge des Krieges mit den Türken waren es viele. Die Belagerung hatte ihren Tribut gefordert. Viele bekannte Namen triggerten sein Erinnerungsvermögen. Als er unter dem Buchstaben R auf Johannes Reiter von Kernburg stieß, stutzte er. Ein Ritter aus Nürnberg? Er blätterte vor auf Seite 1126.

Nürnberger Verteidiger Maltas, der 1565 bei der Verteidigung der Insel gegen die Türken an den Folgen einer Verletzung starb. Er soll sein gesamtes Privatvermögen einer Stiftung „Heiliger Geist zu Malta" vermacht haben (s. Jean de Valetta).

Gall witterte Morgenluft. Schnell schlug er im Inhaltsverzeichnis nach, auf welcher Seite Jean de Valetta zu finden war. Seite 1374.

Von 1557 bis zu seinem Tod im August 1568 war Jean de Valette der 49. Großmeister des Ordens. Zu seinen größten Verdiensten gehörte die Verteidigung der Insel gegen die Türken. Schaffung eines Treuhandkontos für die in der Zukunft zu gründende Stiftung „Heiliger Geist zu Malta".

Das war alles, was Gall herausfand. Viel war das nicht. Sein Jagdfieber war jedoch erwacht. Deshalb also die maltesische Flagge neben den Attributen des Heiligen Sebaldus. Ein Ritter aus Nürnberg auf Malta. Das musste das Bindeglied sein. Die Gründung der Stiftung ging also von Malta aus. Warum lag deren Gründung in der Zukunft? Gab es die inzwischen, war sie gegründet worden? Er hatte noch nie etwas von einer Stiftung „Heiliger Geist zu Malta" gehört.

Gall griff zum Telefon, um den Hauptkommissar anzurufen und ihm seine Entdeckung mitzuteilen. Es tutete nur. Niemand ging ran, dann schaltete sich eine Aushilfskraft zu. „Hauptkommissar Bellinghausen und Frau Kommissarin Knobloch sind derzeit auf dem St. Rochus-Friedhof", hieß es. „Sollen sie zurückrufen?"

„Wann sind sie denn zurück?"

„Keine Ahnung, das kann etwas länger dauern."

Gall verneinte. Dann sah er auf seine Armbanduhr. Oh, bereits kurz nach elf. Wie die Zeit verflog. Er hatte Annemarie versprochen, dass sie heute zum Mittagessen in den Gasthof „Fuchs" nach Röttenbach fahren würden. Das war noch zu schaffen. Trotzdem hieß es, sich zu sputen. Er musste sich noch umziehen für das traditionelle Karpfenessen. Wenn nur diese grässliche Helga nicht wieder dabei wäre. Sicherlich müsste er ihren Karpfen auch heute wieder mitbezahlen. Und dass sie den größten bestellen würde, war sowieso klar. Die alte Fressmaschine.

Auch Benno gibt nicht auf

Benno saß an diesem Dienstag im Bus der Linie 44. Schon am Vortag hatte er an der Haltestation Wohnanlage Regensburger Straße gestanden und alle Fahrer gefragt, ob sie am Heiligen Abend um 19:17 Uhr die Strecke nach Mögeldorf gefahren waren. Sie verneinten. Ein Fahrer, den er bereits zum zweiten Mal danach gefragt hatte, bekam schließlich Mitleid. „Moment amol", meinte er und rief über sein Funkgerät in der Zentrale an. „Schorsch, hier is der Jupp. Waßt du, wer am Heilichn Abend um viertelachta die Streckn vo der Regensburger Straß bis nach Mögldorf gfahrn is?" Es dauerte eine Weile, bis Schorsch sich wieder meldete. Dann knisterte es im Kanal.

„Des muss der Wittmanns Koarla gwesn sei", kam es zurück.

„Wann isn der widder auf der gleichn Streckn?", fragte der Jupp nach.

„Nach meine Unterlachn is der morgn widder dran", antwortete Schorsch.

„Sie hams ghört", antwortete der Fahrer, „probierns morgn widder ihr Glick."

Das machte Benno. Gegen 14 Uhr stand er wieder an der Bushaltestelle und zeigte Koarla ein Foto auf seinem Handy.

„Des is der Mo, der am Heilichn Abend zu mir in den Bus gstiegn is", bestätigte der Koarla. „An dem Toch um dera Zeit woar net viel los", erklärte der Fahrer. „Na ja, Heilich Abend. Wer isn da noch unterwegs? Außerdem hat ihr Freind ka Kleingeld net ghabt, drum waß ich des a no so genau. An Fufzger hat er mir gebn. Was soll ich mit an Fufzger? Irgendwie ham mir des mit dem Wechslgeld dann doch no gschafft. Am Valznerweiher is er dann ausgstiegn. Was willn der do, hab ich mir no dengt. Is doch nix mehr offn, am Heilichn Abend um dera Zeit. Na ja, der werd scho wissen, was er gmacht hat, hab ich mir dengt."

„Dann fahre ich jetzt auch bis zum Valznerweiher", bemerkte Benno und grinste Koarla an. Der grinste zurück, kassierte das Fahrgeld und startete den Bus. Die elektronische Fahrgastzielanzeige meldete zunächst fünf Haltestellen. Valznerweiher war die letzte der fünf. Die Sportanlage des 1. FCN flog vorüber. Alles war von dem saftigen Rasen in dunkles Grün getaucht, dann war es soweit. „Nächster Halt Am Valznerweiher", sagte die Dame vom Band. Benno drückte den roten Knopf, der Bus hielt und er stieg aus. „Tschüss", rief ihm Koarla noch nach und „viel Glick." Dann rauschte der Bus weiter. Benno sah sich um. Hinter ihm Wohngebiet und der Valznerweiher. Gegenüber, rechts von der Banatstraße, wieder Wohngebiet. Links lag die Billroth-Klinik. In der Nähe, hinter ihm, am Ludwigsfeld-Landgraben verwies ein Schild auf die Gaststätte „Geflügelhof". Benno machte sich auf den Weg dorthin.

„Am Heiligen Abend nach 19 Uhr", musste er dort erfahren, „da war bei uns bereits alles dicht. Wir schließen an diesem Tag um 14 Uhr." Benno war ratlos. Er lief zurück. Die Billroth-Klinik war seine letzte Hoffnung. Am Empfang der Privatabteilung saß eine Rothaarige. Patienten wuselten um sie herum, Ärzte in Operationskleidung kreuzten seinen Weg. „Haben Sie am Heiligen Abend diesen Mann gesehen?", fragte Benno die Rothaarige und hielt ihr sein Handy hin. Die Dame erkannte Bastürk sofort. Eingehend studierte sie das Foto.

„Ist das ein Spanier, Grieche oder Türke?", fragte sie, obwohl sie die Antwort wusste.

„Ein Türke", bestätigte Benno.

„Türken haben wir nicht als Patienten, wir sind eine Privatklinik", antwortete sie schnippisch. „Nein, dieser Mann ist mir völlig unbekannt. Ich weiß das, weil ich am Heiligen Abend Dienst hatte. Der wäre mir sofort aufgefallen."

„Ich meine auch nicht, dass er als Patient hier war", entgegnete Benno, „vielleicht hat er hier jemanden besucht oder so?"

„Wann soll das gewesen sein?", fragte die Dame in Rot nach.

„Zwischen 19:15 und 20 Uhr", gab Benno höflich Auskunft.

„Nein absolut nicht, auch nicht in der Zeit, die Sie angeben", meinte die Rothaarige, „da war bei uns alles ruhig. Wissen Sie, viele Patienten hatten über die Feiertage die Klinik verlassen und haben die Zeit mit ihren Lieben verbracht. Wir sind auch jetzt noch nicht wieder voll. Aber ich kann mich gerne einmal umhören. Vielleicht hat einer unserer Ärzte den Mann getroffen. Wissen Sie was, lassen Sie mir doch das Foto ihres Freundes hier und sagen mir, wie ich Sie erreichen kann. Am besten, Sie schicken mir das Bild per SMS oder per E-Mail. Benno war enttäuscht. Er klammerte sich jedoch an diese letzte Möglichkeit und tat wie ihm geheißen wurde. Niedergeschlagen verließ er die Klinik wieder und machte sich zurück auf den Weg zur Bushaltestelle.

Schon als er durch die gläserne Schiebetür des Ausgangs die Klinik verließ, rief die Rothaarige ihren kurzgeratenen Freund an. „Wir haben da ein Problem", meldete sie.

In der Trauerhalle

Da Bellinghausen und Knobloch Dienst hatten, war es das Einfachste, sie zur Trauerhalle am St. Rochus-Friedhof zu beordern. Als sie ankamen, empfing sie eine aufgeregt schnatternde Horde von Trauergästen. Ein junger Mann Mitte zwanzig löste sich aus der Gruppe und schritt auf die Beamten zu. „Ich habe Sie angerufen", meldete er.

„Worum geht es?", wollte Bellinghausen wissen. „Zwei Leichen in einem Sarg? Wie wir gehört haben."

„Oder das, was von der zweiten Leiche übrig geblieben ist", bestätigte der junge Mann. „Kommen Sie mit, ich zeige Ihnen, was ich meine." Dann machte er sich auf den Weg. Die beiden Polizisten folgten ihm.

„Da sind die SpuSi, die KTU und die Rechtsmedizin gefragt", stellte Bellinghausen fest, als er sich die Bescherung angesehen hatte. „Wie kommt denn dieser Rest von Mensch in den Sarg?", wollte er wissen. „Die gehäutete Leiche meine ich."

„Keine Ahnung, ich kann nur vermuten. Bei Bestattungen, die eine Verabschiedung am offenen Sarg beinhalten, bedienen wir uns gelegentlich eines Thanatopraktikers. Wir haben damit gute Erfahrungen gemacht. Er hat die Aufgabe, die Leiche pietätvoll und hygienisch für die persönliche Verabschiedung herzurichten. Er war noch zu Gange, als ich schon fertig war und brauchte nur noch wenige Minuten. Also nutzte ich diese Zeit, um draußen noch eine Zigarette zu rauchen und die Angehörigen zu informieren, dass sie sich auf das Abschiednehmen vorbereiten können. Diese Zeitspanne muss er genutzt haben, um uns den Plastikbeutel mit den Leichenteilen unterzuschieben. Anders kann ich mir das nicht erklären."

„Also quasi ein Subunternehmer?", vergewisserte sich Bellinghausen.

„Könnte man so sagen", bestätigte der junge Mann.

„Warum benutzen Sie für solche Arbeiten nicht Ihre eigenen Leute?"

„Normalerweise machen wir das schon, aber dieses Mal war es anders. Sehen Sie, ich bin im Moment allein, mein Partner, der sonst diese Arbeiten verrichtet, ist krank, er hat Bronchitis. Da musste ich auf externe Hilfe zurückgreifen. Emanuel Gollwitzer aus Gostenhof, so heißt der Thanatopraktiker, ist neu in der Branche. Er will sich selbständig machen und hat mir seine Dienste kostenlos angeboten. Nur um zu prüfen, ob ich mit seinen Dienstleistungen zufrieden bin. Das war Kundenwerbung. In meiner Notlage habe ich natürlich darauf zurückgegriffen", erklärte der junge Mann.

„Und Sie haben den Gollwitzer vorher nicht überprüft?", trug Sandra bei.

„Na ja, bis auf seine Visitenkarte habe ich nichts."

„Haben Sie die noch?", wollte Bellinghausen wissen.

„Einen Moment, ich glaube, ich habe sie sogar dabei." Der junge Mann wühlte in seinen Taschen, dann zog er eine Geschäftskarte hervor."

„Die ist auf einem Drucker entstanden", bemerkte Bellinghausen. Dann erst sah er das Logo in der rechten, oberen Ecke. Ein Rosenkranz, ein Stab und eine Muschel. „Emanuel Gollwitzer in der Bürlaustraße 8", las er laut vor. Er bemühte sein Mobiltelefon und rief in der Zentrale an. „Könnt ihr überprüfen, ob es in Nürnberg Gostenhof einen Emanuel Gollwitzer gibt, wohnhaft in der Bürlaustraße 8?", raunte er in die Sprechmuschel, „und ruft mich sofort zurück, wenn ihr das Ergebnis habt. Wie sah er denn aus, dieser Emanuel Gollwitzer", richtete Bellinghausen seine Frage an den Bestatter.

„Also, ich würde sagen, groß, bullig, athletisch, vielleicht Mitte fünfzig, Glatze."

Diese Beschreibung hatte Bellinghausen schon einmal von Nikolaus Schwab vom BRK bekommen. Sein Handy summte. Er nahm das Telefongespräch an. „In ganz Gostenhof gibt es keinen Thanatopraktiker, der Emanuel Gollwitzer heißt, und eine Bürlaustraße gibt es auch nicht", hieß es.

„Es scheint, Sie sind einem Betrüger aufgesessen", wandte sich Bellinghausen an den jungen Mann.

Der machte große Augen und schüttelte den Kopf. „Was machen wir denn nun mit den menschlichen Resten aus dem Plastiksack?", wollte der wissen.

„Die kommen in die Rechtsmedizin nach Erlangen", antwortete der Hauptkommissar. „Ich werde gleich alles Nötige veranlassen, dann kümmern wir uns um die Angehörigen. Sandra, kannst du die SpuSi und die KTU mobilisieren?", sprach er seine Kollegin an, „die sollen ihre Ärsche hierher bewegen. Das sieht nach Mord aus, da will jemand eine Leiche verschwinden lassen. Als ob wir mit dem Tod von diesem Max Faber und von Anke Silbermann nicht schon genug Ärger am Hals hätten", schimpfte er. Dann richtete er seine Schritte nach draußen. „Maria Müller", rief er in den Kreis der Umherstehenden. Eine junge Frau mit rot verheulten Augen löste sich aus der Menschenmenge.

„Kommen Sie, gehen wir nach innen. Ich habe da noch ein paar Fragen an Sie", knurrte er.

Stichs fachkundige Einschätzung

„Eine Leiche ist der Schatz des 21. Jahrhunderts", fasste Stich die Ergebnisse seiner Untersuchung am Mittwoch zusammen. „Ganz eindeutig Leichenverwertung in höchstem Grade. Da waren Profis am Werk." Bellinghausen und Knobloch lauschten ungläubig den Worten des Rechtsmediziners. „Organe, Gewebe, Augen, Haut, alles weg", setzte der Rechtsmediziner seine Rede fort. „Da muss ich an die USA denken, wo das Ausnehmen einer Leiche viel verbreiteter ist als bei uns. Wenn sie dort alle Teile verwenden, bei denen das möglich ist, kommen Sie auf einen Erlös von rund 250000 US-Dollar je Leiche", sprach er. „Ein einträgliches Geschäft."

„Für die wenigen Organe?", wollte Bellinghausen wissen.

„Organe, Organe", wiederholte Stich. „Pah, das macht es nicht aus", fuhr er fort. „Bei Organen muss normalerweise alles schnell gehen, die Transplantationen, meine ich. Ich spreche in unserem Fall aber hauptsächlich von der Wiederverwendung des Gewebes. Das wird zum größten Teil weiterverarbeitet, tiefgefroren, gelagert und am Weltmarkt verkauft. Herzklappen, Augenhornhaut, Gehörknöchelchen, Sehnen, Muskelhüllen, Leberzellen, Hirnhaut, Rippenknorpel, die Aorta, Gefäße, ja sogar Penisse zur Vergrößerung und andere Sachen. Was meinen Sie, was sich damit alles machen lässt? Kaum jemand weiß über den Schmu Bescheid, der damit betrieben wird. Oder ist Ihnen bekannt, dass Knochen zu Paste verarbeitet werden, die in der Schönheitschirurgie eingesetzt wird? Dass Haut an Brandopfern wiedereingesetzt wird oder dass zerkleinerte Hautbestandteile zu Kollagenpräparaten verarbeitet werden, mit denen dann in Schönheitskliniken Falten unterspritzt oder schlaffe Lippen aufgefüllt werden? Damit sind die Möglichkeiten der Weiterverwendung noch lange nicht ausgeschöpft. Geweberteile werden in einer aufwendigen Verarbeitung zu Tissue-Produkten umfunktioniert. Nur um Ihnen einen Eindruck zu vermitteln: Während Organe an nur wenige Menschen weitertransplantiert werden, können Geweberteile eines einzelnen Menschen an mehr als sechzig andere Menschen weiterverpflanzt werden. Unser Gewebegesetz ist da viel zu lax. Keiner will sich mit dem Thema ernsthaft befassen, schon gar nicht die Politik. Zurück zu unseren Leichenteilen. Da hat jemand ordentlich aufgeräumt. Da war, wie gesagt, ein Profi am Werk."

„Jemand mit medizinischer Kenntnis also?", vergewisserte sich Bellinghausen.

„Unbedingt", war sich Stich sicher.

„Wo könnte man einen menschlichen Körper so zerlegen?", war die nächste Frage des Hauptkommissars.

„Hier bei uns zum Beispiel", gab Stich zur Antwort." Oder in einer Klinik. Wenn dies in einer Arztpraxis passiert, muss zumindest eine Art Operationssaal vorhanden sein. Fast hätte ich es vergessen zu erwähnen: Ich habe bei der Untersuchung der Leichenteile Spuren des Giftes von *Chironex fleckeri* entdeckt."

„Was ist denn das?" Bellinghausen war ahnungslos.

„Die Seewespe", klärte ihn Stich auf. „Eine australische, hochgiftige Quallenart. Sie lebt in flachen, küstennahen Gewässern der Nord- und Ostküste des australischen Kontinents. Große Exemplare können bis zu 6 Kilogramm schwer werden, sie haben einen Schirmdurchschnitt bis zu 30 Zentimeter. Die meisten sind aber nur halb so groß. Sie sind transparent und daher kaum sichtbar.

Eine Gefahr für jeden Schwimmer. Ihre Stiche fühlen sich an wie glühendes Eisen, berichten Überlebende. *Chironex fleckeri* gehört zu den giftigsten Tieren weltweit. Ihr Gift greift im menschlichen Körper die roten Blutkörperchen an, indem es deren Zellmembrane durchlöchert. Dadurch lösen sich diese auf. Kalium strömt aus und lässt schnell den Herzstillstand eintreten. Wie das Gift in den Körper des Toten kommt, keine Ahnung."

„Kann das mit einer Spritze geschehen sein?", fragte Bellinghausen nach.

„Theoretisch schon, aber das kann ich aufgrund der Zerstückelung der Leiche nicht mehr nachweisen", gab Stich zu verstehen. „Aber ich frage mich, wer hat so ein Gift, hier bei uns in Nürnberg? Da werde ich nicht schlau draus."

„Okay, eins nach dem anderen. Kommen wir zurück auf die Räumlichkeiten die Leichenzerstückelung betreffend. Sie meinen also, wer auch immer die Leiche ausgeweidet hat, muss über die entsprechende Infrastruktur verfügen?"

„Davon bin ich fest überzeugt."

„Nun zu der Qualle", ordnete Bellinghausen seine Gedanken. „Das Opfer der Zerstückelung könnte theoretisch durch ihr Gift umgebracht worden sein?"

„Theoretisch", bestätigte Stich.

„Werden da nicht die Organe, die ja auch fehlen, automatisch mitvergiftet?"

„Ja, schon. Aber nicht, wenn die Entnahme schnell genug geht. Deshalb meine ich ja, dass ein Mindestmaß an Infrastruktur vorhanden gewesen sein muss."

„Also eher eine Klinik als eine Arztpraxis?"

„Wenn Sie so wollen, ja."

Rückschau: Franken wird 1806 Teil des Königreichs Bayern

Die Weitergabe von Johannes Reiters Erbunterlagen lief nicht mehr ganz so, wie es ursprünglich gedacht war. Das Geschlecht der Reiters war ja ausgestorben. Doch auch auf Malta ereigneten sich Dinge, die die regelgerechte Verwaltung des Treuhandfonds durcheinanderbrachten: Napoleon war 1798 auf dem Weg zu seiner ägyptischen Expedition, als er im Juni des gleichen Jahres auf Malta um Auffüllung seiner Vorräte bat. Dem damaligen Großmeister Ferdinand von Hompesch zu Bolheim gefiel es gar nicht, dass so viele fremdländische Kriegsschiffe in den Großen Hafen einfahren wollten und er verbot es. Das Verbot zur Einfahrt wiederum missfiel dem Franzosen. Napoleons Heerscharen griffen sofort an. Nach zähen Verhandlungen ergab sich die Insel und die Malteserritter emigrierten nach St. Petersburg, wo Zar Paul I. ihr neuer Großmeister wurde.

Das alles jedoch störte die nunmehrigen Erben von Johannes Reiters Hinterlassenschaft nicht. Die Hegensteins pflanzten sich um weitere Generationen fort und gaben die Erbpapiere brav immer weiter. Im Jahr 1806 war die 30-jährige Paula Ziegler, eine Nachkommin der Hegensteins, die rechtmäßige Besitzerin der Erbunterlagen.

In diesem Jahr wurde Nürnberg Teil des neuen Königreichs Bayern. Bereits im Februar 1803 war im Alten Rathaus zu Regensburg das letzte bedeutende Gesetz des Heiligen Römischen Reiches verabschiedet worden: Die weltlichen Fürsten sollten für ihre Gebietsverluste – was sie auf linksrheinischem Gebiet an Frankreich verloren hatten – abgefunden werden. Dies geschah durch Säkularisierung und Mediatisierung: Geistliche Fürstentümer wurden aufgelöst und weltlichen Herrschaftsgebieten wie Herzogtümern oder neu entstandenen Königreichen zugeschlagen. Ehemals reichsunmittelbare Gebiete sowie die Freien Reichsstädte, die direkt dem Kaiser unterstellt waren, wurden aufgelöst und ebenso neu verteilt. Zwei Kurfürstentümer, neun Reichsbistümer, vierundvierzig Reichsabteien und fünfundvierzig Reichsstädte wurden aufgelöst und bekamen neue Herren. Darunter auch Nürnberg. 45.000 Quadratkilometer Land und fast fünf Millionen Menschen erhielten neue Landesherren.

Der Anschluss Nürnbergs an das neu geschaffene Königreich Bayern ging nicht ohne Probleme vonstatten. Im August 1806 dankte der Habsburger Franz II. als letzter Kaiser des Heiligen Römischen Reiches ab, allerdings hatte er sich vorsichtshalber schon zwei Jahre vorher zum Kaiser von Österreich ernannt, das er als Franz I. bis zu seinem Tode 1835 regierte. Die Freie Reichsstadt Nürnberg hatte damit keinen Dienstherrn mehr. Im März 1806 besetzte die französische Armee im Auftrag ihres Verbündeten, König Maximilian Joseph I. von Bayern, die Stadt. 1808 löste der bayerische König den bisherigen patrizischen Rat auf. Nürnberg hatte seine Eigenständigkeit als Reichsstadt verloren.

*

Auch im 19. Jahrhundert konnte man von Organtransplantationen im engeren Sinne nur träumen. Das stand noch in den Sternen. 1806 wurde das erste, noch starre Endoskop erfunden: Ein Gerät, mit dem man das Innere von Organismen oder technische Hohlräume erforschen konnte. Zwar waren die Zeiten von Aderlass, Antimasturbationskorsett und Tabak-Klistier vorbei, aber die Medizin stand noch vor dem Aufbruch in die Moderne. Auch in den Folgejahren änderte sich daran nichts. Die Entwicklung des ersten Stethoskops, die Erfindung der subkutanen Injektion, die Entdeckung des Cholera-Erregers und der Röntgenstrahlen sowie die Konstruktion der ersten Herz-Lungen-Maschine brachten zwar enorme Fortschritte, aber immer noch starben Menschen an kleinen Verletzungen, weil der keimabtötende Wundverband noch nicht entwickelt war, die moderne Mikrobiologie noch in den Kinderschuhen steckte und weil die Blutgruppen und das Insulin noch nicht entdeckt waren.

Ein Überfall wird geplant

Die rothaarige Empfangsdame der Billroth-Klinik und ihr kurz-geratener Freund saßen zusammen und berieten sich. „Und du meinst, dass dieser Benno Regenfuß nicht aufhören wird, nach Yusuf Bastürk zu suchen?", meinte er.

„Der wirkte ziemlich entschlossen", gab sie zurück. „Ich hoffe nur, dass der nicht schon allzu viel Wirbel verursacht hat und Gott und die Welt nach Yusuf sucht. Am Ende meldet er ihn noch bei der Polizei als vermisst."

„Das könnten wir natürlich überhaupt nicht gebrauchen, wenn die Bullen auch noch nach dem Türken suchen", überlegte er laut.

„Außerdem scheint er zu wissen, dass sein Freund mit dem 44er-Bus gefahren und am Valznerweiher ausgestiegen ist", setzte sie hinzu.

„Gut", zeigte er sich entschlossen. „Wie machen wir es?"

„Wir locken ihn in die Klinik, betäuben ihn und lassen ihn anschließend in der Schaukel zappeln. Das wird seine Zunge lockern und er wird uns erzählen, wem er schon alles von dem Ver-schwinden seines Freundes erzählt hat", schlug die Dame vor.

„Und dann?"

„Dann bringst du ihn um", folgerte sie. „Unser letzter Toter im alten, beziehungsweise der erste im neuen Jahr."

„Und wann soll er dran glauben?", wollte er noch wissen.

„Wann haben wir die nächste Herztransplantation?", meinte sie.

„Sobald ein Spenderorgan zur Verfügung steht", knurrte er.

„Aber wir kennen seine Blutgruppe noch nicht", überlegte sie.

„Dann untersuchen wir ihn zuerst, das ist nicht das Problem", wiegelte er ab.

„Gut, dann rufe ich ihn gleich heute noch an."

*

Benno Regenfuß saß zuhause und überlegte. Was konnte er noch alles tun, um Yusufs Spur zu finden? Was hatte der am Valznerweiher zu tun gehabt? Da waren nichts als Wohnhäuser und die Billroth-Klinik. Aber was sollte Yusuf in der Klinik? Ihm blieb wohl nichts anderes übrig, als Haushalt für Haushalt abzugehen, sein Handy zu zücken und nach Yusuf zu fragen. Benno hatte in der Zeitung gelesen, dass man am St. Rochus-Friedhof die blutigen Überreste eines menschlichen Körpers gefunden hatte. Zwei Leichen in einem Sarg. Wer kam denn auf so eine Idee? Dass es sich dabei um Yusufs Überreste handelte, auf diese Idee kam Benno nicht.

Sein Handy klingelte. Das Display zeigte eine unbekannte Nürnberger Festnetznummer. Wer konnte das denn sein? Er nahm das Telefonat an und wischte den grünen Knopf. „Regenfuß", meldete er sich.

„Hier spricht Thea vom Empfang in der Billroth-Klinik. Bin ich mit Herrn Regenfuß verbunden?"

„Ja, das sind Sie. Hier spricht Benno Regenfuß. Was gibt es denn?"

„Sie haben mehr Glück als Verstand", säuselte Thea ins Telefon. „Ich habe fast alle unsere Ärzte, die am Heiligen Abend Dienst hatten, befragt, ob sie Ihren Freund gesehen haben."

„Und?", unterbrach Benno sie ungeduldig.

„Was soll ich sagen? Dr. Eisenherz hat ihn draußen gesehen und mit ihm gesprochen. Das ist der Mann, hat er gesagt, als ich ihm Ihr Foto gezeigt habe."

„Und worüber haben die beiden gesprochen?", wollte Benno wissen.

„Das weiß ich nicht", antwortete Thea, „danach habe ich ihn nicht gefragt. Aber Dr. Eisenherz hat heute Dienst. Wenn Sie Zeit haben, können Sie ihn gerne sprechen."

„Ich bin in einer Viertelstunde bei Ihnen", hörte sie Benno noch sagen, dann legte sie auf.

*

Der Kurzgeratene, alias Dr. Eisenherz, hatte sich einen weißen Arztkittel besorgt und ein Stethoskop um den Hals gehängt. Seine Freundin Thea saß wie üblich am Empfang und beobachtete, wie Benno Regenfuß mit seinem Wagen heranbrauste. Er suchte vor dem Gebäude einen Parkplatz. Ein Opel Corsa verließ gerade eine Parklücke. Regenfuß rauschte hinein, stieg aus und lief eiligen Schrittes auf die Klinik zu.

„Da bin ich wieder", rief er gutgelaunt, als er auf den Empfangsschalter zulief. „Wo ist denn dieser Dr. Eisenherz?"

„Er wartet bereits auf Sie im Besprechungszimmer. Ich gehe mal voran."

Regenfuß folgte ihr.

„So, bitteschön, da sind wir", flötete sie, als sie den Gang hinuntergelaufen waren. „Viel Erfolg."

„Dankeschön", meinte Regenfuß. Er setzte große Hoffnungen in das Gespräch mit Dr. Eisenherz. Vielleicht konnte der Arzt ihm verraten, was Yusuf vorhatte. Dann trat er ein. Er sah sich einer ganzen Gruppe von Männern gegenüber.

„Bin ich hier falsch?", fragte er irritiert?

„Herr Benno Regenfuß?", meinte ein Kleiner mit weißem Kittel und Stethoskop um den Hals. Das musste der Anführer sein. Vielleicht Dr. Eisenherz?

„Ja. Dr. Eisenherz?" Von diesem Moment übersah Benno Regenfuß die Situation nicht mehr. Fünf der kräftigen Männer stürzten sich auf ihn, griffen nach seinen Armen und warfen ihn zu Boden. Einer drückte ihm ein mit einer Flüssigkeit getränktes Handtuch auf Mund und Nase. Benno roch den penetranten Duft, dann wurde ihm schwarz vor Augen und er fiel in tiefe Bewusstlosigkeit.

*

Als er wieder erwachte, lag er auf einer harten Liege und konnte weder Arme noch Beine richtig bewegen. Sie waren mit Kabelbindern gefesselt. In seinem Mund spürte er einen strengen Knebel, der ihm das Sprechen oder Schreien unmöglich machte. Soweit er konnte, überprüfte er seine Umgebung. Er befand sich in einem fensterlosen Raum. Die grauen Wände rings um ihn herum glänzten vor Kahlheit. Die nicht eingeschaltete riesige Leuchte über ihm war das einzige Objekt in dem Raum.

Er hatte keine Ahnung davon, dass er von einem der Männer, die an dem Überfall auf ihn beteiligt waren, beobachtet wurde. Jemand hatte inzwischen seinen Wagen nach Fischbach gefahren und dort ordnungsgemäß in einer Parklücke abgestellt. Es sah nicht gut aus für Benno Regenfuß.

Ein neues Jahr beginnt

Der Freitag brachte nichts Neues. Die KTU hatte noch immer Schwierigkeiten, das Passwort von Maximilians Laptop zu entschlüsseln, obwohl sie eine spezielle Software benutzten. Sie kamen einfach nicht an die Registry-Dateien heran. Der junge Mann musste ein unbekanntes Verschlüsselungs-Tool verwendet haben. Die Suche nach Emanuel Gollwitzer blieb ebenfalls erfolglos und den Mann namens Gerhard hatte die Kripo auch noch nicht gefunden.

Der letzte Tag des Jahres kam in Riesenschritten. Sandra saß im Schlafanzug in ihrer Küche und schlürfte ihren Morgenkaffee. Dazu eine Scheibe Toast mit selbstgemachtem Birnengelee. Sie liebte den Hauch von Zimt, der so weihnachtlich schmeckte. Gerade das Richtige für diese Jahreszeit. Vor ihr lag die Zeitung mit allen möglichen Silvesterangeboten im Regionalteil: Schlemmer-Menü im Grandhotel, im Schauspielhaus spielten sie „Schweig, Bub!" und an der Pegnitz gab es die weltgrößte Feuerzangenbowle. Ein mit 9000 Litern gefüllter Kupferkessel sorgte für diese Weltbestleistung. Rotwein, Rum, Zucker und die entsprechenden Gewürze waren die Zutaten dieser Spezialität, die man angeblich schon vor über 200 Jahren getrunken hatte. Damals hieß das Getränk noch „Krambamboli". Beim Ochsenportal an der Fleischbrücke fand das statt. Sandra wusste natürlich, wo das war. So oft war sie über die Fleischbrücke gelaufen. Sie hatte sich sogar aus dem Geschichtsunterricht gemerkt, dass der liegende Ochse aus Sandstein mit den vergoldeten Hörnern und Klauen sich seit 1599 dort wohl fühlte. Na gut, im Zweiten Weltkrieg wurde er beschädigt, aber man hatte ihn ja renoviert und neu aufgebaut. Er gehört zum ehemaligen Fleischhaus, wo man schon im Mittelalter Metzgereiprodukte kaufen konnte. OMNIA HABENT ORTVS SVAQVE IN CREMENTA SED ECCE QVAM CERNIS NVUNQ-VAM BOS FVIT HIC VITVLVS, stand unter dem Ochsen: „Alles hat seinen Ursprung und Anfang, doch siehe, der Ochse, den du hier erblickst, ist nie ein Kalb gewesen". Sandra erinnerte sich an ein kleines Gedicht, das sie ebenfalls in der Schule auswendig lernen mussten:

Zu Nürnberg auf der Fleischbruck/Da sitzt ein Ochs von Stein/ Darunter diese Inschrift/Gemeißelt auf Latein/Jed' Ding hat seinen Anfang/Der Ochs doch den du siehst/Allhier – in seinem Leben/Kein Kalb gewesen ist.

Sandras Gedanken kamen wieder zurück in die Realität. Sie las von „Drei im Weckla", von Currywurst, Baggers und anderen leckeren Kleinigkeiten und beschloss, der Budenstadt zwischen den Fleischbänken heute Abend einen Besuch abzustatten.

*

Der Abend war kühl, die Temperatur lag nahe dem Gefrierpunkt und Sandra hatte sich in einen dicken Mantel gehüllt, als sie die U-Bahn am Hauptbahnhof verließ. Den Weg zur Fleischbrücke nahm sie zu Fuß. Vereinzelt ließen Jugendliche Böller in den leeren Straßen knallen. Ein Streifenwagen fuhr langsam durch die Königsstraße. Von St. Lorenz schlug es acht Mal. Schon stimmten die anderen historischen Gotteshäuser in der Altstadt in das Glockengeläut ein. Sie passierte die Adlerstraße, lief die Königsstraße hinunter und bog dann in die Kaiserstraße ein. Sie hörte schon von der Ferne den Krawall, den die Lautsprecher und die Gäste verursachten. „Warum schickst du mich in die Hölle ... Hölle, Hölle,

Hölle", wiederholten die gut gelaunten Standgäste lautstark und grölend. Sandra lief über die Fleischbrücke, immer dem Lärm nach. Die Pegnitz lag ruhig in ihrem Steinbett. Vereinzelt schwammen Stockenten auf dem dunklen Wasser herum. Die junge Frau stürzte sich in das Gewühl, das sich vor dem ersten Stand versammelt hatte. „Einen Glühwein mit Schuss", orderte sie bei der Bedienung und zahlte den geforderten Betrag.

„Da sind 3 Euro Pfand drauf", meinte die Dame am Stand.

„Ist hier noch ein Platz frei?", zwängte sich Sandra an einen halbvollen Tisch und stellte ihr Getränk ab.

„Abber frali", meinte ein dicker, alteingesessener Nürnberger, der schon nicht mehr ganz nüchtern war. Der Alkohol seiner Feuerzangenbowle schien ihm schon zu Kopf gestiegen zu sein. „Waggerli ham bei uns immer an Blatz", setzte er hinzu und lachte meckernd über seinen eigenen Witz.

Sandra sah sich um. Links von ihr ruhte die Pegnitz. Geradeaus, da wo sie soeben hergekommen war, drängten sich die Menschen an den Buden. Gegenüber, in dem engen Gang, standen andere Leute und schlürften an ihren heißen Getränken. Einige von ihnen hielten Bratwurstbrötchen in den Händen. Senf tropfte. Der Glühwein hatte nun die richtige Trinktemperatur. „Prost", rief sie in die Runde ihrer Tischgenossen.

„Prost", kam es lautstark zurück. „Lassns es Ihna schmeckn", meinte der Dicke von vorhin. „Des is scho mei sechste Feierzangabowle" faselte er. „Da legst di nieder. Ane no, dann geh ich ham." Dann stierte er wieder vor sich hin und rülpste leise. Sandra nahm einen tiefen Schluck. Das Brühgetränk kühlte ziemlich schnell ab.

Sie fühlte zwei Hände, die in Handschuhen steckten, sich über ihre Augen legen. „Wer bin ich?", hörte sie eine bekannte Stimme. Dann flüsterte der Fremde ihr ins Ohr: „Ich bin ein Fan von dir, bin aber schwul, du bist ‚ne hübsche Frau und daher auch so cool."

„Martin", rief sie erstaunt aus. Tobias und Martin standen hinter ihr und grinsten sie an. „Was macht ihr denn hier?"

„Was machst du denn da, könnten wir genauso fragen. Nein, Spaß beiseite. Wir haben uns gedacht, wir machen einen Spaziergang durch die Innenstadt. Scheint ja ordentlich was los zu sein hier. Wo gibt es denn diese niedlichen Becher mit den Getränken darin?"

„Da vorne, wo sich die vielen Menschen zusammendrängen", antwortete Sandra.

„Dann bring ich dir gleich noch einen Becher mit", entschied Martin, „dein Glühwein ist ja fast leer", meinte er und linste in ihren fast leeren Becher. Sandra trank aus.

„Kommt ihr direkt aus Gibitzenhof?", fragte sie Tobias.

„Ja, wir sind mit der U-Bahn hier."

„Genau wie ich", meinte Sandra.

Ein anderer Party-Hit machte über die Lautsprecher die Runde und sorgte für Stimmung unter den Gästen. „Atemlos durch die Stadt, bis ein neuer Tag erwacht. Atemlos, einfach raus, deine Augen ziehn mich aus", sangen die Gäste so laut mit, dass man sein eigenes Wort fast nicht mehr verstand.

„Hallo, da bin ich wieder." Martin meldete sich zurück. In seiner Linken trug er drei randvolle Becher mit Feuerzangenbowle. Rechts hatte er einen Pappteller mit einer Riesenportion Baggers. „Greift zu. Die werden schnell kalt", verkündete er.

„Du warst aber schnell zurück", kommentierte Sandra.

„Ich bin gleich drangekommen", meinte er entschuldigend. „Ich glaube, die Bedienung wollte was von mir. Sie hat mir auf einem Zettel ihre Telefonnummer rübergeschoben. Wenn die wüsste", gluckste er.

„Und was hast du gemacht?"

„Ich habe ihr ihren Zettel wieder zurückgegeben und ihr gesagt, dass ich mit einer entzückenden Frau hier bin."

„Was gar nicht stimmt", meinte Sandra.

„Doch, bist du keine tolle Frau?", lachte er.

Aus der Menge der Leute, die weiter vorne an den Ständen drängten und nach Glühwein oder Feuerzangenbowle anstanden, schälte sich ein seltsames Paar. Eine Rothaarige, mit einer dünnen Leggins und einer mittellangen, schwarzen Lederjacke bekleidet. Viel zu dünn für die kalte Jahreszeit. Er, vielleicht einen halben

Kopf kleiner als sie, dafür mindestens fünfzehn Jahre älter, trug einen blauen Anzug mit roter Krawatte und darüber einen schwarzen Anorak mit Kapuze. Die beiden sorgten für Aufsehen unter den anderen Gästen, denn die Dame war ganz schön alkoholisiert. Kaum, dass sie noch aufrecht laufen konnte. „Übermorgen machen wir den Regenfuß fertig", lallte sie laut.

„Thea, ich bitte dich, schrei nicht so rum", meinte er und stützte sie in ihren Bemühungen zu gehen. „Was sollen denn die Leute von uns denken, wenn du hier so herumschreist?"

„Is doch egal, was die sich einbi...lden." Dann wiederholte sie ihre Äußerung von eben. „Übermoho...rgen geht's dem Regenfuß an den Krah...gn."

„Ist schon gut", meinte der kleinere Mann, „mach hier nicht so viel Aufhebens. Und wenn wir später im Taxi sind, bist du bitte ruhig."

„Ich bin so müde", lallte sie.

„Ja, komm jetzt weiter", raunte er ihr ins Ohr und schleppte sie davon.

Bis auf diesen kleinen Zwischenfall war der Aufenthalt an der Pegnitz durchaus angenehm trotz der Kälte. Um Mitternacht stiegen Raketen empor und entfalteten am Nachthimmel über Nürnberg ihre Pracht. Schwärmende Ahs und Ohs waren zu hören. Böller detonierten in ihren Batterien und im Nu hatte sich eine dichte Wolke aus Pulverdampf über die Pegnitz gelegt. Auch vom Burgberg grüßten aufsteigende Raketen. Als die Show vorbei war, sah es aus wie auf einem Schlachtfeld. In der angrenzenden Winklerstraße flogen die ausgebrannten Böllerbatterien auf dem Kopfsteinpflaster herum, Sektflaschen, die als Abschussrampe benutzt worden waren, lagen zerborsten auf der Straße. Es sah schlimm aus. Als Sandra, Martin und Tobias ins Taxi stiegen, war es 2.30 Uhr.

Rückschau: Die erste Herztransplantation 1967

Die Geschichte der Organtransplantationen ist lang. Bereits vor 2.500 Jahren transferierten indische Heiler Menschenhaut von einer Stelle des Körpers auf eine andere. Es dauerte bis in das 16. Jahrhundert, bis diese Kunst auch nach Europa kam. Doch mit moderner Medizin hatte das noch nichts zu tun.

1883 verpflanzte Theodor Kocher Schilddrüsengewebe unter die Haut am Hals eines jungen Mannes. Der Patient überlebte jedoch nur wenige Tage. 1954 wurde in den USA erstmals erfolgreich eine Niere verpflanzt. 1963 folgten Leber- und Lungentransplantationen und die erste Nierentransplantation in Deutschland. Die Berliner Chirurgen Wilhelm Brosig und Reinhard Nagel hatten dieses Wunder vollbracht. Die Patientin überlebte immerhin sechs Tage. Dieses Ereignis führte zur Gründung der Stiftung „Heiliger Geist zu Malta".

Die herausragendste Transplantation geschah allerdings Anfang Dezember 1967: Die erste Herztransplantation stand an. Der 54-jährige Louis Washkansky, ein Gemüsehändler, hatte bereits drei Herzanfälle hinter sich und wartete im „Groote Schuur Hospital", im südafrikanischen Kapstadt seit Oktober auf ein Spenderorgan. Der zuständige Arzt, Professor Christiaan Barnard, hatte sich zur Operation entschlossen, weil es möglich war, während der Dauer der Operation die Herzfunktion durch die Herz-Lungen-Maschine aufrechtzuerhalten, die Anastomosen von Blutgefäßen und Vorhöfen zu vereinfachen und dadurch die OP-Zeit deutlich zu verkürzen und weil eine ausreichende Konservierung des Spenderherzens möglich war.

Am Abend des 2. Dezembers verunglückte die 25-jährige Denise Ann Darvall tödlich. Ein betrunkener Autofahrer hatte sie erfasst, als sie die Straße überquerte. Die Hinterbliebenen gaben die Einwilligung zur Transplantation. Um eine Abstoßung des Spenderorgans zu verhindern, wurde Washkansky immunsuppressiv behandelt. Washkansky schien Glück zu haben, Barnards 31-köpfiges OP-Team stand bereit.

Alle Vorbereitungen waren gelaufen. Das EKG lag vor, die Blutabnahme war vorbei, rasiert war der Patient auch schon und der Multilumenkatheter war gelegt. Ebenso war die Schleuse zur Einführung des Pulmonaliskatheters vorbereitet. Die arterielle Durchmessung war im Gange und die präoperative Antibiotikaprophylaxe war auch schon gegeben. Der Anästhesist leitete die Narkose ein.

Mit einem großen, medianen Schnitt öffnete Barnard den Brustkorb des Patienten und durchtrennte das Brustbein. Er öffnete den Herzbeutel, setzte die Herz-Lungen-Maschine über die Aorta und schloss die beiden Hohlvenen an.

Ein Kollege von Barnard hatte zuvor die Heparinisierung über den zentralen Venenkatheter in Gang gesetzt, um die Blutgerinnung vollständig aufzuheben. Nachdem über die Herz-Lungen-Maschine die Körpertemperatur leicht gesenkt worden war, wurde elektrisch ein Kammerflimmern ausgelöst, das alte Herz abgeklemmt und entnommen.

Nun wurde das Spenderherz eingepasst und die Verbindungsnähte in der Reihenfolge linker Vorhof, rechter Vorhof, Pulmonalarterie, Aorta wiederhergestellt. Als die Implantation vollendet war, wurden die vier Herzhöhlen entlüftet, die Kardioplegielösung abgesaugt und die Aortenabklemmung gelöst. Washkanksys neues Herz fing sofort an zu schlagen. Die Körpertemperatur wurde wieder erhöht, während Schrittmacherelektroden am Herzen befestigt wurden, um über einen externen Schrittmacher die Herzfrequenz steuern zu können. Dann wurde die Durchflussrate der Herz-Lungen-Maschine reduziert, sodass das Spender-Herz zunehmend selbst Blut pumpen musste. Nachdem die Herz-Lungen-Maschine wieder vom Patienten entfernt war, wurde die Blutgerinnung wiederhergestellt und Barnard verschloss den Herzbeutel. Das Brustbein wurde verdrahtet und der Professor schloss die OP-Wunde Schicht für Schicht. Das OP-Team hatte in fünf Stunden ein kleines Wunder vollbracht und die postoperative Behandlung konnte beginnen. Washkansky hatte dabei leider kein Glück. Achtzehn Tage nach dem Eingriff verstarb er an einer Lungenentzündung.

Doch Barnard wurde ein Star. Er gilt nach Nelson Mandela als zweitberühmtester Südafrikaner.

Die Gründung der Stiftung

Zwölf Wochen nach Deutschlands erster erfolgreicher Nierentransplantation wurde die Stiftung gegründet. Wie von Johannes Reiter gewünscht baute man ein Spital, ein Krankenhaus. Drei Jahre später, im Jahr 1966, war die Billroth-Klinik betriebsbereit.

Der Malteserorden war 1834 endgültig von St. Petersburg nach Rom umgezogen. Dort war zur Zeit der Stiftungsgründung Großmeister des Ordens Fra' Angelo de Mojana de Cologna und bei ihm lag Johannes Reiters Vermächtnis.

Der zu dieser Zeit rechtmäßige Erbe hieß Nikolaus Vögler und 1963 war er 65 Jahre alt. Er leitete die Stiftung bis zu seinem Tod im Jahr 1975. Er setzte all das um, was Johannes Reiters Willen gewesen war. Schon zehn Tage nach Deutschlands erster erfolgreicher Nierentransplantation meldete er seinen Anspruch bei Fra' Angelo de Mojana de Cologna an. Der Großmeister des Malteserordens prüfte die dem Brief beigelegten Kopien der Erbschaftsunterlagen. Sie waren vollständig. Er rief den Erben an.

„Wie machen wir es?", meinte er am Telefon. „Ich kann Ihnen das Erbe erst aushändigen, wenn ich mich persönlich überzeugt habe, dass Sie auch die Originale der Papiere in Händen halten und wenn ein eidesstattliches, von Ihnen unterschriebenes Statut vorliegt, dass Sie das Vermächtnis erfüllen werden. Außerdem brauche ich die Wahlunterlagen, damit ich sehen kann, dass der Vorstand der Stiftung in sein Amt gewählt wurde."

„Geben Sie mir etwas Zeit, an den Statuten muss ich noch etwas arbeiten. Die Originale und die Wahlunterlagen, von denen Sie sprechen, sind kein Problem, die sind alle vorhanden. Und wenn ich alles zusammen habe, was dann?", wollte der Erbe wissen.

„Dann melden Sie sich wieder und wir treffen uns, entweder in Rom oder in Nürnberg", schlug Fra' Angelo de Mojana de Cologna vor. „Der Rest ist dann nur noch Formsache."

So kam es und Nikolaus Vögler blieb zwölf Jahre Vorstand der Stiftung „Heiliger Geist zu Malta". Allerdings hatte er im Kreis des Kuratoriums der Stiftung einen internen Widersacher, der einen radikaleren Weg zur Erfüllung der Stiftungsziele befürwortete – sein jüngerer Bruder Anton.

„Wenn wir die Stiftung erfolgreich führen wollen, brauchen wir ein anderes Konzept", meinte Anton. „Wir sollten die Arbeit der Billroth-Klinik intensivieren. Es kommt zu wenig Geld herein. Irgendwann sind wir pleite. Wir sollten die Billroth-Klinik privatisieren und Schönheitsoperationen anbieten. Das entspricht auch dem Willen unseres Stiftungsgründers, wenn er von ‚anderen Geschäftsarten' spricht! Damit Geld hereinkommt. Schönheitsoperationen sind das Geschäft der Zukunft. Dann haben wir genügend zahlungskräftige Privatkunden." Anton konnte sich nicht durchsetzen, sein Antrag wurde abgelehnt und nach Nikolaus Vöglers Tod wurde Horst Pflügler neu in den Vorstand berufen.

Anton hatte jedoch einen Sohn, der sich sehr um die Stiftung kümmerte und schließlich ins Kuratorium berufen wurde. Nachdem Horst Pflügler nach dreiundzwanzig Jahren als Vorstand der Stiftung ebenfalls verstorben war, kandidierte Antons Sohn zur Wahl des neuen Vorstands. Er wurde gewählt und veränderte alles, er war 34 Jahre jung.

„Wir müssen uns mehr international ausrichten und wirtschaftlich gesund wachsen", verteidigte er die Ideen seines Vaters. „Die Billroth-Klinik alleine genügt nicht mehr. So wie sie im Moment agiert, wirft sie keinen Gewinn ab. Irgendwann geht uns vor lauter Gutmütigkeit das Geld aus. Wir müssen das alles ummodeln. Schönheit ist das Geschäft der Zukunft und Schönheitsoperationen rechnen sich." Dann erläuterte er, wie das in den USA gehandhabt wurde, inklusive der Leichenverwertung. „Ich bin dafür, wir richten unsere Klinik danach aus. Offiziell behalten wir unseren Ruf, für jedermann zugänglich zu sein, um die Gemeinnützigkeit nicht zu verlieren. Aber wir erweitern und modernisieren unsere Klinik und gründen parallel dazu eine Vertriebsgesellschaft für Medikamente. Das wird unser Hauptgeschäft. Die Medikamente gewinnen wir aus den Leichenteilen, die wir uns beschaffen. Das hängen wir natürlich nicht an die große Glocke. Wir besorgen uns Verstorbene, aus der Ukraine oder von anderswo, und verarbeiten diese. Die medizinischen Produkte, die wir daraus gewinnen, vermarkten wir in der Vertriebs-Gesellschaft, beziehungsweise nutzen wir die Leichen auch für Organtransplantationen. Je nachdem, wie frisch wir die Leichen erhalten", fügte er hinzu.

„Aber wenn das jemand herausfindet?", wollte ein Mitglied des Kuratoriums wissen.

„Wir arbeiten im Geheimen", wischte das neue Vorstandsmitglied die Bedenken zur Seite. „Wir arbeiten ganz nach unseren Statuten. Wer soll uns da draufkommen? Meine Gedanken gehen noch weiter. Wir verlagern das ganze Geschäft irgendwann in eine Steueroase. Nach Malta zum Beispiel. Lasst mich nur machen, ich habe da so einige Ideen."

Der neue Vorstandsvorsitzende nannte sich Gerhard, obwohl er auf einen anderen Namen getauft war.

*

Die Billroth-Klinik mauserte sich nach Umbau und Modernisierung zu einer Schönheitsfarm mit anhängendem, normalen Klinikbetrieb. Dass sie auch Leichen verwertete, wurde offiziell nicht bekannt. Das zweistöckige Gebäude verfügte nach dem Umbau über zwanzig Zimmer für Normal- und vierzig für gut zahlende Privatpatienten. Entsprechend hatte sich auch das Äußere verändert. Die Klinik hatte jetzt zwei Eingangs- und Ausgangsbereiche. Einen luxuriösen und einen einfachen, die sich an den Enden des hufeisenförmigen Baukörpers gegenüberlagen. Beide Patientengruppen wurden voneinander fein säuberlich getrennt gehalten. Man wollte nicht, dass die einfachen Leute mitbekamen, wie die Privatpatienten behandelt wurden. Nur im Inneren gab es Verbindungstüren, die von den dazu Berechtigten benutzt werden konnten. Im Privatbereich wurde Fett abgesaugt, Brüste wurden verkleinert und vergrößert, Falten und Lippen wurden unterspritzt, Nasen korrigiert und manches andere mehr. Die großen und angenehmen Gästezimmer befanden sich im zweiten Stockwerk und der Zugang war vom Erdgeschoss aus durch Magnetzugangssperren gesichert. Die dazugehörigen OP- und Behandlungsräume waren im Keller untergebracht. Aufzüge verbanden beide Stockwerke. Besprechungszimmer befanden sich im Erdgeschoss.

Im Erdgeschoss befanden sich größtenteils die Räumlichkeiten für die Normalos, für Kassenpatienten und Obdachlose. Nach den Gründungsstatuten war man gezwungen, auch solche Leute zu behandeln, auch wenn das kein Geld einbrachte. Dafür standen einfache Räumlichkeiten zur Verfügung, gedacht als Patientenaufenthaltsräume, Speisesaal, Toiletten, Behandlungs- und OP-Räume, Patientenzimmer und was sonst noch für einen Klinikbetrieb notwendig war. Keller und zweites Stockwerk waren für Kassenpatienten und Obdachlose tabu.

Ihren Namen trug die Klinik nach einem deutsch-österreichischen Mediziner des 19. Jahrhunderts, Christian Albert Theodor Billroth. Billroth gilt als Begründer der modernen Bauchchirurgie, als Pionier auf den Gebieten der Kehlkopfchirurgie, der Pathologie und der Bakteriologie. Zwei Jahre nach Beginn des Umbaus war die Klinik wieder funktionsfähig. Auch nach der Modernisierung behielt sie ihren guten Ruf und konnte sich über Zulauf zahlungskräftiger Kunden nicht beschweren. Besonders die luxuriösen Gästezimmer im Obergeschoss waren gut nachgefragt. Hier wohnte die Crème de la Crème. „ACHTUNG – Zugang nur für Privatpatienten" stand in großen, roten Lettern auf einem Schild.

Die menschliche Schaukel

Regenfuß lebte noch bis zum zweiten Januar. Dann nahm ihn der kurzgeratene Vertriebsleiter der ReproTrans mit einigen Helfern unter seine Fittiche. Man legte ihn auf den Bauch, band ihm ein dünnes Stahlseil um den Hals und um die Knöchel und verband beides mit einem weiteren Seil. Dann verkürzte man das Verbindungsstück, bis Regenfuß wie eine menschliche Schaukel, Kopf und Füße hoch erhoben, vor den Männern lag. Das Seil um seinen Hals und um die Knöchel schnitt in die Haut, wenn er den Kopf oder die Füße bewegte. „Ich habe niemandem erzählt, dass ich nach Bastürk suche", flehte er in seiner ausweglosen Situation. Als er die Schaukel nicht mehr halten konnte, weil seine Muskeln schwächer wurden, schnitt sich das Stahlseil tief und blutig in seinen Hals. Der Kopf fiel nach vorne, die Luftröhre wurde abgedrückt und er erstickte. Als Benno Regenfuß tot war, fuhr man ihn in den Sezierraum und zerlegte seinen Körper fachgerecht. Sein Herz wurde einer 25-jährigen Frau eingesetzt, seine Nieren gingen an zwei Empfänger, der Rest des Körpers wurde wie üblich ausgenommen.

*

Der Kurzgeratene besah sich noch kurz sein Werk, bevor Benno zerlegt wurde. Er war zufrieden. Wie wirksam doch mittelalterliche Foltermethoden waren! Er hatte sich seine Vorgehensweise im Nürnberger Rathaus abgeguckt. Nicht dass dort heute noch Leute umgebracht wurden, aber in den Kellern waren die historischen Nürnberger Lochgefängnisse untergebracht und es gab Führungen. Der klein geratene Mann hatte sich die Schaukel von dort abgeguckt. Dazu muss man wissen, dass das eigentliche Machtzentrum Nürnbergs, von 1256 bis zur Eingliederung der Stadt in das Königreich Bayern, das Patriziat war. Die Patrizier, das waren einflussreiche und wohlhabende Familien. Viele von ihnen gehörten dem Inneren Rat an. Sie gaben sowohl politisch, wirtschaftlich als auch gesellschaftlich den Ton an. Als sie in den 1330er-Jahren den heutigen Hauptmarkt zu ihrem neuen Stadtzentrum gekürt hatten, benötigten sie ein neues Rathaus mit Stadtgericht und Stadtgefängnis. Da kam ihnen das dort gelegene Brothaus gerade recht, das dem Zisterzienserkloster Heilsbronn gehörte. 1322 erwarben sie das Gebäude, um zehn Jahre später mit dem Umbau zum neuen Rathaus zu beginnen. Bis zu diesem Zeitpunkt war das Brothaus eine Art zentraler Verkaufsort für Bäckerwaren gewesen. Den Bäckern war es damals verboten, ihre Waren in eigenen Geschäften zu verkaufen. So boten sie ihre Produkte in kleinen, basarähnlichen Parzellen an, die durch Holzwände voneinander getrennt waren. Wegen der ständigen Hochwassergefahr durch die nahegelegene Pegnitz ließen die Ratsherren das Gelände rings um das Brothaus um etwa 3 Meter aufschütten. Aus dem ehemaligen Erdgeschoss wurde ein Keller, die Holzwände wurden herausgerissen und durch feste Mauern ersetzt. So wurden aus den kleinen Läden fünfzehn Gefängniszellen, eine Folterkammer, eine Schmiede, eine Gefängnisküche und ein Brunnenraum. Das Nürnberger Loch war entstanden. Fortan waren hier Untersuchungsgefangene und Todeskandidaten inhaftiert.

Als zu Beginn der Frühen Neuzeit Kaiser Karl V. die reichseinheitliche *Constituto Criminalis Carolina*, die Peinliche Halsgerichtsordnung erließ, wurden deren Verfahren auch in den Nürnberger Lochgefängnissen praktiziert, wobei das Wort „peinlich" nichts mit dem bekannten Verlegenheitsgefühl zu tun hatte, sondern auf die Peinigungen hinwies, die Schmerzen, die den Delinquenten in Form von Folter zugefügt wurden, wenn der Delinquent anders nicht gestehen wollte. Den Schuldigen durch Beweise zu überführen, das gab es noch nicht: Um jemanden verurteilen zu können, musste unbedingt ein Geständnis vorliegen.

Die Methoden der Folter waren einfallsreich, grausam und äußerst schmerzhaft. Die Peinliche Befragung begann üblicherweise mit dem Zeigen und Erläutern der Folterinstrumente. Blieb diese Androhung von Gewalt ohne Erfolg, begannen die schmerzhaften Torturen. Auspeitschen mit Weidenruten gehörte zu den noch harmloseren Methoden. Beliebt war die Anwendung von Daumenschrauben, wobei die Daumen der Beschuldigten in eine meist metallene Vorrichtung gespannt und langsam gequetscht wurden, bis die Haut platzte, das Fleisch austrat und die Knochen splitterten. Auch Folterungen unter Anwendung des Spanischen Stiefels waren Tradition. Dabei wurden Vorrichtungen aus Holz oder Metall links und rechts der Wade festgeschnürt, was alleine schon schmerzhaft war. Um die Wirksamkeit der Folter zu erhöhen, wurden Keile, ebenfalls aus Holz oder Metall in die genannten Vorrichtungen eingeschlagen bis das Fleisch hervorquoll und gesplitterte Knochen austraten. Das Dehnen des menschlichen Körpers auf Streckbänken und Streckleitern hatte fatale Folgen für das Gewebe und die Sehnen der Gefolterten. Das Zwicken mit eisernen Zangen hatte zur Folge, dass die Haut riss, Fleisch zerfetzt und aus Körperteilen herausgerissen wurde. Um die Schmerzen zu erhöhen wurden die Verletzungen mit flüssigem Wachs, glühendem Blei oder Schwefel übergossen.

Knochen, Gewebe, Haut und Sehnen wollte der Kurzgeratene nicht verletzen, die brauchte man ja noch. So hatte er sich nur die Schaukel gemerkt, bei der nur der Hals und die Knöchel etwas beschädigt wurden.

Gall forscht weiter

Gall hatte sich entschieden. Er wollte die Polizei erst dann informieren, wenn er restlos Bescheid wusste. Alles andere war Voreiligkeit. Das war nicht sein Ding. Er hatte zwar noch weitere historische Fachbücher zu Rate gezogen, aber ohne Erfolg. Doch das hieß nicht, dass er aufgab. Er hatte ja noch das Germanische Nationalmuseum, das mit Kulturgeschichte von den Anfängen bis in die Neuzeit für sich warb, und das Stadtarchiv am Marientorgraben, in dessen Kellern noch eine Unzahl unveröffentlichter Dokumente zur Stadtgeschichte schlummerte. Er rief Michael Wahl an, einen alten Spezi und Mitglied im „Verein für Geschichte der Stadt Nürnberg", der im Archiv arbeitete. „Du, Michael", lockte er ihn, „ich sage dir jetzt einmal ein paar Schlagworte. Vielleicht weißt du etwas oder kannst es für mich eruieren. Ich suche danach, was die Reiters auf Malta getrieben haben. Ich weiß, dass Johannes Reiter dort war und geholfen hat, Malta gegen die Türken zu verteidigen. In seinen letzten Stunden hat er sein Testament verfasst, in dem er die Gründung einer Stiftung initiierte. „Heiliger Geist zu Malta" sollte sie heißen. Hast du schon einmal davon gehört? Ich kann darüber nichts finden. Ich würde gerne wissen, worum es sich dabei handelt. Kannst du da mal tätig werden?"

„Die Reiters waren doch eine alte Nürnberger Patrizierfamilie?", wusste Michael.

„Ich sehe, du bist auf dem richtigen Weg", kommentierte Gall, dann legte er auf und begab sich auf der Homepage des Archivs selbst auf die Suche. Verschiedene Möglichkeiten wurden ihm angeboten. Er klickte zuerst auf die Online-Recherche. Ein Fenster öffnete sich, das eine Inhaltsübersicht mit Bestandsübersicht, Archivalien, Archivbibliothek und Stadtlexikon freigab. Er entschied sich für die Bestandsübersicht und dort für die Bestandsgruppe D, Stiftung und Stiftungsverwaltungen. Das erschien ihm am passendsten. Dann wurde er nach einem Suchbegriff gefragt. Der Name Johannes Reiter schien ihm ebenso vernünftig. Eine Fülle von Informationen über die Familie Reiter ergoss sich über ihn. Als er bei Johannes Reiter angekommen war, hieß es aber nur: Unveröffentlichte Dokumente, Stadtarchiv A1 Nr. 1565-07-20. Damit war Schluss.

Erneut rief er seinen Freund Michael Wahl an. „Du, Michael, wenn du dich auf die Suche begibst, schau doch mal zuerst unter A1 Nr. 1565-07-20 nach. Ruf mich zu jeder Tages- und Nachtzeit an, wenn du etwas gefunden hast", ermahnte er ihn.

*

Zwei Tage später klingelte bei Galls das Telefon. „Gall", meldete er sich.

„Hier ist Michael", begrüßte ihn Wahl. „Du hast recht gehabt."

„Was hast du gefunden?", unterbrach ihn Gall ungeduldig. „Nun rede schon. Spann mich nicht so auf die Folter."

„Ich muss trotzdem ausholen. Zum besseren Verständnis", trotzte ihm Wahl. „Also hör zu. Als den guten Johann Albrecht Andreas 1753 der Schlag getroffen hat und die Reiters ausstarben, fiel das Reiter-Erbe aufgrund einer Bestimmung aus dem Jahr 1437 an das Heilig-Geist-Spital. Aber nicht das ganze Erbe der Reiters, denn es gab schon einmal einen besonderen Erbfall in der Familie: Im Jahre 1566 war das persönliche Erbe eines gewissen Johannes Reiter ausgegliedert worden und das Geld daraus auf ein Treuhandkonto des Malteserordens geflossen. Dieses Geld sollte dann für die Gründung einer Stiftung zur Verfügung stehen. Wirklich merkwürdig daran ist, dass diese Stiftung erst in der Zukunft gegründet werden sollte, dann nämlich, wenn die erste erfolgreiche Organtransplantation in Deutschland stattgefunden haben würde. Aber diese Unterlagen sind noch nicht gesichtet und daher auch noch nicht veröffentlicht."

„Ist in den Unterlagen genannt, um welche Organtransplantation es sich handeln sollte?"

„Nein, das ist nicht gesagt", antwortete Wahl, „aber es dürfte nicht so schwer sein, das herauszufinden."

„Nochmals meine Frage", ließ Gall nicht locker, „hast du jemals von so einer Stiftung gehört?"

„Nein. Sind damit alle deine ursprünglichen Fragen beantwortet?", fragte Wahl nach.

„Nicht ganz, was ist denn die Intention der Stiftung gewesen? Und vor allem, wer war der Erbe, wenn die Reiters ausgestorben waren?"

„Ach, das hätte ich in der Aufregung fast vergessen", schalt sich Wahl. „Kranken und armen Menschen zu helfen, war der Zweck. Dazu sollte die Stiftung selber Geld verdienen. Womit, ist nicht genau gesagt. In Johannes Reiters Vorstellung sollte die Stiftung sich selbst finanzieren. Jedenfalls sollte von dem Geld aus seinem Erbe ein Spital gebaut werden. Mir kommt das so vor wie beim Juliusspital oder dem Bürgerspital in Würzburg. Die haben ja Weingüter und andere Sachen. Zur Person des Erben, da gab es anscheinend einen unehelichen Sohn. Wolfgang Hegenstein hieß der. Der hat angeblich alles geerbt. Da verlieren sich dann aber die Spuren."

„Eines möchte ich aber schon noch wissen", ließ Gall nicht locker, „wurde die Stiftung denn je gegründet?"

„Ich habe keine Ahnung", gab Wahl zu. „Ich habe nichts gefunden. Wie gesagt, zu Hegenstein gibt es keine anschließende Dokumentation."

„Na gut, ich bleibe an der Sache dran." Es wurde Zeit, Hauptkommissar Bellinghausen zu informieren.

Sandra und Tobi beraten sich

Es war Freitag der 6. Januar, als sich Tobi und Sandra zusammensetzten und berieten. Trotz des Feiertags kamen sie ins Büro und genossen die Leere der Räumlichkeiten. Die Sonne war wieder hervorgekommen und es schien ein schöner Tag zu werden. Jedenfalls vom Wetter her. Die Tagestemperaturen sollten auf acht Grad klettern.

Wie immer, wenn sie sich berieten, startete Tobi mit derselben Eingangsfrage: „Was haben wir?" Dann fuhr er selbst fort: „Wir haben einen verunglückten Max Faber, eine durch einen Blinddarmdurchbruch verstorbene Anke Silbermann, deren Leiche irgendwohin transportiert werden sollte. Jedenfalls nicht zum Nürnberger Flughafen. Wir haben außerdem ein Bündel toter Mensch, das am St. Rochus-Friedhof einem zu Bestattenden untergeschoben wurde. Den zugehörigen Thanatopraktiker Gollwitzer gibt es nicht. Der hat aber auf einer selbst fabrizierten Geschäftskarte die Attribute des Heiligen Sebaldus verewigt sowie eine Malteserfahne und die Jahreszahl 1565. Der Rechtsmediziner Stich meint, dass es sich bei dem Bündel Mensch um eine Leichenverwertung handelt, die fachmännisch, vielleicht in einer Klinik, ausgeführt wurde. Apropos Rosenkranz, Stab, Muschel, Malteserfahne und Jahreszahl: Nach der neuesten Aussage unseres historischen Wissenschaftlers Gall soll ein Johannes Reiter 1565 auf der

Insel Malta die Gründung einer mildtätigen Stiftung, die sich „Heiliger Geist zu Malta" nennt, angestoßen haben. Die Malteserfahne und die Jahreszahl passen dazu, aber was hat der Heiligen Sebaldus damit zu tun, welche Bedeutung haben seine Attribute?"

„Und was ist mit der Stiftung?", warf Sandra ein.

„Ob sie tatsächlich gegründet wurde, wissen wir noch nicht", fuhr Tobi fort. Zudem suchen wir nach einem Mann der sich Gerhard nennt. Ein heilloses Kuddelmuddel, so scheint es. Was suchen wir?", setzte Tobi seine Rede fort. „Wir suchen die Lösung des Rätsels. Mehrfach aufgefallen ist dieser Gerhard. Der Beschreibung nach könnte es sich um Gollwitzer handeln, den es aber nicht gibt. Er soll groß, kräftig, eher bullig sein und sein Alter wird mit Anfang bis Mitte fünfzig angegeben. Anzumerken ist noch, dass er eine Glatze hat. So, ich bin fertig", merkte Tobi an. „Habe ich irgendetwas vergessen?"

„Du hast den verschwundenen Yusuf Bastürk vergessen", bemerkte Sandra, „und dass wir Maximilians Laptop noch immer nicht geknackt haben. Außerdem, was ist mit dem Quallengift?"

„Richtig, das hätte ich fast vergessen."

„Und, dass das Heilig-Geist-Spital mit in die Erbschaftsgeschichte verstrickt ist. Jedenfalls laut Gall. Ich soll dir jetzt hoffentlich nicht sagen, wer die Täter sind, oder?", lachte die Kommissarin.

„Nein, aber wir müssen doch wissen, wo wir stehen", begehrte Bellinghausen auf. „Viel haben wir eh nicht", gestand er kleinlaut ein. „Wollen wir den Weg über die Kliniken versuchen? Wie viele gibt es davon in Nürnberg?", startete er einen neuen Versuch.

„Zwölf, wenn ich Google trauen darf", antwortete seine Kollegin. „Diesen Gedanken habe ich mir auch schon gemacht. Wir suchen zuerst in den Kliniken nach dem Opfer der Leichenverwertung. Aber was ist, wenn wir nichts finden? Was ist, wenn sich die Klinik außerhalb von Nürnberg befindet? In Fürth beispielsweise", zweifelte sie.

„Die ist in Nürnberg, glaube mir. Irgendwann müssen wir ja auch einmal Glück haben."

„Aber das sind teilweise Riesenkästen mit den verschiedensten Fachabteilungen. Die arbeiten doch intern alle unabhängig voneinander als Profitcenter. Was der Chirurgie heilig ist, kann der Gynökologie völlig egal sein", stellte sie fest. „Da kommt auf uns eine Riesenarbeit zu."

„Wir fangen mit den Chirurgie-Abteilungen an", schlug Bellinghausen vor. „Notfalls müssen uns eben die Kollegen von der SpuSi und der KTU unterstützen", tat er ab. „Ich habe mir schon überlegt: Vielleicht war die Leiche von Anke Silbermann auf dem Weg zu einer dieser Kliniken. Die Tätowierung von Maximilian Faber könnte darauf hinweisen, dass er Mitglied der Stiftung „Heiliger Geist zu Malta" war."

„Aber das würde ja heißen, dass die Stiftung etwas mit der Leichenfledderei zu tun hat", kombinierte Sandra. „Ich dachte, die soll mildtätig sein?"

„Ich weiß es doch auch nicht", verzweifelte Tobi.

„Wenn dem so wäre, ist es dann nicht besser, erst in Maximilians Umfeld zu recherchieren?", schlug Sandra vor.

„Das Problem ist nur, uns fehlt noch der Zugriff auf seinen PC und wir kennen weder die Größe der Stiftung, noch ihre Strukturen. Wir wissen noch nicht einmal, ob sie überhaupt gegründet wurde. Wir nehmen es nur an. Vielleicht steht ja dieser Gerhard an der Spitze und Faber war nur ein einfacher Fahrer. Da muss nicht unbedingt eine Kommunikation stattgefunden haben. Wahrscheinlich hat Faber seine Anweisung, die Leiche zu transportieren, von einer niedrigeren Ebene erhalten."

„Du kannst es drehen und wenden, wie du willst, wir wissen einfach zu wenig", stellte Sandra frustriert fest. „Ist Yusuf Bastürk zur Fahndung ausgeschrieben?", fragte sie.

„Das habe ich noch im alten Jahr veranlasst", bestätigte Tobi, „aber bis jetzt hat sich dazu nichts getan."

„Moment, da fällt mir etwas ein, wir haben doch Bastürks Handy-Nummer?", warf Sandra ein.

„Haben wir", bestätigte Tobi, „aber da geht niemand ran."

„Schon, aber dann können wir doch überprüfen, wie lange das Handy überhaupt eingeschaltet war und wo es sich überhaupt befand?"

„Mensch, da hast du recht, Sandra. Dass wir da nicht schon früher draufgekommen sind. Wir fahndten nach ihm und die simpelsten Dinge fallen einem nicht ein. Das müsste dem Staatsanwalt eigentlich eine Genehmigungsunterschrift wert sein. Ich kümmere mich darum. Aber weißt du, was mir auch noch Kopfzerbrechen bereitet?"

„Was denn?"

„Da ist diese Vergiftungsgeschichte, von der uns Stich erzählt hat. Das Gift der Würfelqualle. Wie kommt diese Brühe in die Leichenteile, die im Sarg gelegen haben? Ach, übrigens noch eine Geschichte zur Belustigung. Weil wir vorhin vom Heilig-Geist-Spital gesprochen haben. Weißt du eigentlich, dass Till Eulenspiegel auch dort war?"

„Nein, erzähl."

„Ich weiß nicht wann, aber jedenfalls kam er eines Tages in die Stadt. Auch der damalige Leiter des Heilig-Geist-Spitals hörte davon. Der hatte ein Problem, da sein Haus mit Kranken nur so überfüllt war. Also ließ er Eulenspiegel, dem man ja Wunderdinge nachsagte, zu sich kommen. Er sollte die Kranken heilen. Man wurde sich schnell einig. 200 Taler sollte der Wunderdoktor für seine Dienste erhalten, aber es musste ihm gelingen, alle Kranken zu heilen. Daraufhin verlangte der Schelm, dass sich alle Patienten in einem großen Saal einfinden sollten, damit er sie dort behandeln könne. Als sich diese um ihn versammelt hatten und die nötige Ruhe eingekehrt war, versprach er: ‚Ich werde euch alle gesund machen, aber einer von euch, der Kränkste von allen, muss sich für die anderen aufopfern, denn ich brauche für meine Therapie getrocknetes Menschenfleisch, das ich zu einem Pulver zerstampfe und den anderen zur Genesung verabreichen werde'."

„Wie passend", bemerkte Sandra.

„Hör zu", fuhr Bellinghausen fort, „dann machte Eulenspiegel den Anwesenden klar, dass wohl nur der der Kränkste unter ihnen sein könne, der diesen Saal als Letzter verlassen würde, wenn er zum Räumen des Gebäudes auffordere. Sobald er geendet hatte, bemächtigte sich eine rasche Unruhe der Kranken. Einige schleuderten ihre Holzkrücken von sich und drängten zum Ausgang. Selbst Bettlägerige, die seit Jahren ihr Lager nicht verlassen hatten, stürmten davon. Nach wenigen Minuten war das Krankenhaus leer. Der Leiter des Spitals war hochzufrieden und händigte Eulenspiegel den versprochenen Lohn aus. Dieser verließ die Stadt so schnell er konnte. Am nächsten Morgen warteten aber die Kranken wieder vor den Toren des Spitals und begehrten erneut Einlass."

Sandra schmunzelte. „So einen Till Eulenspiegel bräuchten wir auch, dann hätten wir den Fall schon längst gelöst."

Wer ist Gerhard?

Natürlich hatte Gerhard einen bürgerlichen Namen, aber den verriet er niemandem. Nur wenige wussten, wie er wirklich hieß. Dazu gehörte sein Kollege Dr. Werner von Stubenrauch, der Leiter der Billroth-Klinik. Aber der würde einen Teufel tun, diesen Namen einem anderen Menschen zu verraten. Gerhard konnte in dieser Beziehung sehr nachtragend sein, was auf sein aufbrausendes Temperament zurückzuführen war. Der Name Gerhard passte gut zu ihm, ein Allerweltsname aus dem Altgermanischen. Der Name bedeutete Speer, hart und stark. Stark musste Gerhard sein an der Spitze der Stiftung, wenn es darum ging, seine Ideen umzusetzen. Und hart musste er ebenfalls sein, um seine Konkurrenten in die Schranken zu weisen. Und manchmal musste er auch schnell wie ein Speer sein, wenn es um grundsätzliche Entscheidungen ging.

Gerhard war 52, geschieden, und seine Ex-Frau, eine Oberbayerin, lebte nun in München. Sie hatte vor zehn Jahren die Trennung eingeleitet und vor Gericht das alleinige Sorgerecht für den gemeinsamen Sohn Matthis beantragt und auch bekommen. Matthis war zu der Zeit 12 Jahre alt. Das hieß aber nicht, dass Gerhard seinen Sohn nicht sah. Nicht regelmäßig, aber von Fall zu Fall. Das kam auch durch die räumliche Trennung. Gerhards Ex hatte wieder geheiratet und sich mit einem um zehn Jahre älteren Wirtschaftsprüfer vermählt. Als sich Gerhard von Stefanie getrennt hatte, behielt er ihren Familiennamen bei, den er bei der Hochzeit angenommen hatte. Er wollte nicht mehr Vögler heißen. Zu viel Spott hatte er deswegen während seiner Schulzeit ertragen müssen.

Was Gerhard so gewaltig niederdrückte und was ihm über lange Zeit zu schaffen machte, war, dass er sich für den Tod seines Sohnes verantwortlich fühlte. Im März 2015 war Matthis volljährig geworden, ein Grund, ihm ein ordentliches Geschenk zu machen. Gerhard wusste, dass sein Sohn ein glühender Anhänger des FC Barcelona war. Was sprach also dagegen, ihm eine viertägige Reise in die katalanische Hauptstadt zu spendieren, wenn das Clásico gegen Real Madrid anstand? Ein Flug inklusive Hotelübernachtung, Stadtbesichtigung und Fußballspiel. Danach ging es mit dem Germanwings-Flug 9525 über Düsseldorf zurück nach München. Wer konnte denn ahnen, dass der Co-Pilot den Airbus in den südfranzösischen Alpen absichtlich gegen einen Berg steuern würde? Alle 150 Insassen starben. Gerhard konnte nichts dafür, aber hätte er dieses Geschenk nicht gemacht, würde sein Sohn noch leben.

Natürlich war Gerhard nicht nur Vorstandsvorsitzender der Stiftung. Er hatte auch einen angesehenen Beruf. Dort wusste niemand von seinem Doppelleben. Mit seiner athletischen Erscheinung und seiner Größe von 1,87 Metern war er ein eitler Mann. An seinem Aussehen war nie etwas auszusetzen. Immer die passende Kleidung zu dem jeweiligen Event. Er hatte vor ein paar Jahren die Gründung der ReproTrans GmbH & Co oHG am Tullnaupark initiiert und den um zwei Köpfe kleineren Holger Eisenherz mit der Gesamtleitung des Unternehmens beauftragt. „Noch etwas zu ihren Aufgaben. Ich habe gehört, Sie sind skrupellos. Das ist gut. Sie werden eine hohe Portion davon brauchen, um ihr neues Aufgabenfeld erfolgreich erfüllen zu können. Wir verwerten Leichen", kam Gerhard sofort auf den Punkt. In Eisenherz Gesicht zuckte kein einziger Muskel. „Und es gehört zu Ihren Aufgaben, diese zu besorgen. Woher Sie die Leichen nehmen, ist ausschließlich ihre eigene Entscheidung. Ob aus der Ukraine oder von anderswo. Da mache ich Ihnen keine Vorschriften. Woher Sie die Toten nehmen, ist mir egal. Einzig und allein ausschlaggebend ist der wirtschaftliche Erfolg." Noch immer zuckte kein Gesichtsmuskel. Gerhard machte weiter. „In unserer Billroth-Klinik verwerten wir die Toten. Einen Teil, zum Beispiel Organe, verwenden wir direkt. Das meiste aber, zum Beispiel Gewebe, Hornhäute, Haut und Knochen, verarbeiten wir zu medizinischen Produkten. Hier kommt die Repro-Trans ins Spiel. Sie nehmen die Produkte auf Lager und verkaufen sie am Weltmarkt. Ich will die Klinik nicht mit dem Besorgen der Leichen belasten, deshalb machen Sie das. Ist Ihnen alles klar, habe ich Ihre Aufgaben klar geschildert?"

„Ich denke schon", erwiderte Eisenherz.

„Noch Fragen?"

„Haben Sie auch noch einen Job für meine Freundin?", wollte Eisenherz wissen.

„Wir suchen jemanden am Privatempfang in der Billroth-Klinik".

„Ideal", meinte Eisenherz.

„Hören Sie mir gut zu", fuhr Gerhard weiter fort. „Die Repro-Trans und die Billroth-Klinik gehören der Stiftung ‚Heiliger Geist zu Malta'. Ich erzähle Ihnen gleich mehr darüber. In absehbarer Zukunft verschmelzen wir die ReproTrans und die Billroth-Klinik in einer Holding, wahrscheinlich mit Sitz auf Malta", erklärte er dem Kurzgewachsenen. Nicht dass Sie sich wundern. Sie sollen das wissen. Auch wir müssen Steuern sparen. Damit Sie sich über Ihren Status keine Sorgen machen müssen, werde ich dafür sorgen, dass Sie zum Mitvorstand dieser Stiftung gewählt werden." Eisenherz nahm den Job an.

Über fünfzig Jahre nach ihrer Gründung hatte Gerhard es geschafft, dass die Stiftung auf Malta die Gloria Holding Handels Ltd. ins Leben rief. Die Firma residierte in der Erzbischofstraße, gleich hinter der Hauptwache, in der Nähe des Großmeisterpalastes. Unten in dem Gebäude war eine Filiale der Hongkong-Shanghai-Banking-Corporation untergebracht, im zweiten Stockwerk hatte er sein Büro eingerichtet, bestehend aus einem Sekretariat, seinem Raum, einer Besprechungsecke, Toiletten und einer kleinen Küche. Damit das Ganze nicht ganz leer aussah, hatte er eine maltesische Sekretärin angeheuert, die ihm der Steuerberater empfohlen hatte. Sie hieß Maja Farrugia, war 23 Jahre alt und froh, endlich der Arbeitslosigkeit entkommen zu sein.

Seine Telefongespräche mit der örtlichen Steuerkanzlei Dr. Friedel & Partner waren sehr vielversprechend gewesen. Nur eine effektiv fünfprozentige Steuer auf den Gewinn der Firma war zu entrichten, wenn deren Status als „non resident" galt. Zwar lag die Besteuerung des Gewinns zunächst bei fünfunddreißig Prozent, aber nach einem Rückerstattungsantrag blieb nur der lächerliche Satz von fünf Prozent übrig. Vorausgesetzt man gründete eine Kapitalgesellschaft, aber das war eine Limited ja.

Die Gründung einer Holding auf Malta war ebenfalls möglich, das war easy und ging schnell. Er hatte gelernt, dass es dazu nur eines Auftrages an einen maltesischen Steuerberater bedurfte. Nur wenige Angaben waren notwendig. Klar, da war der Name der Firma und welchen Zweck sie verfolgte. Der Geschäftsführer und sein Secretary waren ebenfalls zu benennen. Er haderte noch, ob er seinen Namen angeben sollte, oder ob es nicht doch besser wäre, zum Schein eine lokale Steuerkanzlei mit der Geschäftsführung zu beauftragen. Die Customer Due Diligence hatte er mit Dr. Kalb von Friedel & Partner bereits per Skype hinter sich gebracht. Die Gebühren in Höhe von 240 Euro für die Registrierung des Gesellschaftskapitals waren ebenso beglichen wie die Kosten für die anderen Abgaben, als da wären die Eröffnung eines Bankkontos und die sonstigen Ausgaben der Steuerkanzlei. In zwei Tagen, nach Abgabe aller Unterlagen, so versicherte ihm der Steuerberater, würde der Eintrag der Holding in das Malta Business Registry erfolgen. Das war phänomenal. Was er gut fand, war, dass die maltesische Steuerkanzlei sich nur dann für die Firmengründung verwendete, wenn sie selbst wesentliche Aufgaben wie Buchhaltung, Steuerplanung oder die Lohn- und Gehaltsabrechnung in Auftrag bekam. Gerhard sah das nicht als Nötigung, sondern als zusätzliche Sicherheit. Wie sollte eine Steuerkanzlei Dienstleistungen für ihren Mandanten erbringen, wenn sie ihre Kunden nicht kannte? Blieb eigentlich nur noch offen, wer als Geschäftsführer der Holding agieren sollte. Er oder ein Strohmann der Steuerkanzlei? Das würde sich auch noch klären lassen. Guten Mutes stieg er am 12. Januar des neuen Jahres in den Flieger der EasyJet mit Ziel Malta. Der Gründung der Gloria Holding Handels Limited stand nichts mehr entgegen. Seinem Arbeitgeber hatte er vorgegaukelt, dass er ein paar Tage Skiurlaub im Zillertal verbringen wolle.

*

Gerhard checkte im Fünfsternehotel „Rosselli-AX Privilege" ein, als ihn das Taxi vom Flughafen in die Stadt gebracht hatte. Die Sonne strahlte vom blauen Mittelmeerhimmel und das Thermometer zeigte 21 Grad an. Auch für Malta für diese Jahreszeit zu warm, aber von hier aus waren es nur noch 80 Kilometer bis zur nordafrikanischen Küste. Da gab es schon so manche Wetterkapriolen. Auch die allgemeine Klimaerwärmung spielte dabei bestimmt eine Rolle.

Für den Nachmittag hatte Gerhard eine Besprechung mit Dr. Kalb in seinem Büro vereinbart. Gegen 14 Uhr machte er sich auf den Weg und schlenderte die Hauptstraße Vallettas entlang. Ach wie schön konnte das Leben doch sein. Seine neue Sekretärin Maja stellte sich als zuckersüßes Mäuschen heraus, 1,65 Meter groß, gertenschlank mit ordentlich viel Holz vor der Hütte. Auf dem Kopf trug sie eine schwarze Ponyfrisur mit Pferdeschwanz und auf ihrer

Nase ruhte eine intelligent aussehende Brille. Sie hatte schlanke Beine, die knapp über dem Knieansatz von einem geblümten Sommerkleid verdeckt wurden. Maja verwöhnte ihn liebevoll. Sie hatte ihm frischen Kaffee gekocht und dazu selbst gebackene Marmeladenplätzchen gereicht.

Pünktlich um 15 Uhr erschien Dr. Kalb. Er war ein Deutscher, der schon fünfzehn Jahre auf Malta lebte und mit einer Einheimischen verheiratet war. Nach dem üblichen Smalltalk kamen die beiden Männer bald zum Eingemachten. „Wenn Sie nicht möchten, dass der wahre Inhaber der Firma bekannt wird, rate ich Ihnen, dass Sie die Geschäftsführung unserer Firma überlassen. Natürlich nur auf dem Papier. In Wirklichkeit führen Sie die Geschäfte, aber Ihr Name taucht in dem ganzen Geschäftswirrwarr überhaupt nicht auf. Niemand weiß, dass Sie eine Firma auf Malta besitzen. Insgeheim leiten Sie Ihre Geschäfte über die Gloria Handels Ltd. Wir halten uns da zurück, geben nur unseren Namen dafür her. Ich rate Ihnen, fahren Sie Ihre Gewinne in der Repro-Trans und der Billroth-Klinik zurück, während die Ergebnisse auf Malta steigen. Sie können in Ihren deutschen Firmen durchaus auch mal einen Verlust ausweisen. Das senkt die Steuern in Deutschland enorm. Wir sorgen für die Versteuerung auf Malta und stellen auch den Steuerrückerstattungsantrag. In wenigen Tagen haben Sie den größten Teil Ihres Geldes wieder zurück. Das alles ist EU-konform, ohne Tricks und doppelten Boden."

„Dann machen wir das so", entschied Gerhard, „Ihr Büro stellt den Geschäftsführer."

„Ein weiser Entschluss", kommentierte Dr. Kalb. „Dann brauche ich nur noch Ihre Unterschrift unter den vorbereiteten Unterlagen. Gestatten Sie, dass ich Ihnen anschließend noch Enrico Buttigieg vorstelle, wenn wir hier fertig sind. Enrico ist der Filialleiter der HSBC, die Bank, bei der wir Ihr Geschäftskonto eröffnet haben, gleich hier im Gebäude, ein Stockwerk unter ihrem Büro. Das ist bequem, da haben Sie kurze Wege."

An der Billroth-Klinik

Es war merkwürdig. Bastürks Handy war letztmalig am Heiligen Abend eingeschaltet gewesen. Irgendwann am Abend verabschiedete es sich aus dem Netz und war seitdem nicht wieder in Betrieb genommen worden. Den Tag über war es die ganze Zeit in einer Wohnung in der Regensburger Straße gewesen und hatte sich sich nicht bewegt. Dann, am Frühabend, kam plötzlich Bewegung in die Sache. Das Mobiltelefon veränderte seinen Standort und bewegte sich bis zum Valznerweiher. Danach suchte es sich seinen Weg in der näheren Umgebung. Wohin Bastürk genau ging, konnten die Beamten nicht herausfinden. Die Funkmasten standen hier in zu großen Abständen. Jedenfalls war die Billroth-Klinik in der Nähe. Bastürk musste mit der Buslinie 44 gefahren sein. Das fanden die Beamten in ihrer Analyse heraus. Er musste bis zur Bushaltestation Valznerweiher gefahren sein. Aber von welcher Wohnung aus? In der Regensburger Straße gab es viele Mietwohnungen. Tobi und Sandra besahen sich die vielen Namensschilder, die an den Haustüren prangten. War es hier, wo Bastürk Zuflucht gefunden hatte? Sandra fiel ein Name auf, den sie schon einmal gehört hatte. Sie wusste allerdings nicht mehr, wann und wo. Als Tobi und Sandra an der Regensburger Straße nicht weiterkamen, fuhren sie die Strecke ab, die ihnen das Bewegungsprofil zeigte, bis zum Valznerweiher. Sie parkten und stiegen aus.

„Jetzt wird es heikel, was die Genauigkeit angeht", meinte Tobi, „aber er kann sich eigentlich nur zur Billroth-Klinik hinbewegt haben."

„Na, dann los", munterte ihn Sandra auf. Sie liefen auf den privaten Eingang der Klinik zu. Als sie die luxuriöse Eingangshalle betreten hatten und auf den Empfang zusteuerten, war Sandra wie vom Blitz getroffen. Sie hatte die Frau sofort wiedererkannt. Es war die Rothaarige vom Silvesterabend, die im Suff gerufen hatte: „Übermorgen machen wir den Regenfuß fertig." Regenfuß, klar, das war ein Name vorhin auf den Namensschildern.

Heute trug die Rothaarige ein kurzes Nichts von einem schwarzen Lederrock, eine weiße Bluse, die weit geöffnet war und den Blick auf die wohlgeformten Brüste lenkte, und eine goldene Kette. Selbst Bellinghausen war sichtlich beeindruckt, als er sich ihr näherte. Weniger wegen ihrer weiblichen Reize, ihrer Ausstrahlung wegen. Er erkannte sie nicht wieder.

„Sandra, hast du mal dein Handy parat?" Dann wendete er sich der Rothaarigen zu und zeigte seinen Ausweis. „Haben Sie diesen Mann schon einmal gesehen?"

Sandra hielt ihr das Display hin.

Die Rothaarige nahm sich Zeit. „Nein, leider nicht", sprach sie nach geraumer Zeit.

„Auch nicht am Heiligen Abend?" Tobi ließ nicht locker. Ein leichtes Augenzucken. Wieder besah sich die Dame den verschwundenen Mann.

„Nein, sagt mir nichts", blieb sie standhaft.

„Dürfen wir uns hier etwas umsehen?", stellte Bellinghausen die nächste Frage.

„Das würde die Ruhe unserer Patienten doch erheblich stören", antwortete sie schlagfertig, „außer Sie haben so einen, wie nennt man das, so einen Durchsuchungsbeschluss dabei."

„Das leider nicht", gab der Polizist zu, „aber was noch nicht ist, kann ja noch werden. Sagen Sie, wer leitet eigentlich die Billroth-Klinik?"

„Das ist Dr. von Stubenrauch."

„Kann man den vielleicht sprechen?", gab Tobi noch nicht auf.

„Der Klinikchef operiert gerade", entgegnete die Dame sichtlich genervt. „Außer Sie warten so lange, bis er fertig ist. Das kann aber noch ein paar Stunden dauern."

Bellinghausen hatte sein Pulver verschossen, aber Sandra noch nicht. „Sagt Ihnen der Name Regenfuß etwas?", war sie nun daran, Fragen zu stellen. Wieder zuckte das linke Auge der Rothaarigen.

„Nein, wer soll das sein?", antwortete sie.

„Jemand, den Sie in der Silvesternacht fertig machen wollten."

Das Auge zuckte erneut. „Ich glaube, Sie haben zu viel Fantasie", erwiderte die Rothaarige.

„Und ihr Freund, der etwas Kurzgeratene, arbeitet der auch hier?"

„Jetzt gehen Sie aber zu weit", empörte sich die Dame, „ich glaube, es ist besser, wenn Sie jetzt unsere Klinik wieder verlassen."

„Die lügt wie gedruckt", entrüstete sich Sandra, als sie die Klinik verlassen hatten. „Kannst du dich an den Silvesterabend an der Fleischbrücke erinnern? Da haben wir die Rothaarige und ihren kurzgeratenen Freund gesehen."

„An Silvester kann ich mich nur noch dunkel erinnern", gestand Tobi. „Die Feuerzangenbowle", stöhnte er.

„Da war die Rothaarige hackedicht", erinnerte sich Sandra, „im Gegensatz zu ihrem Freund."

„Woher willst du wissen, dass das ihr Freund war?"

„Na hör mal, so wie die getan haben. Einen Ehering trug sie zwar nicht. Aber ist ja auch egal. Jedenfalls hat sie ihn zweimal daran erinnert, dass sie übermorgen den Regenfuß fertig machen. Den Regenfuß", betonte Sandra nochmal. „Als wir vorhin an der Regensburger Straße auf die Namensschilder schauten, was stand da unter anderem für ein Name?"

„Regenfuß?", riet Bellinghausen.

„Na bitte. Glaubst du an Zufälle?"

„Eher nicht. Also dann zurück. Da sollten wir doch nochmals nachhaken", war er Feuer und Flamme.

*

Sie hatten kein Glück. Niemand öffnete ihnen, als sie bei Regenfuß klingelten. „Vielleicht arbeitet er?", vermutete Sandra. Ein Mütterchen mit einem Rollator wollte ins Haus. Bellinghausen trat zur Seite.

„Sagen Sie, kennen Sie Herrn Regenfuß?", wollte er wissen. „Arbeitet er vielleicht um diese Zeit?"

„Ich bin die Kuni Kellermann", antwortete die Alte. „Mein Nachbern, den Regenfuß, frali kenn ich den. Der und ärwern, dass i fei net lach. Der hat sei Lebn lang no nix gärwert, der lebt vo Hartz IV und vo seine Gschäftli, die er vo Zeit zu Zeit täticht. Aber a mordsdrum Auto fährt der. Ich hab ihn a scho seit a poar Tooch nemmer gsehgn. Ich waß a net, wo der sich rumtreibt. Hat der was ausgfressn?"

„Nein, das nicht", stand Bellinghausen Rede und Antwort. „Wir haben nur ein paar Fragen an ihn."

„Mag sei, dass er mit seim tirkischn Freind in Urlaub is", wusste die Alte. „sei Auto steht jedenfalls net do."

„Mit seinem türkischen Freund?", war Sandra neugierig geworden.

„Ja, kurz vorm Heilichn Abend is a Türk bei ihm eizogn. Aber der is a nemmer do."

„Sandra, zeig der Dame doch mal dein Foto von Bastürk."

„Ja, des isser", freute sich Frau Kellermann, als Sandra ihr das Foto auf ihrem Handy zeigte", an die Nasn kann ich mich genau erinnern."

„Sagen Sie, was für Geschäftchen betreibt denn der Herr Regenfuß?"

„Na, der handelt doch mit Gebrauchtwagen vo Zeit zu Zeit. Alleweil fährt der ein anders mordsdrum Auto. Vo Hartz IV leben, aber in Urlaub fahrn, des hab i erscht gfressn", regte sich die alte Dame auf.

*

Tobi fuhr auf der Liegnitzer Straße und dann auf der B8 zurück in die Stadt. Der Radiosender Antenne Bayern hatte weiter vorne auf der Regensburger Straße einen Unfall mit Stau gemeldet. Sie fuhren ein kurzes Stück. „Hier war es", entfuhr es Bellinghausen plötzlich. Er sah sich um.

„Was war hier?" Sandra blickte irritiert nach draußen.

„Na, der NSU-Anschlag im Jahr 2000. Dort drüben in der Parkbucht."

„2000, ewig her, Mann, da war ich dreiundzwanzig und zutiefst in meinen Ex verliebt."

„Ich bin mir ziemlich sicher, dass das hier war", wiederholte Tobi, „wo Uwe Böhnhardt und Uwe Mundlos den Türken Enver Simsek niederschossen."

„Ich kann mich zwar noch daran erinnern, aber so genau habe ich das nicht mitverfolgt", gestand Sandra. „Was genau ist denn damals hier passiert?"

„Die beiden NSUler sind mit einem Reisemobil nach Nürnberg angereist, haben dieses dann in der südöstlichen Außenstadt stehen gelassen und sind mit den mitgebrachten Fahrrädern hierher gefahren. Es war ein Samstag. Simsek war Blumenverkäufer und verkaufte aus seinem Mercedes-Transporter heraus. Ohne Vorwarnung schossen sie auf ihn. Das ging alles ganz schnell. Das tödliche Projektil drang durch Mund und Oberkiefer ein und blieb im Gehirn stecken. Irgendwann hielt zufällig ein Rettungswagen an Simseks Stand. Der Fahrer wollte Blumen kaufen, fand aber niemanden. Er suchte den Verkäufer und rief bei der Polizei an. Die Kollegen fanden Simsek dann in einer Blutlache liegend im Inneren des Wagens. Zwei Tage später starb er an den Folgen seiner schweren Schussverletzung."

„Das hört sich ja furchtbar an", äußerte sich Sandra.

„Acht Monate später kamen die beiden wieder nach Nürnberg und ermordeten den Türken Abdurrahim Özüdogru", war Tobi noch nicht am Ende.

„Furchtbar", wiederholte Sandra. „Ich frage mich, ob Bastürk noch am Leben ist."

„Wie kommst du denn darauf?"

„Na ja", erwiderte die Kommissarin, „Frau Kellermann hat den Yusuf Bastürk doch eindeutig identifiziert und jetzt fehlen beide, Regenfuß und Bastürk. Was ist eigentlich mit Yusufs Unterhose passiert, die wir in seinem alten Zimmer gefunden haben?"

„Die müsste sich im Besitz der SpuSi oder der KTU befinden", erwiderte Tobi.

„Dann sollten wir unbedingt einen DNA-Abgleich mit der verstümmelten Leiche im Sarg durchführen."

„Das machen wir auch. Rufst du gleich im Büro an? Die Kollegen sollen das organisieren."

Thea schlägt Alarm

Während sich Tobi und Sandra Gedanken um den Verbleib von Yusuf und Benno machten, schlug Thea an diesem Freitag in der Billroth-Klinik Alarm. Das Gespräch mit den Kripobeamten hatte die Rothaarige mehr mitgenommen, als ihr lieb war. Ein dünner Schweißfilm hatte sich auf ihrer Stirn gebildet. Sie zitterte. Woher zum Teufel wussten die Bullen von Benno Regenfuß und was trieb sie auf der Suche nach Bastürk in die Billroth-Klinik? Was wussten die? Thea rief ihren Freund an. „Die Polizei war eben hier und hat nach Bastürk und Regenfuß gefragt."

„Was?", rief der ins Telefon. Dann ließ er sich die Ereignisse ganz genau schildern.

„Sie vermuten nur, sonst hätten sie einen Durchsuchungsbeschluss dabeigehabt", analysierte er. „Haben sie auch von der ReproTrans gesprochen?"

„Das nicht, aber das ist vielleicht nur eine Frage der Zeit", vermutete Thea. „Was soll ich jetzt tun? Ich meine, wenn sie wiederkommen. Mit so einem Durchsuchungsbeschluss. Sie wollten sich hier etwas genauer umsehen und mit Stubenrauch sprechen. Aber das konnte ich gerade noch verhindern. Nicht auszudenken, wenn das geschehen wäre."

„Gut gemacht", lobte er sie. „So einfach ist das nicht mit einer Durchsuchung", gab er ihr eine gewisse Sicherheit, „da muss schon ein erhärteter Verdacht vorliegen, bevor ein Staatsanwalt oder ein Ermittlungsrichter so ein Papier unterschreibt."

„Aber wenn sie weiter herumschnüffeln, finden sie vielleicht noch mehr heraus", meinte sie. „Ich habe Angst."

„Hast du Stubenrauch schon informiert?"

„Nein, das Ganze ist ja erst eine halbe Stunde her. Ich dachte, ich spreche erst mit dir. Von den Patienten hat das Gott sei Dank niemand mitbekommen."

„Gut, dann lass das alles erst mal so wie es ist und informiere Stubenrauch. Ich sage in der Zwischenzeit Gerhard Bescheid. Ich rufe dich wieder an und sage dir, was wir nun machen."

*

Gerhard war ein vorsichtiger Mensch. Obwohl sich auf Malta alles zu seiner Zufriedenheit entwickelt hatte, gab es doch noch einige Baustellen. Die Mitteilung von dem kleinen Eisenherz ließen bei ihm jedoch alle Alarmglocken klingeln. Grund genug, eine sofortige Dringlichkeitsbesprechung einzuberufen. Er, Eisenherz und Stubenrauch saßen in dem Besprechungszimmer, in dem Bastürk gestorben war.

Gerhard berichtete kurz von seinem Maltabesuch, kam dann aber rasch auf den Besuch der Polizei in der Billroth-Klinik zu sprechen. Er bat Eisenherz zu wiederholen, was ihm dessen Freundin Thea erzählt hatte.

„Ich frage mich, wie die beiden Beamten – dabei handelte es sich übrigens um zwei Polizisten der Mordkommission – überhaupt auf die Idee kamen, die beiden zu suchen. Haben wir in unseren Reihen etwa einen Maulwurf?", setzte Eisenherz hinzu.

„Unmöglich", intervenierte Stubenrauch, „die operierenden Ärzte und Schwestern kennen ja nicht einmal die Namen der Toten."

„Gut, das Missgeschick in der Trauerhalle am St. Rochus-Friedhof hat die Polizei natürlich alarmiert. Da komme ich gleich nochmal drauf, aber von dem, was von Bastürk übriggeblieben ist, kann ohne Vergleichs-DNA kein Mensch der Welt darauf schließen, um wen es sich dabei handelt. Selbst der beste Rechtsmediziner nicht", erklärte Gerhard. „Umso erstaunlicher ist es, dass die Polizei offensichtlich einen Zusammenhang zwischen Bastürk und Regenfuß sieht."

Dass die Polizei mit Galls Hilfe längst das Geheimnis um die Stiftung „Heiliger Geist zu Malta" gelüftet hatte, konnte er natürlich nicht ahnen. Dass auch seine gefälschte Geschäftskarte als Thanatopraktiker die Polizei auf die Fährte geführt hatte umso weniger.

„Das lässt sich auf die Schnelle nicht klären", fuhr Gerhard fort, „aber wir müssen handeln. Es könnte durchaus sein, dass die Polizei auf die Idee kommt, die Billroth-Klinik zu durchsuchen. Noch heute, sofort, räumen wir das Lager. Wir bringen das Ganze in die ReproTrans. Von der hat die Polizei offensichtlich noch keine Ahnung. Macht das noch heute in den späten Abendstunden und vergesst nicht, ordentlich zu putzen, um alle Spuren zu verwischen. Passt auf, dass die Patienten das nicht mitbekommen. Die Billroth-Klinik muss den Anschein erwecken, als ob es sich um eine ganz normale Klinik mit angegliederter Schönheitsfarm handelt. Da darf kein Zweifel aufkommen. Verstanden?" Die anderen beiden nickten. „Was ist mit dem Quallengift?", wollte der Kurzgeratene noch wissen.

„Das haben wir nicht hier", antwortete Stubenrauch, „das befindet sich alles in meiner Gartenanlage."

„So, jetzt zu der neuen Methode, wie wir zukünftig Leichenreste beseitigen. Ihr habt den Trubel ja mitbekommen, der am St. Rochus-Friedhof passiert ist. Gott sei Dank konnte ich mich noch in letzter Sekunde absetzen. Wir machen das nie wieder und müssen uns eine andere Alternative einfallen lassen."

Eisenherz meldete sich. „Wie wäre es mit einer Tierverbrennungsanlage?"

„Tierverbrennungsanlage? Wie soll das gehen?", hegte Gerhard Zweifel.

„In Lauf gibt es eine", klärte ihn Eisenherz auf. „Die Anlage wird von einem ehemaligen Klassenkameraden betrieben. Die verbrenne, also kremieren, die toten Viecher einzeln und gesammelt.

Alles eine Frage des Geldes. Die Asche der verbrannten Tiere wandert danach in Einzel- oder in Sammelgräber. Auf einen Beutel mehr oder weniger, gefüllt mit unseren Leichenteilen, kommt es denen bestimmt nicht an. Das kostet natürlich etwas, ist aber sicherer."

„Und dein Freund, will der nicht wissen, was du ihm da anlieferst? So viele tote Haustiere kannst du doch gar nicht haben", zweifelte Gerhard schon wieder.

„Wie gesagt, alles eine Frage des Geldes", entgegnete Eisenherz. „Geld kann auch stumm und blind machen."

„Gut, dann probieren wir das aus", entschied Gerhard. „Sprich mit deinem Schulkameraden und fangt gleich mit den Leichenteilen von Regenfuß an. Sonst noch etwas?", fragte er.

Keiner meldete sich.

„Und, sind Sie für das morgige Forum vorbereitet?", wollte Gerhard noch von Eisenherz wissen. Der nickte nur.

Auf dem Wirtschaftsforum in Nürnberg

Wo der Dutzendteich, der Volksfestplatz, die Kongresshalle und der Luitpoldhain zusammenstoßen, liegt auch die Nürnberger Meistersingerhalle nicht weit entfernt. Hier finden klassische Konzerte und Rockveranstaltungen statt. Heute Abend aber hatte sich die Crème de la Crème der Nürnberger Unternehmer angesagt. Wirtschaftsbosse wuselten durcheinander und unterhielten sich. Unter solch namhafte Unternehmen wie die Symans AG, die Schüffler Group, MUN oder Bösche, hatte sich auch die kleine ReproTrans gemischt. Auch die Stadt Nürnberg als größter Arbeitgeber war dabei. Veranstaltet wurde das Ganze von der IHK Nürnberg, die auch den Moderator stellte. German Hardlinger, ein hohes Tier in der IHK war ein kräftiger, sportlicher Typ von 52 Jahren, der schon fast die ganze Welt gesehen hatte. Auf der Nase trug er eine feine Brille von Rodenstock und seine Glatze glänzte wie poliert im Licht der vielen Scheinwerfer. Der schwarze Boss-Anzug

war tailliert geschnitten, er trug eine Silberkrawatte und schwarze
Schuhwichse ließ seine Schuhe glänzen. Das Thema, das heute
behandelt werden sollte, betraf die Metropolregion und lautete
„Warum denn in die Ferne schweifen?" Dabei ging es um Geschäfts-
chancen in Bayern und Deutschland. Der erste Programmpunkt
des Abends war eine Podiumsdiskussion über die Nutzung welt-
weiter Steueroasen.

Auch der Nürnberger Oberbürgermeister war angesagt, der die
Eröffnungsrede halten sollte. Um acht Uhr war es dann soweit. Das
Licht im Großen Saal wurde abgedunkelt. Vorne in der ersten Reihe
saß der OB, neben ihm German Hardlinger und die Teilnehmer der
ersten Podiumsdiskussion. Andere prominente Gäste reihten sich
ein. Der Oberbürgermeister betrat die Bühne. Das Podium, von dem
er sprechen sollte, wurde angestrahlt. „Meine Damen und Herren",
begann er, „liebe Vertreter der Nürnberger Firmen, ich begrüße Sie
alle recht herzlich am heutigen Abend. Ich beginne meine kurze
Rede mit einer Frage an Sie. Wissen Sie eigentlich, wie viele Firmen
in Nürnberg registriert sind? Ich verrate Ihnen kein Geheimnis,
wenn ich Ihnen die Zahl nenne: 25.000. Vom Global Player über die
klassischen Mittelständler bis hin zu den sogenannten Hidden
Champions. Nürnberg bietet traditionelles Handwerk, aber auch
High-Tech-Firmen und Dienstleister. Wir haben hier eine gesunde
Mischung aus Gründerszene und zukunftssicherer Industrie. Diese
stabile und positive Mischung macht die Entwicklung unserer Wirt-
schaft erst möglich." Dann sprach er noch von Investitionen, Service
und Beratung und von den rund 390.000 Fachkräften, die im Nürnberger Arbeitsmarkt zur Verfügung standen. Zum Schluss ging er
noch auf die chinesische Partnerstadt Shenzhen ein, im Hinterland
von Hongkong gelegen, um trotz des lokalen Themas die Internatio-
nalität der Stadt Nürnberg hervorzuheben. „Ich wünsche Ihnen
jedenfalls für dieses Wochenende einen Sack voller Kreativität und
viel Erfolg", schloss er.

„Vielen Dank, Herr Oberbürgermeister, für Ihre informative
Eröffnungsrede", bedankte sich Hardlinger höflich. „Wir wollen
nun keine Zeit verlieren und stürzen uns sofort auf die erste Podi-

umsdiskussion. Warum denn in die Ferne schweifen, wenn das Gute liegt so nah, würde ich sagen, und ich darf die Teilnehmer auf die Bühne bitten. Bitte nehmen Sie im Halbkreis dort Platz, wo die Sessel und Ihre Namensschilder aufgestellt sind. Ich begrüße hiermit Frau Dr. Theresa Schumann von der Firma Symans, Herrn Dr. Xaver Hornschuh von Bösche, Herrn Walter Neidl von MUN, Herrn Holger Eisenherz von der Firma ReproTrans und den Leiter unserer Stadtwerke, Herrn Dr. Gustav Detmold. Sie gestatten, dass ich mich mitten unter Ihnen platziere und die Moderation übernehme. Wir fangen sofort mit der ersten Frage bei Frau Dr. Schumann an. Frau Dr. Schumann ist Leiterin des hiesigen Personalbüros ihrer Firma. Frau Dr. Schumann, ich gebe die Frage gerne an Sie weiter. Warum denn in die Ferne schweifen?"

„Sie meinen, hin zu den Steueroasen schweifen", vergewisserte sie sich.

„So ist es", bestätigte Hardlinger.

„Da tut sich unser Haus etwas schwerer als andere Unternehmen", gestand sie, „man kommt bei diesem Thema sehr schnell in den Geruch des Unlauteren, der illegalen Steuerersparnis. Das kann sich unsere Firma, nach dem Shitstorm, der seit einiger Zeit auf unser Unternehmen niedergeht, ich meine damit die Korruptionsaffäre, nicht mehr leisten. Wir geben im Anschluss an diese Affäre Abermillionen für Transparenz aus und dabei soll es auch bleiben. Also keine krummen Dinge mehr, keine internationalen Steueroasen wie Singapur oder die Cayman-Inseln."

„Was ist mit Europa", warf Hardlinger ein. „Ihr Haus ist ein deutsches Unternehmen und bewegt sich auch in Europa. Nehmen wir zum Beispiel Malta. Die Insel ist EU-Staat und trotzdem ein Steuerparadies. Sie drehen dort doch keine krummen Dinger, wenn Sie sich den Steuereinsparungsmöglichkeiten zuwenden."

„Aber die Insel hat einen Geruch", wehrte sich Frau Dr. Schumann. „Unser Finanzminister hat Zweifel, dass dort alles ordnungsgemäß abläuft. Deshalb nochmals eindeutig: Nein, wir haben keine Leichen in Steueroasen vergraben, auch nicht auf Malta."

„Das ist ein eindeutiges Statement", folgerte Hardlinger. Nun zu Ihnen, Herr Dr. Hornschuh, wie sieht die Firma Bösche diesen Sachverhalt?"

„Erstens möchte ich feststellen, dass wir nicht gegen gültige Steuergesetzgebungen verstoßen", erläuterte der.

„Das habe ich auch nicht gesagt", wehrte sich Hardlinger. „Ich erinnere an mein soeben gegebenes maltesisches Beispiel."

Man sah Dr. Hornschuh an, dass ihm die Frage peinlich war. „Nun, wie soll ich sagen", antwortete er, „unsere Steuerabteilung prüft natürlich ...", fing er wieder an.

Der Moderator unterbrach ihn. „Können Sie die Frage bitte präzise beantworten?"

„So genau auch nicht." Ein Murmeln war aus dem Auditorium zu hören.

„Das heißt, Sie können uns nicht bestätigen, dass sich Ihre Firma von Steueroasen fernhält?"

„Im Moment nicht." Das Murmeln nahm zu.

„Herr Eisenherz, wie sieht es bei Ihnen aus? Ihre Firma gehört ja nicht zu den großen Global Playern, da könnte man doch eher vermuten, dass Sie jeden Cent vor dem deutschen Fiskus zu retten versuchen. Wie ist die Haltung der ReproTrans zu diesem Thema?", wandte sich Hardlinger an den Kurzgeratenen.

Eisenherz räusperte sich. „Ich muss Sie enttäuschen," sagte er mit überzeugender Stimme. „Wir schauen auf das deutsche Bruttosozialinlandsprodukt. Wo kämen wir denn hin, wenn jeder seine Gewinne vor der deutschen Steuer versteckt? Leben und leben lassen, heißt unser Motto. Dafür verbürge ich mich persönlich. Steueroasen kämen für mich niemals infrage. Man sieht doch, was durch solche Affären ausgelöst wird. Denken Sie an die Panama Papers. Den Namen unserer Firma werden Sie in einem solchen Zusammenhang niemals in der Presse lesen."

„Das ist eine klare Aussage", lobte ihn der Moderator. „Herr Neidl, nun zu Ihnen."

Die Diskussion die folgte, wogte eine dreiviertel Stunde hin und her. Neidl hatte sich für die Nutzung von legalen Steueroasen ausgesprochen. „Der deutsche Staat schröpft uns, warum sollen wir die steuerlichen Vorteile nicht ausnutzen, wenn sie gegeben sind? Damit meine ich natürlich keine kriminellen Elemente. Aber solche Vorteile, wie Malta sie bietet, warum nicht?", argumentierte er. „Wenn es legal ist und EU-Recht entspricht."

German Hardlinger unterbrach nach einer dreiviertel Stunde die Rede und Gegenrede. „Wir haben gesehen, dass es bei unserem Thema gar nicht so einfach ist, eine einheitliche Meinung zu finden. Für die Schwierigkeiten und Probleme, die damit verbunden sind, muss dieser erste Eindruck genügen. Wenden wir uns nun dem eigentlichen Thema zu, dem Thema Wertschöpfung in der Region, und hören dazu einen Vortrag von Herrn Walmenhorst von der Firma Diehl. Bitteschön, Herr Walmenhorst."

Die zweitägige Veranstaltung brachte einiges Neues aber auch schon Bekanntes. Netzwerke wurden neu gesponnen und fast jeder lobte den Event. Der Organisator und Veranstalter war zufrieden. Die Journalisten der Wirtschaftspresse eilten – trotz Sonntag – an ihre Arbeitsplätze zurück und tippten fleißig.

Ein aufschlussreiches Zeitungsfoto

„Symans und ReproTrans gegen Steueroasen", schrieben die Nürnberger Nachrichten in ihrem Wirtschaftsteil und veröffentlichten ein Foto mit einer strahlenden Frau Dr. Schumann, einem noch zufriedeneren German Hardlinger und einem zu kurz geratenen Holger Eisenherz.

In einer Veranstaltung über eineinhalb Tage trafen sich am Wochenende die Wirtschaftsbosse der Metropole in der Meistersingerhalle, um die Bedeutung lokaler Wertschöpfung hervorzuheben. Dabei wurde auch die Frage nach der Haltung der Firmen zu Steueroasen gestellt. Es zeichnete sich ein düsteres Bild ab. Lediglich die Firmen Symans und ReproTrans hatten dazu eine klare Stellungnahme parat: Sie lehnen eine steuerliche Repräsentanz in Ländern wie Malta, Zypern, Luxembourg, Panama und anderen Steuerparadiesen rundweg ab. „Wir den-

ken dabei an den deutschen Staat", artikulierte Holger Eisenherz von der ReproTrans eindeutig.

Auch Sandra Knobloch las am Montag diesen Artikel. „Das auf dem Foto ist doch unser Kurzgeratener vom Silvesterabend", meinte sie, „der Freund von dieser Rothaarigen in der Billroth-Klinik."

„Welcher Kurzgeratene?", wunderte sich Bellinghausen und sah seine Kollegin irritiert an.

„Der Freund von der Rothaarigen an der Fleischbrücke, die wir in der Billroth-Klinik wiedergesehen haben."

„Wie gesagt, an die beiden kann ich mich nicht mehr so recht erinnern", gestand er.

„Aber ich", bestand Sandra auf ihre Beobachtung. „Endlich haben wir einen Namen und ein Bild. ReproTrans, von der Firma habe ich noch nie gehört." Sofort bemühte sie ihren Computer und googelte. Ein Fenster öffnete sich auf dem Bildschirm. Sie las. „Da schau her", pfiff sie durch die Zähne, „womit die ihr Geld verdienen. Arzneimittel, die auf menschlichem Gewebe oder Zellen beruhen. Blutprodukte, Gewebezubereitungen, Augenhornhaut und Herzklappen, Stammzellenprodukte, Knochenmark und vieles andere mehr. Das kann doch kein Zufall sein, wenn ich an die Billroth-Klinik und ihre rothaarige Empfangsdame denke. Da hast du deine Leichenverwertung."

„Du stellst einen Zusammenhang her?", fragte Tobi. „Hat die ReproTrans auch einen Operationsraum?"

Sandra suchte weiter unter der Web-Adresse. „Sieht nicht so aus", erwiderte sie nach einer Weile, „aber dieser Eisenherz und die Empfangsdame der Billroth-Klinik sind ein Paar oder zumindest gut bekannt, das passt doch zusammen, das schreit doch nach einem Zusammenhang. Das werden wir gleich haben", ereiferte sie sich, „ich schaue mal nach den Gesellschaftsverhältnissen beider Unternehmen." Wieder bemühte sie ihren Computer und rief die beiden Internetadressen auf. „Scheiße", schimpfte sie nach einer Weile, „da sind keine Zusammenhänge zu finden."

„Was hat denn die ReproTrans für eine Gesellschaftsform?", half ihr Tobi.

„Eine GmbH & Co oHG", antwortete Sandra.

„Und die Billroth-Klinik?"

„Eine Kommanditgesellschaft", gab sie an.

„Da hast du den Dreck doch schon", wunderte sich Tobi nicht, „zwei Personengesellschaften also. Die unterliegen nicht den strengen Publizitätsverpflichtungen wie eine Kapitalgesellschaft."

„Das könnte also auch heißen, dass die was zu verbergen haben", folgerte Sandra.

„Leider eine reine Vermutung", bemerkte Bellinghausen, „damit kommst du bei keinem Staatsanwalt oder Richter durch."

„Dann sollten wir das klären", entfuhr es Sandra.

„Können und müssen wir", stimmte ihr Tobi zu. „Dennoch, zunächst sollten wir uns um die Billroth-Klinik kümmern. Ich versuche, beim Staatsanwalt den Durchsuchungsbeschluss für die Klinik zu bekommen. Vielleicht stoßen wir dort ja auf die Repro-Trans." Mit diesen Worten warf er sich sein Sakko über, strich sich mit beiden Händen nochmals durch die Haare und machte sich auf den Weg zum Nürnberger Gerichtsgebäude.

„Viel Glück", rief Sandra ihm nach, dann wandte sie sich wieder ihrem Computer zu. Sie gab zum wiederholten Male verschiedene Suchbegriffe, wie „Heiliger Geist zu Malta" oder „Nürnberger Stiftungen" ein und hoffte auf ein Ergebnis. Aber entweder landete sie bei Hinweisen auf Pfingsten oder einer Liste von Stiftungen, die ihr nichts sagten. Entnervt versuchte sie es noch mit „Sankt Sebaldus". Sie landete auf einer Heiligenchronik, der Geschichte des Stadtheiligen und auf den Internetseiten diverser Apotheken. Frustriert gab sie auf.

Die Billroth-Klinik wird durchsucht

Bellinghausen hatte bewusst den Weg zu Staatsanwalt Eberhard Eckroth gewählt: Er hatte ein besseres persönliches Verhältnis zu ihm als zu dem zuständigen Ermittlungsrichter Helmbock.

Die Ausstellung eines Durchsuchungsbeschlusses stellt einen schweren Eingriff in die Grundrechte dar. Insofern ist es gar nicht so leicht, einen solchen Beschluss zu bekommen. Die Paragrafen 102 bis 110 der Strafprozessordnung müssen beachtet werden. Diese lassen einen Durchsuchungsbeschluss nur dann zu, wenn entweder die Ergreifung eines Täters einer Straftat beabsichtigt ist, oder die Auffindung von Beweismitteln. Auch die Beschlagnahme von Verfall- oder Einziehungsgegenständen berechtigt zur Erstellung eines solchen Papiers. Doch darauf hatte es Bellinghausen nicht abgesehen.

„Eberhard, du musst mir helfen, einen Durchsuchungsbeschluss zu bewirken", klagte Tobi dem Staatsanwalt sein Leid.

„Was ist denn los?", nahm sich Eckroth die Zeit und hörte der Geschichte des Hauptkommissars aufmerksam zu. Dieser erzählte die ganze Story. „Verstehe ich", kommentierte der Staatsanwalt, als Bellinghausen geendet hatte, „du willst über die Schiene Beweismittel herausfinden, um wen es sich bei diesem Gerhard handelt."

Tobi wollte widersprechen.

„Mach mir nichts vor, wenn ich dir helfen soll", wies ihn Eckroth zurecht. „Und jetzt hast du dir einen Termin ausgesucht, an dem der zuständige Ermittlungsrichter nicht da ist, und hast gedacht, geh doch mal zu deinem alten Freund Eckroth und mach ‚Gefahr im Verzug' geltend. Ich durchschaue dein Spiel durchaus. Aber zurück zu den Tatsachen. Ich unterschreibe dir den Durchsuchungsbeschluss, will das aber vorher mit dem Ermittlungsrichter telefonisch abklären. Auch ich muss im Zweifelsfall meinen Arsch retten", erklärte er.

„Wo ist denn der Richter?", interessierte sich Bellinghausen.

„Er ist heute früher gegangen, hat heute seinen Hochzeitstag, ist aber telefonisch erreichbar. Wenn du leise bist, rufe ich ihn jetzt auf seinem Handy an." Das Gespräch zwischen dem Staatsanwalt und dem Ermittlungsrichter dauerte keine zwei Minuten. „Er lässt mir freie Hand", verkündete Eckroth und grinste. „Deine Strategie ist aufgegangen."

*

Die Lage hatte sich zugespitzt. Am Dienstagmorgen, als Tobi und Sandra ins Büro kamen, erfuhren sie, dass der DNA-Abgleich positiv ausgefallen war. Sie hatten nun einen Mord auf dem Tisch! Auch Regenfuß war nicht wieder aufgetaucht, obwohl seine Wohnung überwacht wurde. Tobi und Sandra machten sich Sorgen. Darum würden sie sich aber später kümmern. Jetzt stand erst die Durchsuchung der Billroth-Klinik an.

Gegen 9 Uhr verließ eine Kolonne von vier Polizeifahrzeugen den Jakobsplatz, allen voran in einem zivilen VW Passat Tobias Bellinghausen und Sandra Knobloch. Sandra hielt ein Papier in den Händen, das die Unterschrift von Staatsanwalt Eckroth trug. Sie stürmte in die Klinik, rief „Hausdurchsuchung" und klatschte der überraschten Empfangsdame das Dokument auf die Theke.

Die rothaarige Thea konnte gar nicht so schnell reagieren, wie die Polizisten handelten. „Moment, ich muss erst Herrn Professor von Stubenrauch informieren", rief sie Sandra nach, die sich auf den Weg in das Erdgeschoss machte.

„Türen aufsperren", ordnete Sandra an. Nach der Kommissarin strömten etwa zwanzig Polizeibeamte mit Waschkörben in die Klinik. Sie stapelten Ordner und alles, was interessant und lohnenswert war, hinein. Dann tauchte Professor Dr. von Stubenrauch auf.

„Was wirft man uns vor?", stellte er die berechtigte Frage.

„Verdacht auf illegale Leichenverwertung", äußerte Bellinghausen, der sich Zeit ließ und durch den Klinikeingang schlenderte. Von dem Mord an Bastürk sprach er noch nicht.

„Verdacht auf was?", wiederholte Dr. von Stubenrauch.

„Steht alles in den Papieren", äußerte sich Tobi nochmals gelangweilt.

„Aber dazu müssten wir ja Leichen haben", stellte von Stubenrauch erstaunt fest. „Außerdem können unsere Leute das gar nicht. Leichen sezieren. Wir sind hauptsächlich eine Schönheitsklinik."

„Das wird sich zeigen", formulierte Bellinghausen gelassen.

Die Türen zwischen Kassenpatientenbereich und Privatpatientenabteilung waren geöffnet. Die Polizeibeamten des Hauptkommissars verteilten sich überall im Erdgeschoss. Die Patientenzimmer ließen sie in Ruhe. Dafür konzentrierten sie ihre Suche auf die Behandlungzimmer und die OP-Räume. Als sie im ersten Geschoss alles eingesammelt hatten, nahmen sie sich das Kellergeschoss vor. „Aufsperren", wiesen sie Dr. von Stubenrauch an, als sie an den DV-gesteuerten Sperren ankamen. „Wir müssen nach unten und nach oben." Die Räume, die sie untersuchten, waren anscheinend alle frisch gereinigt. In dem kleinen Büro standen nur saubere Ordner herum. Alles war wie geleckt. „Wozu nutzen Sie das Kellergeschoss eigentlich?", wurde Dr. von Stubenrauch gefragt.

„Da sind die Behandlungszimmer und die OP-Räume für die Privatpatienten", antwortete der. Die Antwort sollte belanglos klingen. „Mag sein, dass wir im Rahmen der Modernisierung etwas zu optimistisch geplant haben", fügte er hinzu. Die Räume waren klinisch rein. Nirgends ein Häuflein Staub. Hier war vor Kurzem frisch gereinigt worden. An einer Wand hing auffällig eine große Schautafel. Darauf war ein goldener Bischofsstab zu erkennen, von dessen oberem, gekrümmten Teil eine kleine Malteserfahne wehte, darunter eine Jakobsmuschel. Das Ganze war umringt von einem Rosenkranz. Rechts unten stand die Zahl 1565. „Was soll das darstellen?", wurde Dr. von Stubenrauch gefragt.

„Das sind religiöse Symbole", stellte der sich ahnungslos.

„Einpacken", befahl Bellinghausen seinen Leuten. Er wusste nun, dass sie – egal ob sie etwas finden würden oder nicht – hier an der richtigen Adresse waren.

Die Ermittlungen bleiben stecken

Egal wie man es drehen oder wenden wollte, die Durchsuchung der Billroth-Klinik blieb ermittlungstechnisch ein Fiasko, was die Beweissicherung anging. Ermittlungsrichter Helmbock musste sich am Ende sogar für die Durchsuchung entschuldigen. Nichts gefunden, ein peinliches Ergebnis. Keine Spur von Gerhard. Bellinghausen und Sandra behielten ihr kleines Geheimnis, die Schautafel betreffend, für sich.

„Die waren durch unseren ersten Besuch vorgewarnt", ärgerte sich Sandra, „und haben alles leergeräumt. Wozu braucht man denn so viele OP-Räume, wenn nicht zum Sezieren von Leichen?"

„Aber wo haben die das alles hingeschafft?", überlegte Tobi.

„Da bleibt auf die Schnelle nur ein Ort übrig. In die Repro-Trans", war sich seine Kollegin sicher. „Wir müssen nur dort suchen."

„Vergiss es", entmutigte er sie. „Nach dieser Blamage kriegen wir niemals einen zweiten Durchsuchungsbeschluss. Dass sich ein Ermittlungsrichter offiziell für eine Durchsuchung entschuldigen muss, habe ich auch noch nicht erlebt. Das hat uns in unserer Arbeit ordentlich zurückgeworfen."

„Und wie geht es nun weiter?", klagte Sandra enttäuscht. „Wir waren so nahe dran."

„Mal sehen", tröstete sie ihr Vorgesetzter, „es muss uns gelingen, den Zusammenhang zwischen der ReproTrans und der Billroth-Klinik herzustellen. Aber wie, das ist die Frage. Wir müssen viel mehr ins Detail gehen. Ich bin mir sicher, wir sehen den Wald vor lauter Bäumen nicht."

„Ich verstehe das nicht", klagte Sandra, „die Zusammenhänge, die wir ermittelt haben, haben doch bestätigt, dass die beiden Firmen in einer Geschäftsbeziehung zueinander stehen."

„Ja, aber das ist doch noch kein krimineller Aspekt", erklärte ihr Tobi. „Es ist doch völlig normal, wenn die Billroth-Klinik zum Beispiel Gewebeteile von der ReproTrans bezieht. Das sind ganz gewöhnliche Vorgänge."

„Und die Mitarbeiter der Billroth-Klinik?", deutete Sandra an, „meinst du, die wissen etwas?"

„Vergiss es", nahm ihr Bellinghausen das Wort aus dem Mund, „das wäre zwar vielversprechend, aber ..."

„Wie meinst du das?", unterbrach sie ihn.

„Na, überleg doch nur", wusste der Hauptkommissar, „so eine Leichensezierung kannst du nicht alleine durchführen, da brauchst du ein ganzes Team, vor allem wenn du gewonnenes Material weiterverarbeiten willst. Ich denke da an OP-Ärzte und Schwestern. Die müssten natürlich etwas wissen, aber die dürfen wir ja gar nicht mehr befragen, wenn ich das richtig verstanden habe. Nach der Entschuldigung von Helmbock sind für uns die Billroth-Klinik und ihre Mitarbeiter tabu. Leider. Da musste ich auch von Staatsanwalt Eckroth einen ganz schönen Rüffel einstecken. Nein, was ich meine, wenn ich sage, wir müssen mehr ins Detail gehen, dann meine ich, dass wir mehr über die beiden Firmen herausfinden müssen. In welcher Geschäftsbeziehung sie genau zueinander stehen."

„Wir geben also nicht auf?", hoffte Sandra.

„Sehe ich so aus, als ob ich aufgeben würde", lächelte Bellinghausen.

„Moment", überlegte Sandra, „wie wäre es, wenn wir jemanden in der Klinik unterbringen könnten, jemanden, der die Freundschaft zu der Rothaarigen sucht? Diese Thea scheint mir das schwächste Glied in diesem ganzen Sumpf zu sein."

„Du weißt schon, dass wir die Informationen, die wir dadurch gewinnen könnten, nicht offiziell nutzen dürfen", erinnerte sie Bellinghausen. „An wen hast du denn gedacht?"

„An Tamara Heinlein von der SpuSi. Sie ist etwa in dem Alter der Rothaarigen, ungefähr Mitte zwanzig, und sehr, sagen wir, kommunikativ veranlagt", fiel Sandra ein.

„Sagt mir nichts", meinte Tobi.

„Die mit der schwarzen Dutt-Frisur und dem Riesen-Zinken im Gesicht", klärte ihn Sandra auf.

„Ach die. Und wie soll das gehen?", wollte Tobi wissen.

„Sie hat, sagen wir mal ganz ehrlich, eine extreme Höckernase. Wirklich nicht schön, auch leidet sie dadurch an Atemschwierigkeiten. Ständig spricht sie davon, dass sie sich einer Nasenkorrektur unterziehen will. Das könnte man doch in der Billroth-Klinik machen lassen, oder?"

„Was kostet sowas?"

„Keine Ahnung", gestand Sandra.

„Kosten können wir keine übernehmen", stellte Bellinghausen klar, „aber wenn es um Urlaub geht, den sie für die Operation nehmen muss, da kann ich gerne mal mit Leo Zwanziger reden. Sprich erst mal mit ihr. Wenn sie zustimmen sollte, braucht sie natürlich ein Alias, zum Beispiel als Studentin. Ich würde ihr dann eine Immatrikulationsbescheinigung der Uni besorgen. Aber wir müssten vorher auch noch einige andere Details mit ihr klären."

*

Zehn Tage später, am Abend des 20. Januar, zog Tamara Heinlein mit ihrem Köfferchen in die Billroth-Klinik ein. Ihre erste Untersuchung durch Herrn Dr. von Stubenrauch hatte sie gleich am Tag darauf, an einem Samstag.

Tamara war zwar Kassenpatientin, aber den ästhetischen Anteil an der OP bezahlte sie selbst. Die Kasse übernahm lediglich die Vollanästhesie. So blieben noch rund 3.000 Euro, die sie selbst tragen musste. Dass ihr Chef, Leo Zwanziger, ihr den notwendigen Urlaub „spendierte", fand sie ganz akzeptabel. Dafür musste sie nur etwas tun und versuchen die Freundin der rothaarigen Thea zu werden.

*

In der Billroth-Klinik und in der ReproTrans feierten Gerhard, Eisenherz und von Stubenrauch die erfolglose Durchsuchung wie einen Sieg. „Das war weise, die Klinik von allen belastenden Unterlagen und Lagervorräten zu räumen", stellte von Stubenrauch fest.

„Der Richter musste sich sogar entschuldigen", gluckste Eisenherz.

Gerhard sonnte sich in der Anerkennung seiner Kollegen. „Jetzt haben wir eine Zeitlang Ruhe vor den Bullen", sprach er.

„Hoffentlich halten unsere eingeweihten Mitarbeiter dicht", sorgte sich von Stubenrauch.

„Da habe ich keine Sorge", wandte Gerhard ein. „Die Polizei muss sich von ihnen fernhalten, außerdem, warum sollten sie etwas ausplaudern? Den Ermittlern ist es verboten, mit ihnen zu sprechen, und zweitens sind das alles Mitglieder von „Heiliger Geist zu Malta". Drittens würden sie sich selbst belasten, wenn sie quatschen."

„Dein Wort in Gottes Ohr", war von Stubenrauch zu hören.

„Was machen wir jetzt? Wie machen wir weiter?", stellte Eisenherz die Gretchenfrage.

„Wir lassen erst Gras über die Geschichte wachsen", schlug Gerhard vor. „Wir halten die nächsten drei bis vier Monate still, bevor wir unsere Tätigkeit wieder aufnehmen, und beobachten sorgsam die Szene. Wer weiß, was den Bullen sonst noch alles einfällt."

„Und die Gloria Ltd.?", wollte Eisenherz wissen.

„Da machen wir weiter. Wir kaufen die nächste Zeit ausgewählte Leichenteile nur noch am Weltmarkt und verarbeiten sie in der Billroth-Klinik. Die Polizei wird es nicht wagen, sich in nächster Zeit dort nochmals blicken zu lassen. Dann versenden wir die Arzneimittel nach Malta und lagern sie dort. Für den Eigenbedarf behalten wir nur so viel Material zurück, wie wir hier brauchen. Unser Geschäft mit den Leichen geht also weiter."

Tamara Heinlein undercover

Tamara wusste, dass sie nur drei Tage Zeit hatte, die Sympathien der Rothaarigen zu gewinnen. Ihr Klinikaufenthalt dauerte nicht allzu lange. Na gut, in circa zwei Wochen nach der Operation gab es eine Nachschau. Sie sollte Thea – so hieß die Rothaarige – aushorchen und versuchen, eine längerfristige Freundschaft aufzubauen. Hauptkommissar Bellinghausen und Leo Zwanziger hatten ihr alles erklärt. Tamara entschied sich, noch heute mit der Kontaktaufnahme zu beginnen. Sie schlüpfte in ihren Morgenmantel und machte sich auf den Weg zum Empfang. Tamara schlenderte daran vorbei und grüßte die Rothaarige höflich, die am Schalter saß. „Zum Qualmen?", fragte sie.

„Draußen, links, gleich neben der Eingangstüre steht ein Aschenbecher", erhielt sie als Auskunft.

Die Polizistin rauchte in Ruhe ihre Zigarette und kehrte dann in das Innere des Gebäudes zurück. „Kalt draußen", bemerkte sie.

„Ja, der Winter ist noch nicht vorbei, der kommt erst noch", antwortete Thea.

„Ach, ich bin schon ganz aufgeregt, wie das nachher aussieht", stammelte Tamara. „Morgen ist mein OP-Termin."

„Was wird denn bei Ihnen gemacht?", wollte die Rothaarige wissen.

„Sehen Sie das nicht?", ging Tamara auf ihre Worte ein. „Meine Nase. Fast dreißig Jahre musste ich mit so einem Kolben leben", dabei deutete sie auf ihr Riechorgan, „aber morgen, morgen kommt dieser hässliche Höcker weg."

„So schlimm sieht das nun auch wieder nicht aus", antwortete Thea höflich, „aber bestimmt schaut die Nase nach der OP besser aus als jetzt." Anscheinend war die Rothaarige froh, der Langeweile des Herumsitzens entkommen zu sein. Sie schien dankbar zu sein, eine Gesprächspartnerin gefunden zu haben, denn sie fuhr fort: „Sie werden nach der OP bestimmt noch viel hübscher aussehen."

„Kennen Sie sich damit aus?", lockte Tamara.

„Ein bisschen schon", antwortete Thea. „Ich meine, ich bin kein Arzt, aber eine Frau. Ich habe absolutes Vertrauen zu Dr. von Stubenrauch."

„Was für mich neu ist", sprach Tamara weiter, „Herr Dr. von Stubenrauch sprach davon, dass ich nach der OP noch für etwa vier bis sechs Wochen Schwellungen und Blutergüsse haben kann. Ist das nicht schmerzhaft?"

„Da machen Sie sich mal keine Sorgen", wusste Thea, „das kommt nur in extremen Fällen vor. Kommen Sie im Rahmen der Nachversorgung auch noch hier vorbei?"

„Das habe ich vor. Können Sie das empfehlen?", sorgte sich Tamara.

„Auf jeden Fall. Bei Dr. von Stubenrauch sind Sie wirklich in guten Händen. Glauben Sie mir, ich spreche aus eigener Erfahrung. Ich habe mich auch schon einmal in seine Hände begeben." Dabei streckte sie ihren Busen nach vorne. „An einer Stelle, die die Männer rasend machen kann, wenn Sie verstehen."

„Oh, dann haben Sie sich die Brust vergrößern lassen? Ihr Busen sieht toll aus."

Thea war geschmeichelt. Bisher schwärmte nur ihr Freund von Max und Moritz, wie sie ihre zwei weiblichen Attribute nannte. „Danke!" Sie streckte Max und Moritz ins rechte Licht.

„Drücken Sie mir die Daumen, dass das bei mir morgen ebenso prächtig hinhaut", forderte Tamara sie auf. „Sagen Sie, noch eine Frage. Ich hoffe, ich bin damit nicht zu indiskret."

„Nur zu", forderte die Rothaarige sie auf, der das Gespräch allmählich gefiel.

„Wie bekommt man denn so schöne Lippen wie Sie? Ist das natürlich oder wurde da auch etwas nachgeholfen?"

Wieder ein Kompliment, das Thea gefiel. Ihre Gesprächspartnerin hatte eine gute Beobachtungsgabe und war etwa in ihrem Alter. Um die dreißig. Nicht so eine alte Ziege, wie sie hier haufenweise herumliefen, eingebildet und geldig. Thea zwinkerte mit dem linken Auge, als würde sie ein großes Geheimnis verraten. „Ein bisschen aufgespritzt sind die schon", verriet sie, „aber was tut man nicht alles für gutes Aussehen."

„Das finde ich auch", gab ihr Tamara recht. „Eine junge Frau sollte auf ihr Äußeres Wert legen."

„Sagen Sie", öffnete sich Thea nun vollends, „wir sind doch in etwa im gleichen Alter, wollen wir uns da nicht duzen. Das klingt alles so förmlich, dieses Sie."

„Ich bin die Tamara", sprang die nette Patientin sofort darauf an. „Und ich die Thea", gab die Rothaarige zurück.

*

Zwei Tage später stolzierte Tamara mit einer zwar geschwollenen, aber deutlich kleineren Nase aus der Klinik. Noch hatte sie Schmerzen und Blutergüsse, aber Thea am Empfang wünschte ihr alles Gute für die Zukunft. Nach zwei Wochen würde Tamara zur Kontrolle wieder kommen. Die OP-Narben mussten erst richtig verheilen, bevor Dr. von Stubenrauch erneut einen Blick auf die Patientin warf. Danach sollte Tamara wieder gesellschaftsfähig sein und stolz ihre neue Nase der Öffentlichkeit präsentieren können. Nur noch leichte Schwellungen sollten dann zurückbleiben. Bevor sich Tamara endgültig verabschiedete, blieb sie nochmals am Empfang stehen. Es wurde ein längeres Gespräch mit Thea. Die beiden Frauen hatten anscheinend Gefallen aneinander gefunden. „Wirklich nett, mit dir zu plaudern", sprach die Rothaarige. „Wir könnten uns doch auch mal privat zum Kaffee in der Stadt treffen?"

„Klar, ich rufe dich an", erwiderte Tamara, „wenn es mir besser geht", bevor sie durch das Glasportal entschwand. Sie hatte ihre beiden Ziele erreicht: Eine neue Nase und die angehende Freundschaft mit Thea. Sie konnte Hauptkommissar Bellinghausen berichten.

Fast ein halbes Jahr später

Tobi und Sandra hatten die Ermittlungen im Fall Silbermann/ Bastürk und „Heiliger Geist zu Malta" liegen lassen müssen. Ermittlungsrichter Helmbock hatte ein Auge auf die beiden gehabt und dafür gesorgt, dass sie mit dem Fall zweier Prostituiertenmorde betraut wurden. Auch dieser Fall zog sich. Ende Juni konnten sie den Täter, der eine Rumänin und eine Chinesin des horizontalen Gewerbes umgebracht hatte, dingfest machen. Ende Juni wurde dann Ermittlungsrichter Helmbock in den verdienten Ruhestand geschickt. Doch die beiden Ermittlungsbeamten hatten sich von dem alten Fall zu keinem Zeitpunkt wirklich verabschiedet. Sie wussten, dass sie mit der Billroth-Klinik richtig lagen, nachdem sie auf die Schautafel mit den Attributen des Stadtheiligen und der Malteserflagge gestoßen waren. Mit Argusaugen verfolgten sie die Geschäfte zwischen der Billroth-Klinik und der Repro-Trans.

Die „Blaue Nacht", das alljährliche Fest der Kultur und Künste hatte am 6. Mai stattgefunden. 100.000 Besucher waren aus nah und fern in die Nürnberger Altstadt geströmt, um das seit dem Jahr 2000 stattfindende Festival der blauen Illuminationen mitzuerleben. Der 1.FCN war in der Zweiten Bundesliga auf einem sicheren Platz gelandet und auch die Spielwarenmesse und die „Freizeit, Tourismus & Sport" waren vorüber.

Im Stillen ermittelten Tobi und Sandra im alten Fall weiter. Sie hatten ausreichend Zeit, sich im Internet mit der Billroth-Klinik und der ReproTrans zu befassen. Nur mit dem Gift der Würfelqualle kamen sie nicht voran. Auch sie hatten sich überlegt, dass es das Beste wäre, erstmal Gras über den Fall wachsen zu lassen, zumindest, solange der Ermittlungsrichter noch in Amt und Würden war. Nun war Helmbock weg, die Prostituiertenmorde gelöst und niemand hinderte sie mehr daran, wieder mehr Gehirnschmalz in den alten Fall zu stecken.

Im Nürnberger Umland feierte man in Burgthann die Eppelein-Festspiele, die Geschichte vom fränkischen Raubritter, der die Wagenzüge der Nürnberger Patrizier überfallen hatte und die Tochter des Ratsmitglieds Veit von Stach zwangsehelichte. Über die Grenzen Nürnbergs hinaus war Eppelein von Gailingen durch seinen furchtlosen Sprung über die Nürnberger Burgmauer hinweg bekannt geworden. Kurz vor seiner Hinrichtung am Galgen gelang ihm die Flucht. Erst Jahre später wurde der Strolch in der Nähe von Neumarkt dann doch gefasst und war kurzfristig in der Burg Burgthann inhaftiert, bevor er in Neumarkt gerädert und enthauptet wurde.

In Nürnberg stand an diesem Wochenende das Bardentreffen an. Auf neun offiziellen Open-Air-Bühnen, am Hauptmarkt, auf der Insel Schütt, am Lorenzer und Sebalder Platz und an anderen Stellen der Stadt traten Bands, Einzeldarsteller, Combos, klassisch Angehauchte und sonstige Musikanten auf. Für junge, alte, einheimische und auswärtige Gäste war die Veranstaltung Grund genug, in die Stadt zu strömen. Die Künstler hatten sich über die engen Gassen der Altstadt und der Insel Schütt verteilt. Es herrschte internationales Flair. Mehr als 200.000 Zuhörer waren unterwegs, so auch Sandra, Martin und Tobias. Nach trüben Regentagen hatte der Himmel rechtzeitig aufgeklart und der Wetterbericht hatte dreizehn Sonnenstunden mit nur noch vereinzelten Regenfällen versprochen. Sandra, Tobi und Martin hatten sich am Hauptmarkt positioniert. Sie wollten der französischen Nu-Jazz-Band „Electro Deluxe" lauschen. Die vier Musiker stimmten gerade Saxophon, Bassgitarre und das Piano. Der Schlagzeuger ließ einen Trommelwirbel erklingen. Die Band bewegte sich musikalisch zwischen Jazz, Hip-Hop und Funk.

Auf der Insel Schütt stand zur gleichen Zeit Gerhard und lauschte den Klängen der Band „The Green Apple Sea". Am Rande unterhielt er sich mit zwei Studentinnen aus Wesel, die seit dem Herbstsemester in Erlangen Germanistik studierten. Die Leiber der beiden Frauen zuckten in den Rhythmen der Musik und sie waren gut drauf, in Feierlaune sozusagen. „Toll hier", schwärmte die eine.

„Super," begeisterte sich die andere, „besser als im Hörsaal."

Gerhard sah den beiden zu. „Ihr seid Studentinnen?"

„Sieht man das?", meinte die mit der blonden Pony-Frisur.

„Das nicht, aber ich habe euch zugehört."

„Ja", gab die Brünette zurück und wackelte mit dem Arsch.

„Wo wohnt ihr denn?", wollte Gerhard wissen.

„Hier in der Altstadt", antwortete Hella, die Blonde, „obwohl wir in Erlangen studieren. Aber in Erlangen ist nichts los. Tote Hose."

„Zu bieder", steuerte Ines, die Brünette, bei und zuckte weiter.

„Wenn ich an die Szene in Nürnberg denke", schwärmte Hella. „Aber auch sonst. Abends am Tiergärtnertorplatz, die „Blaue Nacht", die Volksfeste, die Altstadt und das Bardentreffen, so etwas gibt es in Erlangen nicht."

„Und wer zahlt euch das Ganze?", fragte Gerhard neugierig weiter.

„Unsere Eltern", grinste Ines.

„Wir wohnen am Maxplatz in einer WG", erklärte Hella weiter. „Sturmfrei", fügte sie hinzu und lächelte den für sein Alter ganz gut aussehenden Typen an.

„Und nutzt ihr das auch aus? Ich meine, das Sturmfreie."

Ines sah Hella an, dann betrachtete sie Gerhard von oben bis unten. „Kommt drauf an", antwortete sie.

„Und wovon hängt das ab?", bohrte Gerhard weiter.

„Ob uns jemand gefällt." Hella war direkt. Alter war ihr nicht so wichtig. Hauptsache attraktiv. Was sie sah, gefiel ihr. Ein Mann Anfang bis Mitte fünfzig könnte zwar ihr Vater sein, aber oft waren ältere Männer die interessanteren Sex-Partner. Und auch sonst konnten ältere Männer einer jungen Frau mehr bieten als ein armer Student. Andere nannten sie manchmal berechnend, sie selbst fand sich nur pragmatisch. Sie sah nur einen Mann, mit Muskeln bepackt, Oberarme wie Tarzan und einem blendenden Lächeln. Ob er hielt, was er äußerlich versprach? Müsste man ausprobieren.

„Ich bin Arzt und habe eine Klinik, eine Schönheitsklinik", log er.

„Echt? Macht ihr auch Busen?", wollte Ines neugierig wissen.

„Deinen?" Gerhard lachte, als ob er eben einen guten Witz gemacht hätte.

„Warum nicht?", sprang Ines sofort an.

„Brustvergrößerungen sind unsere Spezialität", ging Gerhard auf ihre Antwort ein.

„Hella, hast du gehört", sprach sie weiter. „Da hättest du doch auch Interesse?"

„Ich weiß nicht so recht", antwortete die.

„Muss ja auch nicht sofort sein", zog Gerhard zurück. „Vielleicht erst später."

„Sie verarschen uns aber nicht, mit den Brustvergrößerungen?", fiel Ines ein.

„Ich und verarschen? Wenn ihr wollt, kann ich euch die Klinik sofort zeigen. Nicht nur von außen. Wir können sie auch betreten. Heute ist zwar Wochenende, da ist nicht viel los, aber einen ersten Eindruck könnt ihr euch schon machen."

„Jetzt gleich?"

„Ob jetzt oder später, das ist mir egal", antwortete Gerhard. „Mein Wagen steht bereit."

„Dann bleiben wir noch etwas hier und fahren später", schlug Ines vor.

Gerhard betrachtete die beiden weiter, wie sie im Rhythmus der Musik ihre jungen Körper bewegten. Sexuell viel zu aufreizend und unzüchtig, so fand er das. Die beiden lebten auf Kosten ihrer Eltern. Es sah nicht so aus, als würden sie ihr Studium überhaupt ernst nehmen. Und so wie sie sich gaben, stiegen sie wahrscheinlich mit jedem gleich in die Kiste, wenn er ihnen gefiel. Eine Schande war das, so zu leben. Gerhard kam eine Idee.

Tamara hat Neuigkeiten

„Thea und ihr Freund fliegen demnächst nach Malta", berichtete Tamara am letzten Juli-Tag. „In den Norden, gegenüber von der Insel Gozo, um Urlaub zu machen. Aber das eigentlich Interessante ist, dass sie in Valletta auch einen Geschäftspartner ihres Freundes treffen."

„Wie heißt der?", wollte Bellinghausen wissen.

„Wenn ich Thea richtig verstanden habe, soll es sich um einen Dr. Kalb von einer Steuerkanzlei handeln."

„Steuerkanzlei?", wunderte sich Tobi. „Nachtigall, ick hör dir trapsen. Können Sie da noch mehr rauskriegen, Tamara?"

„Ich treffe mich mit ihr übermorgen wieder, im ‚Café am Haupt-markt'. Was brauchen Sie denn?"

„Mich interessieren alle geschäftlichen Tätigkeiten von Theas Freund auf Malta. Was ist der Hintergrund dieses Treffens zwischen dem Herrn Kalb und Theas Freund? Warum, weshalb, wieso, Sie wissen schon. Und Thea hat tatsächlich von einem Geschäftspartner gesprochen?"

„Daran kann ich mich ganz genau erinnern", bestätigte Tamara.

„Dann wäre es schön, wenn wir wüssten, was die Grundzüge dieser Partnerschaft sind", sprach der Hauptkommissar weiter.

Tamara machte sich Notizen.

„Vielleicht kriegen Sie auch raus, in welchem Hotel Thea und ihr Freund nächtigen. Und es wäre für uns nicht schlecht, zu wissen, wie der Name der Steuerkanzlei lautet", ergänzte Bellinghausen.

Tamaras Kugelschreiber flog über das Papier. „Das ist nur für mich, um mich auf das Gespräch vorzubereiten", erklärte sie, als sie Bellinghausens kritischen Blick bemerkt hatte.

„Okay, ich glaube, wir sind durch. Sie wissen, worauf es ankommt? Hoffen wir, dass Sie Einiges von Thea erfahren."

*

Am Ende der Woche saßen sie wieder zusammen, Tamara, Bellinghausen und Sandra.

„Ich habe mir das alles nachträglich zusammengeschrieben", rechtfertigte sich Tamara, weil sie von einem Blatt ablas, „damit ich nichts vergesse."

„Ist schon recht", kommentierte Tobi.

„Also, was ich herausgefunden habe", fasste Tamara ihre Gesprächsergebnisse zusammen: „Die Firma von Theas Freund hat auf Malta definitiv einen Geschäftspartner. Die Firma Gloria Ltd. Jedenfalls wollen sie auch deren Büros besuchen. Zustande gekommen ist das alles durch diesen Herrn Dr. Kalb, der bei der Kanzlei Friedel & Partner in Valletta arbeitet." Dann nannte sie noch die Urlaubsadresse von Holger Eisenherz und seiner Freundin Thea.

„Das ist alles. Mehr traute ich mich nicht zu fragen, um keinen Argwohn zu erregen."

„Und diese Gloria Ltd. ist der Geschäftspartner?", wollte Sandra wissen.

„Ich bin da nicht ganz mitgekommen", antwortete Tamara, „aber soweit ich das verstanden habe, gehört die Gloria Ltd. einem Nürnberger Unternehmer."

„Welchem?"

„Ich weiß nur einen Vornamen, Gerhard."

Bellinghausen stutzte. „Das ist mehr als wir uns erhofft haben", lobte er sie. „Damit können wir weiterarbeiten, nicht wahr, Sandra. Und wie lebt es sich mit der neuen Nase?", wollte er zum Schluss noch von ihr wissen.

Tamara errötete leicht. „Prima, wie ein neuer Mensch. Alles ist gut verheilt und atmen kann ich jetzt ganz problemlos", gab sie zur Antwort, „mein Selbstwertgefühl ist ehrlich gesagt deutlich gestiegen."

Bellinghausen betrachtete sie. „Und schaut ja auch gut aus", bemerkte er.

Zwei neue Leichen

Gegen 17 Uhr machten sich Hella, Ines und Gerhard dann doch auf den Weg. Inzwischen hatte es leicht zu regnen angefangen und bevor sie die ersten dicken Tropfen trafen, erreichten sie Gerhards Ford Mustang. Sie machten sich auf den Weg in die Klinik. Vorher hatte Gerhard sowohl Eisenherz, als auch von Stubenrauch angerufen, den Besuch der Mädels angekündigt und seinen Plan geschildert. Als die beiden leicht betrunkenen jungen Frauen aus der Ferne einen ersten Blick auf das Klinikgebäude werfen konnten, waren sie beeindruckt. „Und das alles gehört dir?", fragte Ines. Sie war ins Du verfallen und ihr ohnehin schon kurzer Rock war durchs Sitzen im Auto noch weiter nach oben gerutscht. Gerhard sah ein schwarzes Spitzenhöschen.

„Mir und meinen Partnern", bestätigte Gerhard. Dann hielt der Wagen direkt vor der privaten Klinikauffahrt. Die drei stiegen aus. Von Stubenrauch und Eisenherz standen Spalier. „Grüß Gott, die Damen", begrüßte der Chefarzt die beiden. „Zunächst eine kleine Erfrischung?" Eine Rothaarige füllte Sektgläser mit Prosecco und reichte sie auf einem Tablett. Hella und Ines fühlten sich wie im Paradies. Alles sah so großzügig aus, so sauber und geschmackvoll eingerichtet. In den dunklen Ecken des Foyers liefen Lichtspiele. Eine Uhr zeigte die Zeit von New York, Moskau, Peking und Sydney. In einer Ecke der Empfangshalle standen dicke Ledergarnituren. „Zunächst eine kleine Führung durch unsere Räume gefällig?", rührte sich von Stubenrauch, nachdem die Sekttulpen geleert waren. Mit flatterndem weißen Mantel schritt er voran. „Betrachten wir zuallererst ein Wohnbeispiel im zweiten Flur, bevor wir uns in die Niederungen begeben", schlug er vor und stand an den Aufzugsanlagen, nachdem er die Sperren gelöst hatte. „Diese Suite steht zurzeit leer, da der Patient gestern Morgen die Klinik verlassen hat", erklärte er, als er mit dem Generalschlüssel die Tür zur Wohnung öffnete. Sie standen in einer großzügigen Diele, von der eine milchige Glastüre in ein marmorgetäfeltes Bad führte. Dort ragten glänzende Armaturen aus den Wänden, die breiten Spiegel waren mit Gold belegt, das Waschbecken war in einem rechteckigen Design gehalten und in der Mitte des Raumes prangte eine überdimensionale Badewanne. Der Wohn-Schlafbereich war durch ein halbhohes Regal abgetrennt, in das ein Flachbildschirmfernseher und eine Stereoanlage integriert waren. Alles, selbst der Parkettfußboden, war in Weiß gehalten, was den Räumlichkeiten eine besondere Note verlieh. Nirgends lag ein Stäubchen herum. Es sah alles sehr edel aus.

„Das sind doch mindestens 40 Quadratmeter?", schätzte Hella.

„Sechsundvierzig", korrigierte sie von Stubenrauch. „Und nun, meine Damen, fahren wir hinab in unser Schönheitszentrum", schlug er vor und löschte das Licht der Suite. „Ich darf vorangehen?" Gerhard und Eisenherz folgten im Schlepptau.

Wieder betätigte von Stubenrauch den Knopf im Lift und drückte auf U. Der Aufzug setzte sich in Bewegung. Sie fuhren dem Untergeschoss entgegen. Gerhard und Eisenherz prüften, ob die Spritzen in ihren Jackentaschen noch an ihren Plätzen waren.

„Wir betreten nun das Allerheiligste der Billroth-Klinik", verkündete der Chefarzt und öffnete eine Tür mit einem roten Verbotsschild. „Sie müssen sich leider Schutzanzüge anziehen. Der Sterilität wegen", erklärte er. Dann warteten sie, bis alle soweit waren. „Einer unserer Operationssäle", fuhr er fort und schwang die Tür auf. In der Mitte des Raumes stand der riesige Operationstisch. Von der Decke hing eine riesige OP-Leuchte herunter. Die Klimaanlage summte und in einer Ecke stand das Notstromaggregat. An verschiedenen Stellen des Raumes verteilte sich Mobiliar, auf dem in Folie eingeschweißtes Zubehör lag: Zangen, Katheder, Schalen und vieles andere mehr. Auffallend waren auch die Absaugvorrichtungen und die Mikroskope. „Hier führen wir auch Brustoperationen durch", verkündete von Stubenrauch. Die Führung dauerte nur kurz, dann ging es in den Sezierraum.

„Und wozu wird dieser Raum genutzt?", fragte Ines neugierig.

„Hier bringen wir unsere unbedarften Besucher um und zerlegen anschließend ihre Leichen", erklärte von Stubenrauch.

Ines lachte auf. „Ein guter Witz", meinte sie. Dann spürte sie den Einstich, den ihr Gerhard verpasste. Eisenherz setzte gleichzeitig die Spritze bei Hella.

„Ja, ein guter Witz", bestätigte von Stubenrauch, „und so realistisch." Gerhard und Eisenherz fingen die beiden jungen Frauen auf, als sie zusammenbrachen und legten die leblosen Körper auf eine Liege. Dann fuhren sie zwei Wägen heran, legten Hella und Ines darauf und verfrachteten die beiden in einen mannshohen Kühlschrank.

„Arbeit für morgen", bemerkte Gerhard und von Stubenrauch nickte dazu.

Hella wird vermisst

„Wo ist unsere Tochter nur abgeblieben?" Frau Burmester war völlig verzweifelt. „Seit Montag versuche ich sie zu erreichen. Es war doch ihr Geburtstag. Sie weiß doch, dass wir uns melden würden. Warum ist denn ihr Handy nicht an?"

„Vielleicht macht sie Urlaub oder sie hat an der Uni zu tun, wo der Handybetrieb untersagt ist", beschwichtigte ihr Mann.

„Wenn sie in Urlaub wäre, wüsste ich das doch", blieb die Mutter aufgeregt und sah hinaus zum Niederrhein, der langsam und gemächlich an ihrem Wohnzimmer vorbeifloss. „Außerdem, Hella schaltet ihr Mobiltelefon nie ab. Heute ist schon Mittwoch und ich erreiche sie immer noch nicht."

„Ruf doch mal bei den Gilgenasts an, ob die Kontakt zu ihrer Tochter Ines haben. Kann ja auch sein, dass Hellas Handy kaputt ist oder sie hat es verloren."

„Das ist eine gute Idee", lobte Frau Burmester ihren Mann, dann wählte sie die Nummer.

„Gilgenast", meldete sich eine weibliche Stimme.

„Hier Burmester, guten Tag, Frau Gilgenast. Sagen Sie, haben Sie in den letzten Tagen mit Ines gesprochen?"

„Das letzte Mal am Sonntagmorgen", wusste diese. Unsere Tochter wollte an dem Tag mit Hella zum Bardentreffen gehen. Das muss in Nürnberg wohl so eine Art Freiluft-Musikveranstaltung sein. Habe ich am Telefon jedenfalls so verstanden. Warum, was ist denn?"

„Ich kann Hella seit Montag nicht erreichen. Da hatte sie Geburtstag. Sie weiß doch, dass ich mich da melde. Ich mache mir wirklich Sorgen um sie."

„Wissen Sie was, Frau Burmester, ich rufe mal eben Ines an und sage ihr, dass Hella zurückrufen soll. Ich melde mich gleich wieder bei Ihnen."

„Das ist nett, Frau Gilgenast. Vielen Dank, dass Sie das für uns machen."

„Ist doch eine Selbstverständlichkeit." Dann legten die beiden Frauen auf.

Es dauerte mehr als zwanzig Minuten, ehe sich Frau Gilgenast wieder meldete. „Komisch, ich kann Ines auch nicht erreichen. Ihr Handy ist tot."

„Um Himmels Willen", echauffierte sich Frau Burmester, „dann ist ihnen was zugestoßen. Was machen wir denn nun? Am besten, ich rufe mal bei der Polizei in Nürnberg an. Die sollen mal am Maxplatz vorbeischauen."

„Wenn aber alles o.k. ist, dann wären unsere Töchter doch jetzt an der Uni. Wäre es da nicht besser, bis zum Spätnachmittag zu warten?", meinte Frau Gilgenast. „Läuft das Semester überhaupt noch? Ich weiß es gar nicht."

„Das Sommersemester hat im April begonnen", resümierte Frau Burmester. Letzten Freitag war dann Vorlesungsende. Vielleicht haben die beiden noch irgendwelche Prüfungen? Vorlesungen haben sie bestimmt nicht mehr."

„Oh-oh", antwortete Frau Gilgenast, „dann ist es wohl besser, gleich anzurufen."

„Das mache ich auch", antwortete Frau Burmester besorgt.

*

Frau Burmester griff erneut zum Telefonhörer und wählte die Polizeinummer in Nürnberg. Das Handy ihrer Tochter war noch immer tot. Das hatte sie nochmal probiert.

„Spreche ich mit der Polizei in Nürnberg?", rief sie aufgeregt in den Telefonhörer.

„Ja, hier spricht Polizeihauptmeister Georg Haberkamm. Was kann ich für Sie tun?"

„Meine Tochter wird vermisst."

„Augenblick, ich verbinde Sie mit unserer Vermisstenstelle." Frau Burmester wurde weitergereicht.

„Kommissarin Andrea Baerlein", meldete sich eine andere Stimme, „Sie möchten jemanden als vermisst melden?"

„Ja, meine Tochter Hella und ihre Freundin Ines." Dann wollte Frau Burmester loslegen, wurde aber schnell gestoppt.

„Moment, Moment, erst Ihre Personalien bitte", meinte die Dame am anderen Ende der Leitung. Dann: „Seit wann? Telefonnummer? E-Mail? Haben Sie aktuelle Fotos der vermissten Personen? Haben diese Freunde? Halten sich diese zur Zeit nicht an ihrem gewohnten Aufenthaltsort auf?" Erst nachdem Frau Burmester alle Fragen zur Zufriedenheit der Kommissarin beantwortet hatte, durfte sie weiterreden. Frau Burmester erzählte ihre Geschichte.

„Wir schicken eine Streife am Maxplatz vorbei und melden uns dann wieder", meinte die Beamtin.

„Und wenn Sie meine Tochter und ihre Freundin dort nicht antreffen?", wollte Frau Burmester wissen.

„Dann erfolgt eine Fahndungsausschreibung in INPOL."

„Was ist das?"

„Das Informationssystem der Polizei."

Urlaubspläne

Tobi recherchierte am Computer. Sein Bildschirm zeigte nacheinander die Homepages verschiedener Steuerkanzleien auf Malta an, darunter auch die von Friedel & Partner. Steuerberatung musste auf der Insel ein lohnendes Geschäft sein, so viele Steuerkanzleien gab es dort.

„Was machst du eigentlich heuer im Urlaub?", fiel ihm ein, als er sich an Sandra wandte.

„Eine Woche Nürnberg und eine Woche Stralsund", gab sie zurück. „Warum?"

„Nur so. Stralsund?"

„Ja, die Hansestadt in Vorpommern mit ihrer Backsteingotik, dem UNESCO-Weltkulturerbe und dem Deutschen Meeresmuseum mit dem Ozeaneum ist durchaus einen Besuch wert. Dorthin wollte ich eigentlich schon lange. Ich treffe mich mit meiner Tochter, die steigt in Berlin zu. Von Berlin aus hat sie nicht so weit. Sie muss als Studentin etwas auf ihr Geld achten. Wenn das Wetter passt, fahren wir bestimmt mal rüber nach Rügen. Und die zweite Woche, na ja, die verbringe ich hier in Nürnberg. Die Kongresshalle wollte ich mir schon lange einmal von innen ansehen. Ansonsten fährt man ja nur dran vorbei. Und den Gerichtssaal 600, wo die Kriegsverbrecherprozesse stattgefunden haben. Auch der Burgberg, der ja löchrig wie ein Schweizer Käse sein soll, interessiert mich. Da muss es ja Tunnelsysteme über Tunnelsysteme geben. Man muss nicht immer ins Ausland fahren, um einen erlebnisreichen Urlaub zu verbringen. Bei uns ist es auch schön. Und ihr, was macht ihr?", interessierte sich Sandra.

„Wir fliegen nach Malta", erwähnte Tobi beiläufig, um gleich zu ergänzen, „der Kultur wegen. Aber das machen wir erst, wenn du wieder zurück bist."

„Nach Malta der Kultur wegen?", wunderte sich Sandra ungläubig. „Du bist doch ein Kulturbanause. Du weißt, dass du dort nicht recherchieren darfst, das ist nicht unser Hoheitsgebiet."

„Mache ich auch nicht", wehrte Tobi empört ab, „aber man darf sich doch völlig unverbindlich informieren, ob man dort nicht ganz legal Steuern sparen kann."

„Was willst du denn Steuern sparen, mit deinem übersichtlichen Gehalt?", lachte sie.

„Wer spricht denn von mir? Was ist, wenn Martin sich überlegt, dort eine Goldschmiede zu etablieren?"

„Hast du ihn endlich soweit, sich für deine Ermittlungsarbeit zu verwenden?" rügte sie ihren Vorgesetzten.

„Wie gesagt, völlig unverbindlich", flötete Tobi unschuldig grinsend.

„Zufällig bei Dr. Friedel & Partner?", kam es ihr.

„Könnte durchaus sein", antwortete Bellinghausen und tat so, als ob ihm die Adresse völlig unbekannt sei.

„Rechts- und Steuerberatung durch einen Herrn Dr. Kalb, wahrscheinlich?", vermutete Sandra.

„Woher du das alles weißt", lachte er.

„Tobias, du kannst das alles nicht verwenden, wenn du etwas herausbekommen solltest", ermahnte sie ihn.

„Könnte ich nicht, aber Martin könnte mir davon erzählen und außerdem kann ich für unsere Ermittlungen die Informationen verwenden, die mir rein zufällig zufallen. Ich würde mich wundern, wenn sich dieser Eisenherz nicht auch wegen der Steuereinsparungen auf Malta getummelt hat, obwohl er auf der Wirtschaftstagung im Januar so entsetzt getan hat. Nachdem wir vermuten, dass die ReproTrans und die Billroth-Klinik zusammenhängen, vielleicht gibt es auf Malta dafür die Lösung. Ich denke da an diese Gloria Ltd., von der uns Tamara erzählt hat."

Sandra überlegte. „Kann alles sein, aber sei vorsichtig. Ich weiß jedenfalls von nichts, wenn man mich fragen sollte. Wann fliegt ihr?"

„Wenn du wieder aus deinem Urlaub zurück bist."

„Na, dann habt ihr ja noch genug Zeit zum Planen. Weißt du denn schon, wo ihr logieren wollt?"

„Martin meint, wir gehen ins ‚Solana & Spa Hotel', ein dreistöckiger Vier-Sterne-Kasten nahe des Dorfes Mellieha. Mir ist die Unterkunft egal. Aber er hat schon recht, ein bisschen was sollte man sich schon gönnen, wenn man eine Reise unternimmt. Außerdem musst du bei dem Steuerberater auch als Geschäftsmann durchgehen. Da kannst du nicht in einer billigen Absteige nächtigen. Sonst wirkst du wie eine arme Kirchenmaus und wirst unglaubhaft."

„Da kann ich natürlich nicht mithalten mit unserer Pension in Stralsund", meinte Sandra. „Na, hoffentlich habt ihr Erfolg."

„Wenn nicht, es wird bestimmt auch so ein schöner Urlaub. Ich freue mich schon."

Stralsund ist eine Reise wert

Sandra wählte den Direktzug von Nürnberg nach Stralsund. Die Fahrt dauerte fast acht Stunden. Am Bahnhof Gesundbrunnen in

Berlin stieg Sarah zu, die Tochter der Kommissarin. Die beiden hatten sich schon längere Zeit nicht mehr gesehen. Das Hallo war groß und die beiden Frauen hatten einander viel zu erzählen. Es war bereits nach 22 Uhr, als sie am Bahnhof in Stralsund ankamen. Mit dem Taxi fuhren sie in ihre Pension „Störtebeker" in der Stralsunder Altstadt.

Am nächsten Tag, nach dem Frühstück, machten sie sich auf den Weg, die gotische Backsteinarchitektur der Stadt zu erkunden. Sie flanierten zwischen den alten Giebelhäusern, passierten das repräsentative Rathaus, den schönsten Profanbau der Stadt aus dem 13. Jahrhundert, die Nikolaikirche am Alten Markt und das Katharinenkloster, in dessen Mauern das Ozeaneum untergebracht ist. Nachdem sie sich an einem Marktstand mit zwei Heringsbrötchen gestärkt hatten, besuchten sie noch den Artushof, das Wulflanhaus, das Commandantenhaus und das Gewerkschaftshaus. Sie lernten, dass in den stolzen Kaufmannshäusern früher die Diele der zentrale Raum der Geschäftemacherei war und von hier aus die Waren, die oben in den mächtigen Speichern lagerten, über Laufräder heruntergeholt werden konnten. Die Stadt mit ihren rund 60.000 Einwohnern machte was her, insbesondere da rund sechshundert der historischen Häuser in der Altstadt seit der Wende wieder sehenswert hergerichtet waren.

Am zweiten Tag ihres Aufenthaltes beschlossen sie, Deutschlands größte und dichtestbesiedelte Insel unsicher zu machen. Mit dem Linienbus machten sie sich über die Rügenbrücke auf den Weg zu der vielbesuchten Insel. Dort mieteten sie sich zwei Fahrräder und waren den ganzen Tag unterwegs. Sie besuchten die weißen Kreidefelsen, Kap Arkona und das Jagdschloss Granitz, bevor sie sich am Spätnachmittag wieder müde und abgeschlafft auf den Rückweg machten.

Am dritten Tag hatte sich der Himmel eingetrübt und es sah nach Regen aus. „Heute gehen wir in das Ozeaneum", schlug Sandra vor. Das Haus lag in der Altstadt, in der Mönchstraße, und war das ehemalige Katharinenkloster, das Mitte des 13. Jahrhunderts von Dominikanern gegründet worden war. Das Kreuzrippengewölbe im Kapitelsaal zeugt noch heute von dieser Geschichte. „Sieben Weltmeere hinter Klostermauern" lautet der Werbeslogan des Ozeaneums. Als Sandra und ihre Tochter den Eingangsbereich betraten, fielen die ersten Regentropfen. Schnell lösten sie ihre Eintrittskarten. Drei Ausstellungsebenen offerierte das Ozeaneum. Das Erdgeschoss bot ein tropisches Aquarium, die Tiefseeabteilung und eine Ausstellung über das Leben im Meer. Sie schlenderten durch die Räume mit fast vierzig Aquarien. Seepferdchen, Rotfeuerfische, Muränen, Rochen, Schildkröten, Kraken und vielerlei anderes Meeresgetier zog an ihnen vorüber. Ein Schwarzspitzen-Riffhai näherte sich ihnen hinter der dicken Glasscheibe und zeigte seine scharfen Zähne. Sandra und Sarah erlebten einen kurzweiligen Tag. Immer wieder spazierten sie am Mittelmeer- und am Schildkrötenaquarium vorbei. Jedes Mal entdeckten sie etwas Neues. Im ehemaligen Kirchenchor gab es das fünfzehn Meter lange Skelett eines Finnwals. Auch die Pinguine im Dachgeschoss besuchten sie. Zum Schluss besichtigten sie noch die Zuchtanlage für Quallen. Es war gerade Fütterungszeit.

„Wir sind stolz darauf, dass es uns nach anfänglichen Schwierigkeiten gelungen ist, die Kompassqualle bei uns zu züchten", hörten sie einen Bediensteten des Aquariums. Anmutige Medusen schwebten in einem riesigen Schauglas in der Wassersäule. „Quallenzucht ist aufwendig und teuer", setzte der Angestellte seine Rede fort. „Die Tiere müssen in dem Wasser schweben können, was wir durch eine Strömung vom Boden aus erreichen. Neben der Kompassqualle sind wir gerade dabei, auch andere Quallenarten bei uns zu züchten, darunter die sogenannte Seewespe, lateinisch *Chironex fleckeri*. Das ist deshalb nicht ganz problemlos, weil ihr Gift beim Menschen tödlich wirken kann, wenn man sich nicht ausreichend schützt. Warum die Seewespe? Nun, der besonderen Eigenschaften ihres Giftes wegen. Wir erhoffen uns medizinischen Nutzen und arbeiten mit einer Nürnberger Klinik zusammen."

Sandra gab es einen Ruck, als sie das hörte. „Wie heißt denn die Klinik?", wollte sie wissen.

„Das darf ich Ihnen nicht sagen.", erklärte der Mann. Sandra wartete ab, bis die Führung vorbei war, dann schnappte sie sich den Quallenfachmann und gab sich zu erkennen. Sie zückte ihren Polizeidienstausweis. „Der Name der Nürnberger Klinik", wiederholte sie, „wäre für uns von großer Bedeutung. Wir ermitteln gerade in einem Mordfall, in dem das Gift der Würfelqualle verwendet wurde."

„Oh, Sie kommen ja aus Nürnberg", stellte der Mann fest, als er ihren Polizeiausweis näher betrachtete. „Die Billroth-Klinik."

„Und was machen die genau?", hakte die Polizistin nach.

„Sie sollen herausbekommen, ob es ein wirksameres Gegengift gibt als das bereits bekannte. Viele Badende, die von *Chironex fleckeri* gestochen werden, sterben schnell, bereits auf dem Weg ins Krankenhaus." Das Gespräch zwischen den beiden dauerte noch längere Zeit. Sarah war gelangweilt und sah sich unterdessen nochmal die vielen bunten Fische an. Als die beiden Frauen das Ozeaneum verließen, rief Sandra sofort Tobias an, um ihm die Neuigkeiten mitzuteilen.

„Da schau her, der Kreis schließt sich allmählich", tönte der. Dann teilte er ihr mit, dass in Nürnberg zwei junge Frauen vermisst wurden. Ihre Handys, so schien es, hatten sich in der Billroth-Klinik aus dem Netz verabschiedet.

Auch Malta ist eine Reise wert

Bellinghausen und Knobloch hatten sich nach Sandras Urlaub nur kurz gesehen. Von einer geordneten Abstimmung und Arbeitsübergabe der beiden Polizisten konnte leider keine Rede sein. Sie kam zurück, er flog am Dienstagmorgen. Für eine gemeinsame Abstimmung blieb nur der späte Montagnachmittag. Bellinghausen hetzte von einem Meeting ins andere, als ob er jahrelang entschwinden würde. Er hatte ihr den neuen Fall der beiden vermissten Mädchen hinterlassen. Aber aus Zeitgründen kam er nicht dazu, sie ordentlich in den Fall einzuführen. Nur zwei Stunden verblieben dazu und das auch nur, weil Tobi abends länger blieb. „Die SpuSi und die KTU wissen Bescheid", warf er ihr noch zu, „die Ermittlungen liegen sowieso bei der Vermisstenstelle. Kümmere dich hauptsächlich um unseren alten Fall. Wenn ich zurück bin, sprechen wir ausgiebig über das Quallengift." Dann entschwand er.

*

Der Pilot hatte soeben vom Tower die Starterlaubnis erhalten. „Ready for departure", meldete er über die Bordsprechanlage.

„Es geht los", sprach Martin. Tobi hatte seine Flugangst noch nicht ganz überwunden. Seine Finger verkrampften sich in das Kunstleder der Handgriffe. Ein Ruck ging durch die Maschine, die Triebwerke heulten auf und der Airbus startete. Mit über 200 Stundenkilometern jagte er über die Startbahn in westliche Richtung dahin. Dann streckte er seine Schnauze dem Himmel entgegen und Bellinghausen entkrampfte sich etwas. Im Steigflug drehte das Flugzeug eine Linkskurve und schwenkte in südliche Richtung ein. Es dauerte nicht lange und die Maschine hatte ihre Reiseflughöhe erreicht. Es piepste über den Köpfen der Passagiere und bald schon sah man die schneebedeckten Gipfel der Alpen. Weiter ging es, hinein nach Italien und immer weiter nach Süden, entlang der italienischen Ostküste. Tobi sah, wie tief unter ihm das Mittelmeer gegen die Küste brandete. Dann führte die weitere Route quer über den Stiefel. Nach einiger Zeit kam wieder Wasser in Sicht, doch diese Mal war es nicht die Adria, sondern das Tyrrhenische Meer. Sie überflogen Sizilien. Dann veränderten die Triebwerke ihre Geräusche, die Schnauze des Flugzeugs senkte sich und rote Lichter über ihnen flackerten auf. Es piepste wieder. „Meine Damen und Herren, wie Sie soeben bemerkt haben, haben wir mit dem Landeanflug auf den internationalen Flughafen von Malta begonnen. Bitte stellen Sie Ihre Rückenlehnen wieder senkrecht und schnallen Sie sich an. Wir landen in etwa 25 Minuten." Die Wolken unter ihnen kamen näher. Tobis Finger wurden wieder steif. „Sind wir schon bald da?". Martin neben ihm war von der Lautsprecher-durchsage aufgewacht und richtete seine Gliedmaßen. Schlaftrunken schaute er um sich und stellte seinen Sitz in eine aufrechte Position. Dann tauchte die Insel auf. Winzige Autos fuhren auf den Straßen dahin. Das Land und das Meer kamen näher und näher. Finger griffen fest in die Lederpolsterung, Beine und Füße versteiften sich. Das Flugzeug schien das Land zu streifen, als es vom Meer her zum Landeanflug ansetzte. Dann gab es einen Ruck. Passagiere wurden in ihre Sitze gedrückt, die Turbinen heulten im Umkehrschub auf und endlich rollte die Maschine gemächlich dahin. „Wir sind angekommen", verkündete Martin, „herzlich willkommen am Airport Luqa."

*

Für den nächsten Tag hatten sie um 14 Uhr Herrn Dr. Kalb von Friedel & Partner einbestellt. Tobi war etwas nervös. Ob der ihnen die Geschichte abnehmen würde? Im Business Center des Hotels hatten sie einen Besprechungsraum gebucht. Bellinghausen hatte sich noch über das Hotelangebot informiert. Der bekannte Mellieha-Sandstrand lag angeblich nur zehn Gehminuten vom Hotel entfernt. Das Haus verfügte über einen Pool auf der Dachterrasse und ein Innenschwimmbad mit Hydromassage, außerdem über mehrere Restaurants und Snackbars sowie einen Fitnessraum. Die Inselhauptstadt Valletta lag etwa zwei Autobusstunden entfernt. Martin war die Ruhe in Person. Er lag immer noch am Pool. Es war eine halbe Stunde vor dem Meeting. „Du musst ihn warten lassen", verkündete er kaltblütig, „er will dir was verkaufen, nicht du ihm." Martin hatte recht. Als sie um 14:15 Uhr Herrn Kalb in das Besprechungszimmer geleiteten, war der so freundlich, dass man ihm die 15-minütige Verspätung nicht anmerkte.

Der anfängliche Smalltalk war angenehm. Herr Kalb verriet ihnen einige Stellen, die sie sich während ihres Urlaubs unbedingt ansehen sollten. Sie sollten auf jeden Fall die Hauptstadt Valletta und die Insel Gozo besuchen. Ein Auto zu mieten lohne sich nicht, meinte er. Malta sei klein und verfüge über ein hervorragendes Bussystem, zwar nicht so komfortabel aber hoch effektiv. Mit dem Bus komme man überall hin. Dann ging es ans Eingemachte. Tobi ließ Martin reden. Der erzählte Kalb zunächst eine Jammergeschichte und klagte über die hohe Steuerlast, die er als erfolgreicher Goldschmied in Deutschland zu tragen habe.

„Da können wir Ihnen helfen", steuerte Dr. Kalb bei.

Martin erzählte weiter. Redete von den hohen Einstandskosten für das Rohmaterial, dem unternehmerischen Risiko, der hohen Kapitalbindung für die fertigen Produkte und der Unlust der Käufer, die Arbeit ordentlich zu bezahlen. Wenn Tobi Martin nicht gekannt hätte, er hätte ihm seinen letzten Notgroschen vererbt.

„Und nun wollen Sie sich erkundigen, ob sich eine Goldschmiede auf Malta, beziehungsweise der Verkauf deren Produkte hier eher lohnt als in Deutschland", riet Kalb.

„So ungefähr", stimmte Martin zu. „Ich möchte meine Wertschöpfung schon noch in Deutschland belassen, überlege mir aber, ob es nicht sinnvoll ist, auch hier auf Malta zu verkaufen; eine Firma zu gründen und das Nürnberger Unternehmen in die maltesische Firma zu integrieren. Eine Holding quasi. Damit müsste ich doch in Deutschland eine Menge Steuern sparen können?"

„Sie haben es erfasst", verriet Kalb. „Da ließe sich Einiges machen. „Es war klug, uns zu kontaktieren. Wir können Ihnen da Einiges bieten", stieg Kalb auf Martins Vorschlag ein. Dann kam sein Part. Er berichtete über das maltesische Steuersystem, die Gründung einer Firma auf der Insel und die effektive Steuereinsparung. „Gerade eine zweite Verkaufsstelle Ihrer Goldschmiede würde sich auf Malta rechnen", empfahl er. „Hierher kommen das ganze Jahr über reiche Leute. Millionäre schauen nicht auf den letzten Cent", lockte er.

„Das war auch eine meiner Überlegungen", stieß Martin in das gleiche Horn.

„Es würde sich auf jeden Fall lohnen, wenn Sie einen Teil Ihres Geschäftes auf die Insel verlagern", warf Kalb erneut ein, „und Ihr

Unternehmen in Nürnberg in die maltesische Firma integrieren. Wie Sie schon sagten, als Holding."

„Und das Ganze ist legal? Da kann mich in Deutschland kein Fiskus anpinkeln?"

„Einhundert Prozent legal. Wir befinden uns schließlich in der EU", bestätigte ihm Kalb.

„Jetzt habe ich doch noch eine vertrauliche Frage", kam Martin heraus. „Nein, oder besser doch nicht. Man spricht nicht darüber, habe ich gelernt."

„Nur zu, nehmen Sie sich kein Blatt vor den Mund", forderte der Anwalt ihn auf.

„Wie Sie auf meiner Geschäftskarte ja sehen, komme ich aus Nürnberg."

„Wir haben bereits Geschäftskunden aus Nürnberg", warf Kalb ein.

„Ich weiß, ich weiß", flüsterte Martin geheimnisvoll. „Die Gloria Ltd. hier auf Malta gehört auch einem Nürnberger Geschäftsmann. Ich kenne ihn. Wie mir ein Mitglied der Geschäftsleitung vertraulich zusteckte, übernehmen Sie auch Managementaufgaben für Ihre maltesischen Mandanten?"

„Ich weiß nicht, was Sie von dort erfahren haben", war Kalb nun vorsichtiger geworden, „aber wenn Sie nicht wollen, dass Ihr Name als Eigentümer der Firma hier bekannt wird, selbstverständlich übernehmen wir auch Managementaufgaben. So halten wir es auch mit der Gloria Ltd. Wenn Sie die Geschäftsleitung dieser Firma kennen, werden Sie wohl auch wissen, dass sich die Gloria Ltd. in der Erzbischofstraße befindet. Schauen Sie doch einfach mal dort vorbei. Eigentlich dürfte ich ja darüber gar nicht reden, aber Sie wissen ja bestens Bescheid."

„Und wenn ich in Deutschland eine zweite Goldschmiede, sagen wir in einer anderen Stadt, gründen würde, kann man dann beide bei der maltesischen Firma integrieren?"

„Ich sehe, Sie haben es drauf", schmunzelte Kalb. „Auch das geht."

„Dann bin ich ja beruhigt. Dann stimmt also doch, was mir mein Bekannter erzählt hat", gab sich Martin sichtlich erleichtert.

„Absolut", pflichtete ihm Kalb bei. „Und wie machen wir nun weiter?", wollte er wissen.

„Zunächst machen wir hier Urlaub, aber sobald wir wieder in Deutschland zurück sind, kümmere ich mich gleich um die Angelegenheit", versprach Martin. „Man will doch nicht mehr Steuern zahlen als unbedingt notwendig."

„Da haben Sie recht. So machen wir es", willigte Kalb ein. „Wenn Sie noch Fragen haben, wissen Sie ja, wie Sie mich erreichen können."

„Genau, steht ja alles auf Ihrer Karte, außerdem haben wir Ihre Telefonnummer", bestätigte Martin und lehnte sich zufrieden zurück. „Hast du noch eine Frage, Tobias?"

Tobi verneinte und war auch hochzufrieden.

Sandra geht einer neuen Spur nach

Sandra hatte das Gespräch im Ozeaneum richtig aufgewühlt. Am ersten Tag, als sie wieder zurück in Nürnberg war, setzte sie sich an ihren Computer und recherchierte. Sie konnte es drehen und wenden, wie sie wollte, sie fand aber nichts über eine Zusammenarbeit zwischen dem Ozeaneum und der Billroth-Klinik. Sie wollte wieder ins Büro, da konnte sie effektiver arbeiten. Kurzfristig überlegte sie, ihren Urlaub abzubrechen, aber Bellinghausen, das wusste sie, wäre damit nicht einverstanden gewesen. Grummelnd ging sie an die Planung ihres Resturlaubs. Fast widerwillig machte sie sich am nächsten Tag auf den Weg zum Dokumentationszentrum an der Kongresshalle. Dort stellte sie sich in die Schlange der Wartenden und erstand mit dem Eintrittspreis einen Audioguide. Sie orientierte sich. Die Dauerausstellung fand auf Ebene 3 statt. Sie stopfte sich die Kopfhörer in die Ohrmuscheln und schaltete das Gerät ein. Eine leider etwas monotone Stimme berichtete von der nationalsozialistischen Gewaltherrschaft, insbesondere von der Geschichte und den Bauten der Reichsparteitage sowie von den Nürnberger Gesetzen und den Nürnberger Prozessen nach dem Krieg.

Sie hörte, dass das Reichsparteitagsgelände einmal eine Fläche von 25 Quadratkilometern einnehmen sollte. Von dem 100 Meter hohen Deutschen Stadion war da auch die Rede. Auf dem März-feld sollte ein 58 Hektar großes Areal entstehen, das für Schau-kämpfe der deutschen Wehrmacht vorgesehen war. Weitgehend umgesetzt wurde die „Große Straße", eine 2 Kilometer lange Auf-marschfläche, heute Nürnbergs größter Parkplatz für das nahe gelegene Messezentrum, für die Besucher des Volksfestes und der Heimspiele des Clubs. Sie lernte, dass das größte Relikt die bis zu 40 Meter aufsteigende Kongresshalle war, in der sie sich eben befand. Fast doppelt so hoch sollte sie eigentlich werden und 50.000 Menschen Platz bieten. Das Zeppelinfeld kannte sie. Das nie realisierte „Haus der Kultur", das für Hitlers Reden geplant war, nahm sich dagegen vergleichsweise bescheiden aus. Der dama-lige britische Botschafter Neville Henderson hatte geäußert: „Nie-mand, der nicht Zeuge der verschiedenen Veranstaltungen wäh-rend der eine Woche dauernden Versammlungen in Nürnberg gewesen oder der dort herrschenden Atmosphäre ausgesetzt war, kann sich rühmen, die Nazi-Bewegung in Deutschland völlig ken-nengelernt zu haben." Das meiste, was sie heute gehört hatte, hatte Martin bereits auf ihrem kurzen Spaziergang am zweiten Weih-nachtsfeiertag erzählt. Missmutig verließ sie das Dokumentations-zentrum.

Als Sandra am Spätnachmittag wieder nach Hause kam, schwirrte ihr der Kopf von geheimen Stiftungen, Schrecken der Nazi-Herr-schaft, gehäuteten menschlichen Überresten, Monumentalbauten, Würfelquallen und zwei vermissten Frauen. Sie aß zwei Scheiben Wurstbrot und setzte sich wieder an ihren Computer. Sie freute sich schon wieder auf den Arbeitsalltag. Den Besuch der Gedenkstätte der Nürnberger Prozesse in der Bärenschanzstraße sparte sie sich für später auf. Sie wollte endlich den Fall um die Stiftung „Heiliger Geist zu Malta" lösen.

*

Den Wiedereinstieg in die Arbeitswelt hatte sie sich anders vorgestellt. Wie gesagt, lediglich zwei Stunden waren Tobi und ihr für die Übergabe verblieben. Dann entschwand er in seinen Malta-Urlaub. „Was machen wir denn nun mit der Zusammenarbeit zwischen dem Ozeaneum in Stralsund und der Billroth-Klinik?", fragte sie sich.

Aber Tobi war bei der Übergabe gedanklich woanders. Er machte sich Gedanken um die zwei verschwundenen Frauen. Nicht so Sandra. Sie konnte in diesen neuen Fall nicht viel einbringen. Die halbe Kripo suchte nach denen und die Federführung lag bei anderen. Ihr ging jedoch das Gift der *Chironex fleckeri* nicht aus dem Kopf und die Beteiligung der Billroth-Klinik an der Zusammenarbeit mit dem Ozeaneum. Wieder dachte sie an die Billroth-Klinik. Hing da die ReproTrans auch mit drinnen? Über ihren Computer rief sie die Webseite der IHK Nürnberg auf und suchte nach Handelsregistereinträgen. Beide Firmen waren Personengesellschaften, das wusste sie, und nicht gezwungen, sich dort einzutragen. Aber über einen Notar anmelden lassen mussten sie sich. Sie probierte es einfach und landete in Abteilung A des Handelsregisters. Dort standen sie, die ReproTrans und die Billroth-Klinik, aber bis auf die Eigentümer, Holger Eisenherz und Dr. Werner von Stubenrauch, sowie ein paar andere allgemeine Informationen war nichts Interessantes zu finden. Kein Hinweis auf den ominösen Gerhard. Enttäuscht verließ sie die Seite wieder und gab „Leiter des Heiligen Geistes zu Malta" ein, aber auch dieser Versuch brachte nichts. Es war wie verhext.

*

Sandra fühlte sich regelrecht überflüssig. Im Fall der vermissten Mädchen wurde sie anscheinend nicht gebraucht. Die Hauptaktivitäten lagen immer noch bei der Vermisstenstelle. Und in der Causa ReproTrans und Billroth-Klinik kam sie auch nicht voran.

Die Woche zog sich dahin. Am Samstag kam sie auf die Idee, Tamara anzurufen. „Wissen Sie eigentlich, wo Thea wohnt?"

„Darüber haben wir nie gesprochen. Ich weiß, dass sie mit ihrem Freund zusammenlebt, aber ich kann sie am Mittwochspätnachmittag fragen, da treffen wir uns, gleich nach der Arbeit, im „Bratwursthäusle" in der Nähe von St. Sebald", eröffnete ihr die junge Polizistin.

„Lassen Sie nur, das kriege ich auch so raus. Es ist vielleicht zu verfänglich, wenn Sie diese Frage stellen." Sandra kam eine andere Idee. Von der Woche enttäuscht fuhr sie am späten Samstagnachmittag mit ihrem kleinen, roten Fiat Panda zur Billroth-Klinik. Sie hatte vor, sich hinter den Wagen der Rothaarigen zu klemmen und ihr bis nach Hause zu folgen. Irgendwann musste Thea Berger, so hieß die Rothaarige nach Tamaras Angaben, ja erscheinen. Sandra musste nicht lange warten. Um 18 Uhr kam Thea aus der Klinik. Sie transportierte zwei undurchsichtige Beutel auf einem Metallwägelchen, wuchtete die beiden Behältnisse in den Kofferraum eines VW Tiguan und fuhr den Transportwagen wieder zurück. Dann setzte sie sich hinter das Steuer und startete den Motor. Sandra folgte ihr in gebührendem Abstand. Thea fuhr vorsichtig und hielt sich an die Geschwindigkeitsregeln. Sie fuhr nicht in die Stadt, sondern verließ Nürnberg auf der B4. Wohnte die Rothaarige außerhalb? Bei Fischbach fuhr Thea auf die Autobahnauffahrt zur A9 in Richtung Berlin. Weiter ging es, am Autobahnkreuz Nürnberg vorbei bis zur Ausfahrt Lauf/Hersbruck. Die Rothaarige fuhr die Hersbrucker Straße entlang, rechts flog Heuchling vorbei, und näherte sich von Osten der Stadt Lauf an der Pegnitz. Dort fuhr sie gleich am Ortseingang zweimal rechts und hielt dann vor der Tierverbrennungsanlage „Auf Wiedersehen". Sie wurde bereits erwartet. Ein Mann stand am Zaun. Er begrüßte Thea, nachdem er aus dem Gartentor herausgetreten war.

Sandra wendete ihren kleinen Fiat und parkte in einiger Entfernung auf der gegenüberliegenden Straßenseite.

Der Mann öffnete die Heckklappe des Tiguan und hob die beiden Beutel aus den Tiefen des VW.

Die Polizistin machte mit ihrem Handy zwei Fotos und öffnete das Fenster auf der Fahrerseite. Was hatte die Berger hier zu suchen? Was war in den beiden Beuteln?

„Wann kremiert ihr wieder?", hörte Sandra, wie Thea den Mann fragte.

„Nächste Woche am Mittwoch", antwortete der. Dann wechselten zwei Scheine den Besitzer.

Daraufhin stieg die Berger wieder in ihren VW Tiguan, wendete und sauste davon. Dieses Mal hatte Sandra Mühe, ihr zu folgen. Es ging die gleiche Strecke zurück. In Nürnberg fuhr Thea in Richtung des Stadtteils Hasenbuck, dann bog sie in die Bozener Straße ein. Ihr Freund Holger Eisenherz erwartete sie schon und öffnete ihr die Garage.

Sandra fuhr vorbei. Was machte die Berger in Lauf, ging ihr durch den Kopf, als sie wieder daheim war. Hatte sie zwei Hunde, die in den letzten Tagen gleichzeitig verstorben waren? Unwahrscheinlich. Ihr kam ein Verdacht. Am Dienstag würde Tobi wieder im Büro sein. Sie hatte genug mit ihm zu besprechen. Ihre Entdeckungen in Stralsund und heute in Lauf ließen einige Rückschlüsse zu. Sie betrachtete die beiden Fotos, die sie in Lauf geschossen hatte, ihr Verdacht verdichtete sich und wurde allmählich zur Gewissheit.

Ein Ausflug nach Valletta

Tobias und Martin verbrachten einen schönen und sonnigen Urlaub. Ihre erste Woche war schon vorbei. Heute, am Samstag, wollten sie mit dem Bus nach Valletta fahren. „Hast du auch gehört, was der Kalb gesagt hat?", hatte Tobi seinen Freund befragt, gleich nachdem der Steuerberater weg war.

„Habe ich", äußerte sich Martin, „das Büro der Gloria Ltd. liegt in der Erzbischofstraße und wir sollen dort vorbeisehen. Das machen wir doch glatt. Wir fahren dorthin und statten der Stadt und dem Büro unseren Besuch ab. Die haben auch am Samstag offen, das habe ich im Internet recherchiert."

Der Bus nach Valetta war zwar nicht bequem, man spürte jedes Schlagloch. Dafür aber war er billig und effektiv. Zwei Euro kostete die Einzelfahrt pro Person, egal wie weit. In Valletta stiegen Martin und Tobias am Zentralen Omnibusbahnhof aus und folgten dem Strom der Touristen. Bald passierten sie das mächtige City Gate und liefen die Republic Road hinunter. Links und rechts lockten Geschäfte, in denen sich die Gäste der Stadt tummelten. Auf ihrem Weg zur Erzbischofstraße kamen sie an der St. John's Co-Cathedral vorbei, an deren Innengestaltung hundert Jahre gearbeitet worden war und die neben der Rotunda in Mosta Hauptsitz des Erzbischofs war. Weiter ging es zum Grandmaster's Palace, einst Sitz der Großmeister des Malteserordens, heute der des maltesischen Präsidenten. Kurz danach schwenkten sie rechts in die Erzbischofstraße ein. Ein glänzendes Messingschild am Haupteingang verriet ihnen, dass sie hier richtig waren. Neben einer Filiale der HSBC war auch die Gloria Ltd. in dem Gebäude untergebracht. Die Tür stand offen. Sie traten ein und liefen die Treppe hoch. Alles wirkte ziemlich altmodisch und verlassen. Oben trafen sie auf eine Glastüre mit einer goldenen Aufschrift „Gloria Ltd". Sie war geöffnet. Sie betraten den fahl beleuchteten, aber unbesetzten Empfang. Überall hingen Bilder, auf denen medizinische Produkte abgebildet waren. Ein kleines Sekretariat schloss sich an, in dem sich eine junge Frau langweilte. Sie hob den Kopf, als sie die Besucher registrierte und eilte heran. „What can I do for you?", fragte sie auf Englisch.

„Do you also speak German?", antwortete Martin, da er fürchtete, an den Besucher mit dem charakteristischen, australischen Englisch würde die Frau sich zu leicht erinnern.

„A bisschen", kam es zurück.

„We are German physicians und interessieren uns für Gewebeprodukte", ergänzte Tobi. „Do you have a brochure of your products?"

„Ja", bemühte sich Maja auf Deutsch, „hier zwei Brochures auf Deutsch ich habe", stammelte sie und drückte Martin zwei Hochglanzkataloge in die Hände.

Tobias hatte sich derweil in dem kleinen Raum umgesehen. „Who is this?", kramte er sein Englisch zusammen und deutete auf ein Schwarzweißfoto an der Wand.

Maja sah auf das Bild. „That is unser CEO, Chief Executive Officer, Mr. Gerhard. Daneben is the Prime Minister of Malta. Das Bild is aufgenommen in Lower Barraka Gardens. Dahinter man sieht die Fort St. Elmo. The Foto is von Gründung von Gloria Ltd."

Das Foto zeigte einen athletischen Mann mit Glatze, dessen Gesicht im Schatten eines Baumes lag, daneben der maltesische Premierminister, der in die Kamera lachte.

„Do you have a glass of water for me?", krächzte Tobias plötzlich.

„Sure, ich schnell hole von Küche", und schon war sie verschwunden.

Tobi zückte seine Handykamera und machte eine Nahaufnahme. Als Maja mit dem Wasserglas zurückkehrte, war er damit längst fertig. „Thank you", stammelte er und ließ sich gutgelaunt das frische Wasser schmecken.

„That's all for the moment", dankte Martin nun. „Thank You for the brochures, we will have a look at them."

Maja machte einen Knicks und verabschiedete die potentielle Kundschaft. Dann fiel ihr ein, dass sie ganz vergessen hatte, die beiden Herren nach ihrem Namen zu fragen. Was für ein Stress.

Einer der beiden Herren sprach noch im Treppenhaus zu dem anderen: „Jetzt haben wir endlich ein Foto von Gerhard. Den Typen habe ich schon mal irgendwo gesehen, ich weiß nur nicht mehr wo."

*

Als Tobi und Martin das Gebäude verließen, schwenken sie nach links und liefen zur westlichen Seeseite hinunter. Dann nahmen sie den Anstieg zu den Lower Barraka Gardens und genossen von dort oben den Blick auf den Großen Hafen und das Fort St. Elmo. Ein Kreuzfahrtschiff der Aida-Flotte verließ gerade das Hafenbecken. Aus seinem Schlot dampfte und qualmte es. Martin und

Tobias marschierten seeseitig zurück zu den Upper Barraka Gardens und genossen wiederum einen wunderbaren Blick auf das Fort St. Angelo und die Saluting Battery. „Lass uns noch bei der Maltese Financial Services Authority, der maltesischen IHK, vorbeischauen, vielleicht haben die noch offen und wir finden da noch etwas", schlug Tobias vor.

„Nur wenn wir morgen nochmal hierher fahren", willigte Martin ein. „Valletta ist so ein Traum. Dann machen wir aber nur auf Tourismus."

Der Besuch bei den Maltese Financal Services brachte leider nichts. Die hatten bereits zu.

Tobi ist wieder da

Es gab ein großes Hallo, als Tobi am Dienstagmorgen braungebrannt wieder im Büro erschien. „Malta ist ein Traum", schwärmte er. „Wir fliegen nächstes Jahr wieder hin. Dann kommst du mit."

Sandra war nicht danach zumute, über den Sommerurlaub im nächsten Jahr zu sprechen, aber sie ließ ihrem Chef Zeit, von seinen Erlebnissen zu berichten. „Was gibt es denn Neues?", wollte er zum Schluss seiner Erzählung wissen und zeigte Sandra das Bild, das er im Büro der Gloria Ltd. von Gerhard geschossen hatte.

„Den Mann kenne ich", überlegte Sandra, „den habe ich schon mal irgendwo gesehen."

„Ich eben auch, aber ich weiß nicht mehr, wo ich ihn hinstecken soll. Du hast doch immer so ein gutes Personengedächtnis", warf er ein.

„Normalerweise schon, aber in diesem Fall ..."

„Na ja, irgendwann kommen wir schon noch darauf." Dann berichtete er im Detail von seiner Reise, erzählte von ihrem Treffen mit Herrn Dr. Kalb und dem Besuch der Gloria Ltd. Auch die Malta Business Registry erwähnte er.

„Ja, weil du vorhin gefragt hast, was es Neues gibt. Die beiden jungen Frauen sind noch nicht gefunden, aber ich habe eine interessante Entdeckung gemacht, die damit in Zusammenhang stehen könnte."

„Lass hören."

Dann erzählte ihm die Kommissarin von ihrem Ausflug nach Lauf. „Ich fresse einen Besen, wenn die Billroth-Klinik nicht wieder das Morden angefangen hat", sprach sie. Dann berichtete sie noch ausführlicher über die Zusammenarbeit zwischen der Billroth-Klinik und dem Ozeaneum. Auch das morgige Treffen zwischen Thea und Tamara erwähnte sie.

„Das ist es", stellte Tobi fest, „die lassen die Leichenteile in der Tierverbrennungsanlage verschwinden. Hast du die Vermisstenstelle schon darüber informiert?"

„Nein, ich wollte erst deine Meinung dazu hören und wir haben ja noch Zeit bis morgen. So eine Blamage wie bei der letzten erfolglosen Durchsuchung brauche ich nicht mehr. Vielleicht bilde ich mir das ja alles nur ein. Vielleicht drehe ich schon langsam durch. Ich habe auch zwei Fotos gemacht." Dann zeigte sie ihm die beiden Bilder auf ihrem Handy.

„Kannst du mir die sofort schicken? Wann sagst du, kremieren die in Lauf wieder?"

„Morgen."

Tobi schien plötzlich keine Zeit mehr zu haben. „Ich muss sofort in die Vermisstenstelle", meinte er. „Wir reden gleich weiter, wenn ich wieder zurück bin."

*

Nach einer Stunde war er wieder da. „Die machen morgen in der Frühe eine Hausdurchsuchung in Lauf", berichtete er. „Nun zu Tamara und Thea Berger. Die treffen sich morgen wieder?"

„Ja, morgen Nachmittag, im ‚Bratwursthäusle' bei der Sebalduskirche", bestätigte Sandra.

„Weißt du, was wir noch gar nicht wissen?"

„Was denn?"

„Wir haben keine Ahnung von den Zusammenhängen zwischen Malta und dem Stadtheiligen. Tamara muss morgen der Berger eine gute Story präsentieren. Am besten ist es, du holst sie gleich hierher."

„Gut, ich rufe sie gleich an."

Es dauerte nur wenige Minuten, dann saß Tamara vor ihnen. Alle Narben, Blutergüsse und Prellungen waren verschwunden. Bellinghausen schloss die Türe zu seinem Büro. „Was haben Sie Thea Berger bisher über sich erzählt?" startete er.

Tamara sah ihn fragend an, aber dann begann sie: „Dass ich ein Einzelkind bin, Studentin, sehr unter meiner großen Nase gelitten habe und jetzt meine Masterarbeit schreibe."

„Haben Sie auch erwähnt, worüber?", wollte der Hauptkommissar wissen.

„Darüber haben wir bis jetzt nicht gesprochen", verkündete Tamara.

„Dann schreiben Sie ihren Master über das Leben des Stadtheiligen St. Sebaldus", beschloss er.

„Darüber weiß ich leider nur herzlich wenig", protestierte Tamara.

„Sandra, kannst du mal versuchen, Professor Gall an den Apparat zu bringen?", fiel Bellinghausen ein.

„Jetzt gleich?"

„Ja, sofort."

„Der Professor am anderen Ende der Leitung", verkündete die Kommissarin nur eine Minute später.

Tobi übernahm den Hörer und schaltete den Lautsprecher ein, dann vermittelte er dem Historiker seinen Plan.

„Heute noch?", meinte der.

„Am besten sofort", antwortete Tobi.

„Ich kann aber erst ab 14 Uhr", entschuldigte sich der Professor.

„Dann eben ab 14 Uhr", willigte der Hauptkommissar ein, „Frau Heinlein kommt zu Ihnen nach Erlangen. Wir erklären ihr den Weg."

„Wenn Sie mehr über die Stiftung herausbekommen sollten, sagen Sie mir Bescheid?", fügte der Gelehrte noch an. „Das interessiert mich sehr."

„Machen wir", stimmte Bellinghausen zu.

Die Tierverbrennungsanlage wird durchsucht

Ruhig lag die Anlage am Waldrand in unmittelbarer Nähe der A9. In den Gängen der hellen und freundlich gestalteten Räumlichkeiten hingen die ISO 9001-Zertifikate der DEKRA. Im Inneren des Tierkrematoriums bereiteten die Mitarbeiter die Kremierung eines Pferdes und einiger Hunde und Katzen vor. Alles schien seinen normalen Gang zu nehmen, als vier Polizeiautos um 8 Uhr morgens auf den Hof einfuhren und mit quietschenden Bremsen auf der Parkplatzfläche hielten. „Wo ist der Eigentümer?", fragte einer der Beamten einen vorübergehenden Angestellten. Der deutete nur mit dem Daumen hinter sich. „Dort hinten im Krematorium", ließ er sich noch herab.

„Wir haben einen Durchsuchungsbeschluss", verkündete der Beamte.

Das störte den Bediensteten nicht weiter. Er zuckte nur mit der Schulter und wiederholte seine Worte. „Im Krematorium."

Dem Polizeibeamten blieb nichts anderes übrig, als dem Fingerzeig des Mitarbeiters zu folgen. Weiter hinten im Hof stand ein einstöckiges Gebäude, auf welches der Angestellte gedeutet hatte. Der Außenbereich war menschenleer. Innen im Gebäude tat sich etwas. Der Polizeibeamte erkannte einen Mann, der inmitten von drei anderen stand. Es war derselbe, den er vorher auf dem Foto in seiner Brusttasche gesehen hatte.

„Sind Sie der Chef hier?", vergewisserte sich der Polizist, als er ihn ansprach.

„Sieht danach aus", erhielt er zur Antwort.

„Hausdurchsuchung", verkündete der Beamte, „es besteht der Verdacht, dass Sie hier auch Menschenteile verbrennen."

„Menschenteile?", lachte der Eigentümer der Tierverbrennungsanlage, „sehen Sie hier irgendwelche menschliche Leichen in Särgen herumliegen?"

„In Särgen nicht, aber möglicherweise in den Beuteln da." Dann zog er einen Ausdruck von Sandras Foto aus seiner Brusttasche und verglich es mit den diversen Beuteln, die in einer Ecke des Gebäudes lagen. Weitere Polizisten waren in das Krematorium geströmt.

„Schwierigkeiten, Chef?", fragte einer der Uniformierten.

„Bisher nicht", antwortete dieser. Die Beamten schwärmten aus und machten sich an die Arbeit. Sie untersuchten Beutel für Beutel. Schließlich fanden sie zwei Behältnisse mit der Aufschrift „Billroth-Klinik". „Wir öffnen nun die beiden grauen Beutel da", ordnete der Chefpolizist an und zeigte dabei auf zwei Behältnisse, die sich in der Farbe von den anderen unterschieden.

Zwei Polizeibeamte machten sich an die Arbeit. Sie durchschnitten mit einer Zange die Plomben am Reißverschluss und öffneten die beiden Plastiksäcke. Es roch nach Verwesung. Die beiden Polizisten wichen zurück. „Da ist ja alles blutig da drinnen", meinte der eine. „Man kann gar nicht erkennen, was das alles ist."

„Aufreißen", befahl der Chef der Polizei.

„Igitt, das ist ja eine Hand. Aber die hat ja keine Haut mehr. Das Bein auch nicht. Pfui Teufel, sieht das grässlich aus", so der Uniformierte.

„Um Hunde, Katzen oder sonstiges Getier handelt es sich hierbei offensichtlich nicht. Was ist das?", wollte der Chefpolizist vom Eigentümer der Anlage wissen.

„Keine Ahnung", meinte der, „das wurde mir am Samstag als zu verbrennende Tierleichen angeliefert. Ich habe da nicht reingeschaut."

„Von wem wurde das angeliefert?", wollte der Oberkommandierende der Polizei wissen.

„Keine Ahnung, ich kenne die Frau nicht."

„Alles einpacken und mitnehmen", machte der Polizeichef kurzen Prozess. „Sie kommen mit, bis die Sache geklärt ist."

„Moment, Sie können mich nicht auf der Stelle verhaften", empörte sich der Mann.

„Oh doch, vorläufig festnehmen, das können wir", lächelte ihn der Beamte an und zeigte ihm einen Haftbefehl der auf seinen Namen ausgestellt war. „Die restlichen Beutel öffnen", befahl er, „nicht, dass sich darin noch weitere menschliche Leichenteile befinden. Die Anlage bleibt bis auf Weiteres geschlossen. Wenn ihr hier fertig seid, ausschwärmen und das Haupthaus und die Büros durchsuchen. Nehmt alles mit, was euch verdächtig erscheint", wies er seine Beamten an. Es wurde noch ein langer Arbeitstag.

Thea, Tamara und der Heilige Sebaldus

Am dem Tag, als die Polizisten in Lauf wüteten, saßen Thea und Tamara nachmittags auf einer der zwei Terrassen des „Bratwursthäusle", im Rücken die Sebalduskirche, vor ihnen das Rathaus und der Hauptmarkt. Seit 1312 wurden hier Rostbratwürste gegrillt. Es gab sie mit Kartoffelsalat und mit Sauerkraut und mit Meerrettich und Senf natürlich. Tamara nahm sechs der kleinen Würstchen, Thea bestellte sich acht.

„Bist du oft hier?", wollte Thea wissen, nachdem beide einen ordentlichen Schluck von ihrem Weißwein genossen hatten.

„Ja, durchs Studium bedingt", antwortete Tamara und nahm einen kräftigen zweiten Schluck.

„Studienbedingt?" Thea verstand Tamaras Worte nicht.

„Haben wir darüber noch nicht gesprochen?" Die Polizistin tat so, als ob sie angestrengt nachdächte. „Na egal", fuhr sie fort, „ich meinte, dir schon einmal gesagt zu haben, dass ich Geschichte und Archäologie studiere."

„Daran kann ich mich nicht erinnern", erwiderte Thea unsicher. „Aber was hat das mit dem Ort hier genau zu tun?"

„Nun, das liegt an der Kirche St. Sebald. Ich schreibe meine Master-Arbeit über den Stadtheiligen. Da bleibt es nicht aus, dass man hierherkommt. Die Kirche liegt ja gleich nebenan."

„Interessant, erzähl weiter", sprang Thea an.

„Nun, was soll ich sagen? Mich fasziniert die Geschichte des Heiligen Sebaldus, wie er da als Eremit im Nürnberger Reichswald lebte. Noch interessanter ist, dass seine Gebeine erst seit dem 14. Jahrhundert in der Sebalduskirche aufbewahrt werden. Spektakulär ist dabei, dass sie von Fürth herüberkamen, denn der Stadtheilige ist bereits im 11. Jahrhundert gestorben, also lange bevor seine Knochen in die Sebalduskirche kamen."

„Wie kam das?", Thea war gespannt auf die Lösung.

„Nun", fuhr Tamara fort, „schon in der Mitte des 9. Jahrhunderts stand im heutigen Fürther Stadtteil Poppenreuth die Kirche St. Peter und Paul. Das soll die Gegend gewesen sein, in der Sebaldus sein einsames Leben fristete und wo er nach seinem Tod auch beigesetzt wurde. Tatsächlich stieg St. Peter und Paul damals zur Mutterkirche der Nürnberger Gegend auf. Dass das heute nicht mehr so ist, daran ist Papst Bonifaz IX. nicht ganz schuldlos. Er ordnete im 14. Jahrhundert in einer Bulle die Wertigkeit der kirchlichen Einrichtungen von Poppenreuth und St. Sebald neu. Jedenfalls gab es Streit. Es war der Pfarrer Albrecht Fleischmann, der dem Heiligenkult um Sebaldus zum Durchbruch verhalf. Er ließ ein Ochsengespann herrichten und brachte die Gebeine des Heiligen nach St. Sebald, wo sie in einen mit Silberblech beschlagenen, kastenförmigen Schrein umgebettet wurden. Das war aber lange, bevor Peter Fischer der Ältere und seine Söhne das heutige Grabmal errichteten. Aber ich sehe schon, ich langweile dich."

„Nein, nein", widersprach Thea, „erzähl ruhig weiter.

„Jedenfalls ist das der Grund, warum ich so oft in der Sebalduskirche bin. Erst vor kurzer Zeit, da hat letztmalig eine Visitation des Sebaldusgrabes stattgefunden. Die findet nur alle dreißig bis fünfzig Jahre statt. Es scheint alles in Ordnung gewesen zu sein."

„Interessant", stimmte die Rothaarige ein, „was du alles weißt. Aber wenn du so ein Fan des Heiligen Sebaldus bist, hast du schon einmal von der Stiftung „Heiliger Geist zu Malta" gehört?"

„Nein, noch nie. Was hat diese Stiftung denn mit dem Heiligen Sebaldus zu tun? Klingt wie ein Fantasieprodukt?"

„Nein, die soll es tatsächlich geben", warf Thea ein.

„Und nochmal, was soll sie mit dem Heiligen Sebaldus zu tun haben?"

„Das kommt daher, weil der Stifter ein Nürnberger war, der den Heiligen Sebaldus sehr schätzte und dessen Attribute als Wahrzeichen in das Logo der Stiftung mitaufgenommen hat."

„Du scherzt", entfuhr es Tamara. „Und wie spielt Malta da rein?" Sie konnte die Aussage gar nicht glauben.

„Der Stifter soll ein Nürnberger Ordensritter gewesen sein, der Malta zur Zeit der Türkenbelagerung verteidigte."

„Aber das wäre ja im 16. Jahrhundert gewesen?", äußerte Tamara ihre Zweifel.

„Ist ja egal", fuhr Thea unbeirrt fort, „nehmen wir mal an, es gäbe diese Stiftung tatsächlich, hättest du dann Lust, mehr darüber zu erfahren? Vielleicht kannst du ja sogar Mitglied werden."

Tamara überlegte kurz, dann antwortete sie: „Es würde mich zwar sehr wundern, wenn es diese Stiftung tatsächlich gäbe, aber alleine vom wissenschaftlichen Aspekt her hätte ich natürlich Interesse daran. Das wäre ja eine Sensation. Natürlich müsste ich vorher wissen, wofür die Stiftung steht. Was ihr Zweck ist und ihre Aufgaben. Verstehst du?"

„Ja, natürlich. Wenn es sich aber um eine Stiftung handelt, die im Geheimen operiert, über deren Existenz du nicht öffentlich berichten oder schreiben darfst?", bohrte Thea weiter.

„Na ja, das müsste man mal sehen, aber eine Stiftung, insbesondere eine so alte, das müssen ja irgendwie gute Werke sein, darauf würde ich mich schon einlassen, dazu bin ich einfach zu neugierig, um diese Gelegenheit nicht zu nutzen."

„Alt oder nicht", erwiderte Thea. „Im Grundsatz schon, wenn man an Malta denkt, aber manches ist auch ganz schön modern," merkte Thea an und bemerkte nicht, dass sie gar nicht mehr im Konjunktiv sprach.

„Trotzdem. Wenn alles legal ist, dann hätte ich sicherlich großes Interesse", überlegte Tamara laut und lenkte dann aber ab: „Doch jetzt genug von dem trockenen Zeugs. Lass uns über etwas anderes reden. Wo hast du denn diese tolle Jeans gekauft?"

Quallenforschung im Kleingartenverein

Die Kleingartenanlage Zeppelinfeld liegt nur rund 2 Kilometer vom Valznerweiher entfernt; mit dem Auto waren es nur fünf Minuten von der Billroth-Klinik. 1916, mitten im Ersten Weltkrieg kamen ein paar Nürnberger auf die Idee, den Schuttplatz an der Zeppelinwiese zu roden und darauf Schrebergärten anzulegen. Heute schmiegt sich die Anlage mit über 650 Kleingärten und einer Fläche von fast 187.800 Quadratmetern direkt an das Max-Morlock-Stadion des 1. FCN.

Auch Dr. Werner von Stubenrauch ging hier seinem Hobby nach. Auf seinem Abschnitt pflanzte er Kartoffeln, Tomaten, Gurken, Zucchini, Erdbeeren, gelbe Rüben, Blumenkohl und Kohlrabi an. Am Rande seines Gartens stand ein prächtiges Schrebergartenhaus, in dem er nicht nur seine Gartengeräte aufbewahrte, sondern in dem ein Raum penibel sauber mit chemischen Gerätschaften ausgestattet war. Da standen Bunsenbrenner, Reagenzgläser, Messbecher, Ballons, Trichter, Pinzetten, Löffel, Spatel und andere Gerätschaften. In einer Ecke des Raums stand ein mit Seewasser gefülltes Schauglas. Es war ein 1:1-Abbild des Quallen-Schauglases im Ozeaneum Stralsund, nur etwas kleiner. Darin schwebten sie herum, von Stubenrauchs Lieblinge, die *Chironex fleckeri*. Er liebte Quallen. Sie waren so einzigartige Tiere, durchsichtig und mit den langen Gifttentakeln. Hier ging von Stubenrauch seinem zweiten Hobby nach, ihrer Erforschung. In der schlechten Jahreszeit und wenn es draußen schüttete, war er oft an den Wochenenden hier und forschte. So wie jetzt. Er stand kurz vor dem Durchbruch bei seiner Quallenforschung. Gerade hatte er aus einer Qualle Gift aus den Nesselteilen extrahiert und mit Millionen menschlicher Zellen vermischt. Aus den Zellen hatte er mit der Genschere CRISPR-Cas9 verschiedene Gene des Erbguts ausgeschaltet und so fast

20.000 Variationen hergestellt. Nun wartete er, welche Zellen von dem Gift befallen wurden und welche überlebten. Bei den überlebenden analysierte er das Erbgut, um herauszufinden, welche genetischen Besonderheiten diese aufwiesen. Es dauerte, aber es führte ihn schließlich zu einem hochkomplizierten, bereits existierenden Wirkstoff, der aus mehr als 250 Proteinen bestand. Der konnte das Quallengift in den menschlichen Zellen in Schach halten. Nun musste er nur noch herausfinden, ob der Wirkstoff die Zellen schützte oder das Gift der Qualle direkt neutralisierte.

Von Stubenrauch war hoch zufrieden mit seinen Forschungsergebnissen und hatte gar nicht bemerkt, dass sich draußen die dunklen Wolken verzogen hatten und die Sonne wieder strahlend am blauen Himmel lachte. Schon erschienen die ersten Hobbygärtner in den benachbarten Gartenkolonien und packten ihre Sonnenschirme und Grillgeräte aus. Sie schalteten ihre plärrenden Kofferradios und Bluetooth-Lautsprecher ein. Helene Fischer und Roland Kaiser kämpften um die Vorherrschaft. Bald brutzelten die ersten Nürnberger Rostbratwürste und Nackensteaks auf den Rosten. Gerüche lagen in der Luft. Der Nachbar neben ihm zeigte seinen dicken Bierbauch und sang mit Roland Kaiser um die Wette: „Warum hast du nicht nein gesagt, es lag allein an dir/mit einem Hauch von fast nichts an, wer wollt' dich nicht verführn ..." Von Stubenrauchs gute Laune verflog. Zeit, von hier zu verschwinden. Er gab den Tomaten und den anderen Gewächsen noch Wasser, dann ging er.

Der Stand der Ermittlungen

Patrick Hebentanz, der Eigentümer des Tierkrematoriums „Auf Wiedersehen" hatte noch Glück. Die unverletzten Plomben an den beiden Beuteln hatten ihn gerettet. Man konnte ihm nicht nachweisen, dass er etwas mit dem Tod der beiden jungen Frauen zu tun hatte, deren körperliche Reste man darin fand. Aber das wusste die Polizei schon. Sie hatte ja Sandras Fotos. Hebentanz blieb bei seiner ursprünglichen Aussage, dass er die Frau nicht kannte, die ihm die Leichenteile untergejubelt hatte. Es ging nur ums Geld. 400 Euro habe er dafür bekommen, wenn er ein Auge zudrückte und zwei Tierkadaver unbesehen mitverbrannte. Doch bei dem Inhalt der Beutel handelte es sich nicht um Tiere, es waren die Überreste von Hella Burmester und Ines Gilgenast. Das ergaben die beiden DNA-Abgleiche, die Professor Stich durchgeführt hatte. Außerdem stellte er fest, dass beide Körper auch das Gift von *Chironex fleckeri* in sich hatten. Das Amtsgericht Hersbruck bestätigte die sofortige Betriebsschließung des „Auf Wiedersehen" und verhängte gegen Patrick Hebentanz eine Bewährungsstrafe von drei Jahren, einhergehend mit einem gleich langen Berufsverbot. Der Beschuldigte legte über seinen Anwalt Berufung ein und drängte auf sofortige Neuverhandlung vor dem Oberlandesgericht Nürnberg.

In der Runde der Ermittler kam eine heftige Diskussion auf. Die Vermisstenstelle betrachtete den Fall als halb gelöst. Der oder die Mörder von Hella und Ines liefen allerdings noch frei herum. Hauptkommissar Bellinghausen plädierte dafür, dass man nicht nur die Spitze des Eisberges, nämlich Herrn Hebentanz, verhaften, sondern sich auf die Suche nach dem ganzen verbrecherischen Gesindel machen sollte. Er erzählte von ihren bisherigen Ermittlungen um die Stiftung „Heiliger Geist zu Malta", von der ReproTrans und von der Billroth-Klinik. Er erwähnte Eisenherz, von Stubenrauch und den geheimnisvollen Gerhard. Wieder kam die Diskussion um die ergebnislose Durchsuchung der Billroth-Klinik auf. Seine private Ermittlungsarbeit auf Malta erwähnte er nicht und auch über Sandras Erkenntnisse in Stralsund hielt er die Klappe. Kein Sterbenswörtchen, was sie mit Tamara Heinlein vorhatten. Dafür hätte er niemals eine Genehmigung erhalten. Sein Risiko. Da mussten sie nun durch. Da man inzwischen von mehreren unaufgeklärten Morden sprach, reklamierte Bellinghausen den Fall für sein Team. Die Vermisstenstelle war froh, dass sie den Fall loshatte.

„Wie lange brauchen Sie, um die Mordfälle zum Abschluss zu bringen?", wurde er gefragt. „Ohne erneut die Billroth-Klinik zu durchsuchen."

„Nun inzwischen wissen wir mehr", argumentierte er. „Ich schätze in zwei bis drei Wochen sollten wir mehr Klarheit haben", meinte er aus dem hohlen Bauch heraus, „wir stehen kurz vor dem Durchbruch."

„Okay, dann walten Sie Ihres Amtes", gestand ihm die Staatsanwaltschaft zu.

*

„Was haben wir?", fragte Bellinghausen wieder in der kleineren Runde. Sandra und Tamara Heinlein saßen mit am Tisch. „Da hat sich in den letzten Tagen ja Einiges getan. Sie meinen also, dass über Thea Berger bald das Angebot kommen wird, der Stiftung „Heiliger Geist zu Malta" beizutreten?" Er richtete seine Aufmerksamkeit auf Tamara. Sie hatte Tobi und Sandra von ihrem letzten Gespräch mit Thea erzählt.

„Davon bin ich überzeugt", antwortete die junge Polizistin.

„Für wann habt ihr euer nächstes Treffen vereinbart?" Tobi war neugierig. Er hatte die zwei bis drei Wochen Karenzzeit im Kopf, die er mit der Staatsanwaltschaft vereinbart hatte.

„In eineinhalb Wochen", beantwortete Tamara seine Frage, „aber ich bin mir sicher, dass ich schon vorher telefonisch gefragt werde, ob ich beitreten will. Thea sprach von einem Aufnahmeritual."

„Wie und wo soll das ablaufen?" Tobi kamen Bedenken. Er dachte an einen geheimen und düsteren Ort, an dem Tamara geheimnisvollen Aufnahmeregeln unterworfen werden würde. „Risiken für Sie gehen wir aber nicht ein", stellte er klar.

„Keine Ahnung, das werde ich schon noch erfahren", meinte Tamara. „Die Idee, über den Heiligen Sebaldus zu reden, hat jedenfalls gewirkt. Ich denke, das hat den Ausschlag gegeben. Vielleicht erhoffen die Führer der Stiftung von mir ja zusätzlichen geschichtlichen Input. Den ich gar nicht geben kann", kicherte sie. „Nur so viel, wie ich von Professor Gall gelernt habe. Was soll ich also machen, wenn ich gefragt werde?"

„Wir müssen erst überlegen, ob Sie das Angebot überhaupt annehmen", haderte Bellinghausen mit sich. „Wir warten noch ab, ob Sie gefragt werden. Falls ja, müssen Sie sich entscheiden, ob Sie sich diesem Aufnahmeritual unterziehen wollen. Risiken gehen wir jedenfalls nicht ein", wiederholte er. „Ihre Sicherheit steht an oberster Stelle. Damit diese gewährleistet werden kann, müssen wir vorher wissen, wie das Ritual vonstatten gehen soll. Wenn Sie telefonisch gefragt werden sollten, dann fragen Sie nach, was Sie alles tun müssen und vor allem, wer alles dabei ist und wo das Ganze stattfinden soll. Und wie gesagt, kein Risiko. Aber das muss ich Ihnen ja nicht noch einmal sagen."

Tödliche Frischzellenkur

„Der Staat hat nicht das Recht, die Herstellung solcher Arzneimittel zu regeln, die der Arzt an eigenen Patienten anwendet. Er darf nur den ‚Verkehr' mit Arzneimittel regeln", urteilte das Bundesverfassungsgericht im Februar 2000 und hob damit das Verbot von Frischzellenkuren, das das Bundesgesundheitsministerium 1997 ausgesprochen hatte, wieder auf. Die Therapiefreiheit der Ärzte hatte gesiegt. Das war Länder- und nicht Bundesangelegenheit. Sowohl das Bundesministerium für Gesundheit, die Bundesärztekammer wie auch das Bundesinstitut für Arzneimittel und Medizinprodukte schätzten die umstrittene Heilmethode der Frischzellenkur dennoch als bedenklich ein. Aber das war Helene Rau egal. Die 65-jährige Coburgerin schwor auf die Methode von Dr. von Stubenrauch, der, statt den Patienten Zellen von Kälber- und Lämmerföten zu spritzen, seine eigene Behandlung weiterentwickelt hatte. Er benutzte junge, menschliche Zellen. Die von Hella und Ines zum Beispiel. Vor zwei Tagen hatte er Helene Rau einbestellt. Gestern hatte sie die Laboruntersuchung und das Arztgespräch mit ihm absolviert. Dr. von Stubenrauch informierte sie zwar korrekt, dass Risiken bestünden, zum Beispiel ein plötzlicher Kreislaufzusammenbruch, aber das scherte sie nicht. Dies könne passieren, wenn der Körper das Fremdmaterial abstoße, so von Stubenrauch.

„Aber doch nicht bei mir", hatte sie noch gut gelaunt gesagt, „ich habe das Herz einer 20-Jährigen. Das sagt jedenfalls der Arztbericht."

Eben war die Verabreichung der Zellen erfolgt, mit anschließender, ausreichender Ruhepause selbstverständlich. Morgen und übermorgen waren ebenfalls Ruhetage eingeplant, um das Zellenmaterial optimal aufnehmen zu können. Tags darauf sollte dann das Abschlussgespräch sein. Helene Rau wollte hundert Jahre alt werden. Deshalb hatte sie sich zur Therapie mit dieser Alternativmedizin entschlossen. Eigentlich erhoffte sie sich noch mehr. Ihr schwebte vor, nicht nur dieses junge Fremdgewebe intramuskulär injiziert zu bekommen. Nach dem Motto „Junges Blut in alte Schläuche" wollte sie auch noch die eine oder andere Bluttransfusion mit dem Blut junger Menschen haben. Sie würde da nochmals mit von Stubenrauch reden. Etwa 7.500 Euro kostete der Spaß, aber das war Helene gleichgültig. Warum sollte sie ihr Erspartes für die Erben zusammenhalten? Die lauerten schon darauf, das wusste sie. Nein, Helene fühlte sich noch jung und wollte ihre Kneipe, die sie im Stadtteil Scheuerfeld betrieb, noch mindestens fünf Jahre behalten. Danach reisen. Zuerst Übersee, dann Europa. Wenn der Jetlag an ihr nagen würde, war Deutschland dran. Sie würde ihr Geld verjubeln, bis nichts mehr da war.

*

Es war am Abend gegen 20 Uhr, als Helene plötzlich unruhig und nervös wurde. Sie war in kalten Schweiß gebadet und es kam ihr vor, als ob ihr Blutdruck rapide abfiele. Sie fasste sich an ihre Handgelenke. Ihr Puls war kaum noch spürbar. Dann spürte sie, wie ihre Atmung schwer wurde. Ihr Körper wehrte sich gegen das Fremdmaterial, das sie heute Nachmittag erhalten hatte, und ihr Immunsystem begann zu arbeiten. Botenstoffe wurden freigesetzt. Dennoch erweiterten sich ihre Blutgefäße und an den Kapillaren trat

Flüssigkeit in das Gewebe aus. Das Blutvolumen sank und die Schockspirale begann sich zu drehen. Nur noch die lebenswichtigsten Organe wurden mit sauerstoffreichem Blut versorgt. Der Kreislauf brach zusammen und es kam zu einem multiplen Organversagen. Die Auswurfleistung des Herzmuskels war so gering, dass der Blutdruck in einen kritischen Bereich absank. Als die Stationsschwester mit der Herzdruckmassage begann, war es bereits zu spät. Helene Rau, die Frau, die hundert werden wollte, war tot. Die körperfremden Eiweißstoffe aus Hellas und Ines' Leichen hatten sie umgebracht.

Am Oberlandesgericht Nürnberg

Ruhig lag der Nürnberger Justizpalast in der morgendlichen Sonne dieses Dienstagmorgens. Die Staatsanwaltschaft im Westbau war schon heftig am Arbeiten. Der Hauptbau und die anderen Gebäudeteile, waren durch einen Arkadenzugang betretbar und vom Amts-, Landes- und Oberlandesgericht belegt. Das Gebäude in der Fürther Straße war in den Jahren 1909 bis 1916 errichtet worden und ist das größte Gerichtsgebäude Nordbayerns. Eingeweiht hatte es noch der letzte bayerische König Ludwig III.

Am berühmtesten ist der Ostbau mit dem Gerichtssaal 600, in dem von November 1945 bis Oktober 1946 die ersten Nürnberger Prozesse stattfanden. Damals saßen unter anderen die ehemaligen Nazi-Größen Hermann Göring, Rudolf Heß und Joachim von Rippentrop vor Gericht. Die drei schlimmsten Verbrecher, Hitler, Himmler und Goebbels, waren durch Freitod längst aus dem Leben geschieden.

Was warf man den insgesamt 21 Angeklagten vor? Man beschuldigte sie der Verschwörung gegen den Weltfrieden und der Planung, Entfesselung und Durchführung eines Angriffskrieges, in dem Verbrechen und Verstöße gegen das Kriegsrecht an der Tagesordnung waren. Schließlich kamen Verbrechen gegen die Menschlichkeit hinzu. Zwölf der 21 wurden zum Tod durch den Strang verurteilt, sieben erhielten langjährige Haftstrafen, nur drei wurden freigesprochen. Göring wollte nicht am Galgen enden. Mittels einer versteckt gehaltenen Zyankalikapsel entzog er sich dem gerechten Urteil des Gerichts. Nur wenige Stunden nachdem die anderen zehn gehängt waren, fuhren zwei Militär-Lkws mit elf Särgen am Krematorium des Münchner Ostfriedhofs vor. Alle Särge waren mit Namensschildern versehen. Auch ein George Munger war darunter – das Pseudonym für Hermann Görings Leiche. Als die elf eingeäschert worden waren, wurde ihre Asche ein paar Straßen weiter dem Wenzbach übergeben. Man wollte nicht, dass Gräber dieser Hauptkriegsverbrecher zu Wallfahrtsorten Ewiggestriger und neuer Nazis würden.

Ganz so drastisch ging es heute im Hauptbau nicht zu. Es wurde lediglich zum wiederholten Male ein gewerblicher Rechtsstreit verhandelt. Patrick Hebentanzs Berufung wurde verhandelt. Der Staatsanwalt hielt sein Plädoyer: „Deshalb ist die Staatsanwaltschaft der Meinung, dass der Urteilsspruch des Amtsgerichtes Hersbruck seine volle Berechtigung hat. Im Gegenteil, der Beklagte kann froh sein, dass neben der Bewährungsstrafe nur ein dreijähriges Berufsverbot ausgesprochen wurde und nicht ein lebenslanges. Durch sein von Geldgier getriebenes Verhalten hat der Beklagte gegen alle Ethikregeln seines Berufsstandes verstoßen, indem er unbesehen die Beutel mit den menschlichen Rückständen zur Verbrennung akzeptiert hat. Er hat sich dadurch außerdem des unlauteren Wettbewerbs schuldig gemacht."

Der Verteidiger hielt dagegen: „Es ist erwiesen, dass mein Mandant von dem Inhalt der Beutel keine Ahnung hatte. Diese wurden ihm als Tierkadaver untergeschoben. Dass er das Material unbesehen entgegennahm, ist dem harten Wettbewerb in seinem Gewerbe zu verdanken und eher als Kavaliersdelikt zu bezeichnen. Von Ethik kann da keine Rede sein. Mein Mandant ist in allen Anklagepunkten freizusprechen. Die sofortige Wiederaufnahme seines Betriebes ist in die Wege zu leiten."

Das Gericht zog sich zur Beratung zurück.

Auch German Hardlinger, als Vertreter der IHK Nürnberg, verfolgte den Berufungsprozess. Der Angeklagte hatte ihn gebeten, dem

Gerichtsverfahren zu folgen und im Falle seines Freispruchs alles zu tun, damit sein Betrieb wieder schnell rehabilitiert werden konnte.

Die wenigen anwesenden Gäste erhoben sich, als das Gericht wieder erschien. Der vorsitzende Richter gab das Urteil bekannt: „Und so betrachtet es das Gericht durchaus als Verstoß gegen die bestehenden Ethikregeln. Wenn das jeder täte", flocht der Richter ein, „wo kämen wir da hin? Der Beklagte hat eindeutig gegen sein Berufsethos verstoßen. Ich spreche deswegen folgendes Urteil: Die Bundesrepublik Deutschland verurteilt den Beklagten zu zwei Jahren auf Bewährung, verbunden mit einem zweijährigen Berufsverbot. Der Betrieb ‚Auf Wiedersehen' kann mit anderer Leitung weitergeführt werden, sofern diese den Anforderungen der Verordnung zur Durchführung des Tierische-Nebenprodukte-Beseitigungsgesetzes entspricht. Insbesondere verweist das Gericht auf die Bestimmung zur Kennzeichnung von Verpackungen und Behältern. Außerdem erhält der Beklagte eine einmalige Geldstrafe von 10.000 Euro. Die Kosten des Verfahrens trägt der Beklagte."

German Hardlinger hatte genug gehört. Für ihn gab es keinen Handlungsbedarf außer der Frage, was jetzt mit „Auf Wiedersehen" geschehen sollte.

Beratung zu dritt

„Scheiße, Scheiße, Scheiße, wie konnte das nur passieren?" Gerhard schimpfte wie ein Rohrspatz und sah von Stubenrauch vorwurfsvoll an, nachdem der ihm den Tod von Helene Rau gestanden hatte. „Was machen wir nun? Wir können ihren Tod nicht verheimlichen. Wenn sich das rumspricht."

„Das kann bei einer Frischzellenkur immer wieder passieren", entschuldigte sich von Stubenrauch. „In das Immunsystem der Patienten kannst du nicht reinschauen."

„Haben Sie die Patientin über die Risiken aufgeklärt?"

„Selbstverständlich."

„Haben wir auch ihre Unterschrift unter dem Risikopapier?"

„Haben wir auch", antwortete von Stubenrauch, „allerdings steht dort nicht explizit, dass ich die Injektion mit Zellen menschlichen Ursprungs angereichert habe."

„Umso besser", beruhigte sich Gerhard. „Nochmals die Frage: Was machen wir jetzt?"

„Wir müssen Frau Raus Angehörige informieren, da bleibt gar nichts anderes übrig", klärte von Stubenrauch die anderen auf. „Die werden sich wahrscheinlich freuen, dass die Alte endlich abgekratzt ist. Das hat sie mir jedenfalls erzählt."

„Wer stellt den Totenschein aus?", fiel Gerhard noch ein.

„Das habe ich schon gemacht", antwortete der Chefarzt.

„Eine unauffällige Todesart?"

„Selbstverständlich. Plötzlicher Kreislaufkollaps."

„Dann könnten wir nochmal mit einem blauen Auge davonkommen?", vermutete Gerhard.

„Ich hoffe."

„Gut, probieren wir es."

Gerhard, von Stubenrauch und Eisenherz hatten sich in der Klinik zu einer spontanen Dringlichkeitssitzung getroffen, nachdem das Berufungsurteil gesprochen war.

„Hält der Hebentanz sein Maul?", war Gerhards erste, sorgenvolle Frage an Eisenherz.

„Auf jeden Fall", versicherte der. „Er weiß, wenn er quatscht, ist er auch tot. Das Urteil des Amtsgerichts in Hersbruck ist ja durch das Oberlandesgericht Nürnberg etwas revidiert worden."

„Richtig, aus drei wurden nur noch zwei Jahre Berufsverbot. 10.000 Euro Geldstrafe kamen aber hinzu", bestätigte Gerhard. „Was wird er jetzt tun?", wollte er wissen.

„Er wird die zwei Jahre absitzen. Am wichtigsten ist ihm, dass er seinen Betrieb aufrechterhalten kann. Das wird seine Frau oder sein Bruder für ihn tun. Am meisten schmerzen ihn die 10.000 Euro Strafe."

„Sag ihm, dass wir uns daran beteiligen, wenn er weiterhin die Klappe hält", schlug Gerhard vor.

„Das wird ihn freuen". Eisenherz war zufrieden.

„Und nun zu der Neuen", wandte sich Gerhard an beide. „Wer ist das nochmal?"

„Sie heißt Tamara Heinlein und ist an der Uni Erlangen Studentin, Geschichte und Archäologie." Wieder war es Eisenherz, der das Wort ergriff.

„Kennen Sie sie?", warf Gerhard ein.

„Ich nicht, aber Thea", antwortete Eisenherz.

„Ich kenne sie auch." Von Stubenrauch hatte sich zu Wort gemeldet. „Sie war vor nicht allzu langer Zeit als Patientin hier, hat sich die Nase richten lassen. Was Eisenherz sagt, kann ich bestätigen. Eine nette Person. Sie hat jedenfalls eine Immatrikulationsbestätigung der Uni vorgelegt und scheint sich in den Tagen, als sie bei uns war, mit Thea angefreundet haben."

„Kann sich denn eine arme Studentin eine so teure Operation leisten?" Gerhard war weiterhin misstrauisch.

„Zahlende Eltern, eine Erbschaft, wer weiß – das ist aber auch egal. Sie hat jedenfalls einen Zuschuss von der Krankenkasse bekommen", merkte von Stubenrauch an.

„Ist sie sauber? Nicht dass wir uns eine Laus in den Pelz setzen. In jüngster Zeit bin ich da etwas vorsichtiger geworden", äußerte sich Gerhard. „In Lauf ist auch ganz plötzlich die Polizei aufgetaucht und hat gezielt nach unseren zwei Beuteln gesucht. Das sind mir ein paar Zufälle zu viel. Thea soll sie überprüfen, bevor sie ihr eine endgültige Zusage gibt. Ich glaube zwar nicht, dass die Polizei etwas von der Stiftung weiß, aber Vorsicht ist die Mutter der Porzellankiste. Was macht die Neue zu etwas Besonderem?", fragte er.

„Nichts, was uns gefährlich werden könnte", steuerte Eisenherz wieder bei, „aber sie ist Expertin, den Heiligen Sebaldus betreffend. Ich habe mir gedacht, dass wir ihr Fachwissen eines Tages gebrauchen könnten. Tamara, so heißt sie, verfügt über Spezialwissen, Fachwissen, was den Stadtheiligen anbelangt."

„Gut, trotzdem, Thea soll sie checken", war Gerhard noch nicht hundertprozentig überzeugt. „Überhaupt müssen wir unter unseren Mitgliedern Sicherheitsstufen einführen. Macht euch mal Gedanken, wie wir das bewerkstelligen können. Ich bekomme einfach das Gefühl nicht los, dass wir tatsächlich einen Maulwurf unter uns haben."

Sofort sprangen die beiden anderen auf. „Also, von meinem OP-Team ist es keiner", erklärte von Stubenrauch, „die ließen sich eher die Zunge abschneiden."

„Von ReproTrans wissen nur Thea und ich Bescheid", argumentierte Eisenherz.

„Nun gut, haben wir sonst noch irgendwelche Probleme?"

Von Stubenrauch und Eisenherz verneinten.

„Dann habe ich erfreuliche Nachrichten aus Malta", verkündete Gerhard. „Die Gründung der Gloria Ltd. ist gut gelaufen, unsere Kunden haben die neue Firma angenommen, vor allem den fünf-prozentigen Nachlass, den wir auf unsere Produkte aus Malta geben können. Bestellungen erfolgen fast ausschließlich online, das spart Geld. Ein Spediteur, der unsere Produkte zu Standardkonditionen versendet, ist auch gefunden. Bald müssen wir dort ein Lager einrichten. Mit anderen Worten, wir bauen unsere risikoreichen Aktivitäten hier soweit wie möglich ab und verlagern sie auf die Mittelmeerinsel."

„Was ist mit der Klinik?", hatte von Stubenrauch Sorge um seine Arbeitsplätze.

„Keine Sorge, die bleibt", wusste Gerhard, „aber wir übergeben belastende Lagerbestände früher an die Spedition."

„Und die ReproTrans?", wollte Eisenreich wissen

„Die werden wir mittelfristig nach Malta verlagern und integrieren sie in die Gloria Ltd.", gab sich Gerhard überzeugt. „Wenn wir das Geschäft vermehrt von der Insel aus steuern wollen, brauchen wir dort sowieso mehr Manpower.

Tamara wird überprüft

Der Anruf kam spät am Abend, einige Tage nachdem sich Tamara und Thea getroffen hatten. „Können wir uns heute kurzfristig sehen?", drängte Thea. „Am besten sofort."

„Wozu denn?" Tamara passte das gar nicht in den Kram. Sie hatte es sich zuhause gemütlich gemacht, ein Bad genommen und sich in ihren Hausanzug geschmissen. Im Fernseher lief eine neue Netflix-Serie. „Was gibt es denn so Eiliges?", fragte sie zum wiederholten Male.

„Ich muss dich wegen deiner beabsichtigten Mitgliedschaft überprüfen. Mir ist das auch unangenehm, aber es gibt eine Anweisung von unserem Chef", gestand Thea ehrlich.

„Und das jetzt?", wollte Tamara wissen.

„Ja, ich soll das ad hoc machen", klagte ihre Gesprächspartnerin.

„Und wie?"

„Ich muss nachweisen, dass du tatsächlich Studentin bist. Kannst du deine Immatrikulationsbescheinigung mitbringen? Und ich muss das Original sehen, scannen geht nicht."

„Das verstehe ich nicht, aber wenn es unbedingt heute sein muss, dann treffen wir uns in einer halben Stunde im ‚Mata Hari' in der Weißgerbergasse".

*

Thea war schon da, als Tamara eintraf, saß an einem Zweiertisch und schlürfte an ihrem Aperol Spritz. Es war nicht allzu viel los. Es war inzwischen 22.30 Uhr.

„Sorry, dass ich dir diese Umstände machen muss, aber unser Chef hat angeordnet, dass wir künftig alle neuen Mitglieder genau überprüfen müssen", entschuldigte sich die Rothaarige bei ihrer Freundin. „Ich finde das Quatsch. Wir kennen uns ja."

„Und das muss ausgerechnet heute sein?"

„Ja, wir wollen dich doch in den nächsten Tagen bei uns aufnehmen", erklärte Thea. „Wenn der Chef fragt, ob ich mit dir gesprochen habe, will ich ihn nicht anlügen. Der kann nämlich ganz schön heftig werden."

„Mit einem Aufnahmeritual?", fragte Tamara zweifelnd. „Was muss ich denn da machen und wo findet das Ganze statt?"

„Das ist reine Formsache. Du musst geloben, dass du niemandem von der Existenz der Stiftung ‚Heiliger Geist zu Malta' erzählst, außer du requierierst ein neues Mitglied, und dass du keine schriftlichen Aufzeichnungen führst. Geheimklausel und so. Wahrscheinlich wird das Ritual in der Billroth-Klinik stattfinden, die gehört nämlich der Stiftung. Aber das entscheidet unser Chef."

„Und wer nimmt daran teil?", wollte Tamara wissen.

„Das sind nur drei Leute. Unser Chef, Dr. von Stubenrauch, den du ja schon kennst, und mein Freund, Holger Eisenherz", berichtete Thea.

„Und du?"

„Ich bin da nicht dabei. Nur der Vorstand der Stiftung. Die Stiftung will nicht, dass sich die Mitglieder untereinander zu gut kennen."

„Und der Chef, wer ist das", war Tamara neugierig.

„Wir nennen ihn alle nur Gerhard."

„Wie der männliche Vorname?", unterbrach sie die Polizistin

„Ja. So heißt er nicht in echt, aber seinen bürgerlichen Namen, den soll keiner kennen."

„Das klingt ja alles sehr geheimnisvoll. Okay, was muss ich jetzt tun?", kam Tamara auf die Angelegenheit der Befragung zurück.

„Hast du deine Immatrikulationsbescheinigung dabei?", wurde sie gefragt.

Tamara nahm ihre Handtasche und kramte darin herum. „Bitteschön", warf sie das Stück Papier auf den Tisch.

Thea Berger nahm es an sich und las. „Die scheint in Ordnung zu sein", fuhr sie fort, „aber das ist natürlich nur ein Stück Papier. Es könnte genauso gut gefälscht sein. Kannst du mir noch jemanden nennen, der das bestätigen kann?"

„Du hast gesagt, ich soll die Immatrikulation mitbringen. Von einem Dritten, der mein Studium bestätigen soll, war nicht die Rede. Warum musst du das jetzt wissen, warum hast du das nicht vorher gesagt?"

„Aus gutem Grund so spontan, damit der Aspirant nicht betrügen kann. Wenn du mir jemanden nennen kannst, den ich jetzt gleich anrufen kann. Einen Kommilitonen vielleicht?"

„Das ist doch total albern. Das ist mir die Mitgliedschaft in dieser Stiftung auch nicht wert. So ein Theater", schimpfte Tamara und gab sich richtig sauer.

„Komm mal runter, das musst du doch verstehen, dass wir uns da absichern müssen. Vielleicht fällt dir noch jemand ein, überleg doch mal."

„Du bist gut", stöhnte Tamara, „schau mal auf die Uhr. Da rufe ich doch niemanden mehr an und frage ihn, ob er dir bestätigen kann, dass ich mit ihm studiere. Da mache ich mich ja lächerlich." Dann kam ihr anscheinend doch noch eine Idee. „Wenn ich meinen Professor anrufe und du mit ihm sprechen kannst, würde dir das auch genügen?"

„Wie heißt der denn?"

„Gall, Gisbert Gall. Er ist Professor für Archäologie an der Uni. Er kennt mich natürlich."

„Umso besser. Gut, machen wir das so", willigte Thea ein.

*

Das Telefon schepperte in Galls Wohnzimmer, „Ich geh schon ran", murmelte er. „Wer wohl um diese Uhrzeit noch anruft?" „Tamara Heinlein" zeigte ihm das Display des Telefons. „Ja, Tamara, hier Gall", meldete er sich, „was gibt es denn um diese Uhrzeit so Wichtiges?"

„Ich bin nicht Tamara", meldete sich eine fremde weibliche Stimme, „ich bin Miriam Lang", log Thea. „Ich rufe nur mit Tamaras Handy an. Nicht erschrecken, sie sitzt neben mir."

„Hallo, Herr Professor, bitte entschuldigen Sie die späte Störung", rief Tamara in den Hörer, „ich grüße Sie. Es geht um die

Angelegenheit mit dem Heiligen Sebald", setzte sie hinzu, um Gall zu warnen."

„Na ja, eigentlich geht es um einen Job für Tamara", fuhr Thea fort. „Sie sind doch Professor Gall, Historiker und Archäologe an der Uni Erlangen?"

„Der bin ich", bestätigte Gall der fremden Stimme. Der Name Miriam Lang sagte ihm nichts.

„Es geht um die Sozialversicherung", meinte die Fremde, „Tamara sagt, dass sie noch Studentin sei, ich möchte mich da vergewissern."

Gall schaltete schnell. Er kannte Tamara als Polizistin und wusste, dass sie in dem Fall um die Stiftung „Heiliger Geist zu Malta" eingebunden war. Sie würde nur aus gutem Grund so spät abends anrufen. Der Anruf musste irgendetwas mit ihrer Ermittlungsaufgabe zu tun haben.

„Tamara ist eine meiner Lieblingsstudentinnen", schwärmte er. „Das müssen Sie ihr aber nicht sagen. Immer ist sie mit dabei, wenn es um irgendwelche Ausgrabungen geht. Und was die alles über den Heiligen Sebaldus weiß. Sie müssen wissen, der Heilige Sebald ist der ..."

„ ... ich weiß, wer das ist", hörte er die fremde Stimme. „Danke." Dann war sie weg.

„Und?", Tamara war neugierig. „Was hat er gesagt?"

„Er hat bestätigt, dass du seine Lieblingsstudentin bist. Es ist alles okay."

Gerhard ist misstrauisch

Eisenherz hatte Gerhard berichtet, was Theas Recherchen ergeben hatten. Der Name Gall sagte Gerhard etwas. War das nicht der kugelige Professor in Erlangen? Trotzdem, die ganze Sache war zu glatt gelaufen. Gerhard war angesichts der ganzen Umstände misstrauisch geblieben. Er traute Thea nicht, sie war zu blauäugig. Manchmal war sie einfach zu doof und ließ sich leicht ein X für ein

U vormachen. Lieber setzte er sich selbst an seinen Computer. Er kannte Tamara Heinlein zwar nicht, aber im Netz hinterließ jeder Spuren. Zuerst gab er ihren Namen in Google ein. Wie erwartet hatte er eine Fülle von Treffern. Eine attraktive Influencerin stellte ihre Kindermode vor, eine fränkische Krimi-Autorin lobte ihre Bücher. „Mord im Kloster" und „Der Henker geht um" waren ihre letzten beiden Bücher. Ein Foto war auch dabei. Sie war längst über sechzig. Gerhard klickte weiter. Er stieß auf einen Escortservice. Die Dame räkelte sich in durchsichtiger Unterwäsche auf einem Sofa. Er sah auf die Vorschau. Viel zu viele Tamara Heinleins. So wurde das nichts. Ungeduldig googelte er weiter. Am schlimmsten wäre natürlich, wenn diese Tamara eine Polizistin wäre. Davor hatte er am meisten Angst. Er googelte „Polizeiinspektion Mittel-franken". Ein Fenster öffnete sich. Er arbeitete sich durch diverse Seiten. Namen wurden hier nicht angegeben. Er konkretisierte seine Eingabe mit „Tamara Heinlein Polizeiinspektion Nürnberg". Dieselbe Homepage erschien. Dann stieß er auf eine Traueran-zeige. Eine Tamara Heinlein war bei einem tragischen Verkehrsun-fall ums Leben gekommen. Fotos zeigten den Unfallort an der A3, an dem Polzisten herumliefen. „Neue Führung bei der Gewerk-schaft der Polizei" titelte die nächste Anzeige. Eine Tamara Bau-ernfeld war als Kassenprüferin in den Führungskreis der Gewerk-schaft gewählt worden. Gerhard war nahe daran, die Suche aufzugeben und sich Theas Ermittlungen anzuhören. Ein letztes Mal probierte er es, diesmal mit einer Suche nach Bildern zu Tamara Heinlein. Viele Tamaras lachten ihn an. Junge, mittelalte und faltige. Eine war dabei, die sich für Heidi Klums Model-Wett-bewerb im Fernsehen bewerben wollte. Gerhard hasste diese Sen-dung, geile Nacktheit und Promiskuität, alles Huren in seinen Augen. Eine andere hatte auf dem Foto gerade geheiratet und strahlte ihren Angetrauten an wie ein Honigkuchenpferd. Eine dritte Tamara Heinlein war schwarz und lachte mit vollen Lippen in die Kamera. Gerhard wollte nun wirklich aufgeben, dann zwang er sich doch noch dazu, die verschiedenen Fotos durchzuscrollen. Das meiste war Schrott. Fast am Schluss stieß er auf ein Bild, das eine Polizistin in Uniform zeigte. Es musste schon älteren Datums sein. Das Foto zeigte eine junge Frau mit unheimlicher Höckernase. Was hatte von Stubenrauch gesagt? Die junge Frau habe sich ihre Nase richten lassen? Gerhard vergrößerte das Foto am PC und sah genauer hin. Das Bild musste im Sommer aufgenommen worden sein. Die Frau trug ihre Jacke über dem linken Arm und der Wind wehte in ihrem Haar. In ihrem Gesicht prangte ein unwahrscheinlicher Zinken. Er las den zugehörigen Text. „Tamara in ihrem ersten Jahr als Polizistin", stand dort. Wenn das die bewusste Tamara war, die Thea anwerben wollte, dann hatten sie unwahrscheinliches Glück gehabt, das noch vorher herauszufinden. Noch war es reine Vermutung. Wenn aber ..., dann musste diese Tamara sterben, das war Gerhard klar, und ihr Körper würde in viele kleine Teile zerstückelt werden. Seine Gedanken eilten voraus. Sie durfte nicht in der Billroth-Klinik sterben. Das war zu riskant. Da gab es noch andere Orte in Nürnberg. Aber noch fantasierte er, um sicher zu gehen, musste er sich noch bei von Stubenrauch vergewissern und ihm das Foto zeigen. Vielleicht handelte es sich ja um eine andere Tamara. Falls sie es doch war, musste Gerhard noch überlegen, wo er sie töten wollte und wie sie es schafften konnten, Tamaras Polizeikollegen auszutricksen. Das würde eine sportliche Aufgabe werden. In sportlichen Aufgaben war Gerhard Meister. Er dachte nach. Da kam ihm eine Idee. Das Tunnelsystem Nürnbergs, das war's. Aber nicht dort, wo sich normalerweise die Touristen tummelten. Er dachte da an eine andere Stelle, die nicht vom Albrecht-Dürer-Platz her zugänglich war.

Wenn diese kleine Schlampe erledigt war, musste er sich darum kümmern, zu erfahren, was die Polizei schon alles wusste. Gerhard war sich sicher, dass er auf dem richtigen Weg war und er wollte sich die Stiftung, die so einträglich war, nicht kaputt machen lassen. Sie mussten ihre Geschäftsaktivitäten schneller nach Malta verlagern. Er beruhigte sich. Noch war alles nur Vermutung. Er überlegte und sah auf seine Uhr. Er musste sich so schnell wie möglich Gewissheit verschaffen. Gerhard griff zum Telefonhörer. „Sie sind zuhause", brummte er in den Hörer, nachdem sich von

Stubenrauch gemeldet hatte. „Ich habe da etwas, das keinen Auf-
schub erlaubt. Ich komme vorbei."

*

Gerhard parkte direkt vor von Stubenrauchs Haus. Das Foto mit
der Polizistin Tamara Heinlein hatte er ausdrucken lassen. Von
Stubenrauch öffnete ihm die Haustüre.

Er stürzte ins Haus. Es ging ihm alles nicht schnell genug. Er
zückte das Foto. „Ist das Tamara, Ihre Patientin?"

Von Stubenrauch ließ sich Zeit. Er betrachtete das Bild genau.
„Das ist sie, das Foto scheint aber schon etwas älter zu sein. Das ist
ja eine Polizistin."

„Eben. Thea hat Scheiße gebaut. Das verlangt nach einer Bestra-
fung. Aber das später. Ich fahre eben noch bei ihr vorbei und werde
sie bitten, diese Tamara anzurufen."

„Sie wollen das Aufnahmeritual abblasen?"

„Ganz im Gegenteil, ich will, dass Tamara möglichst schnell in
den Kreis der Stiftung „Heiliger Geist zu Malta" aufgenommen wird,
nur anders als sie und ihre Polizeikollegen sich das vorstellen."

Das Nürnberger Tunnelsystem

Der rund 210 Millionen Jahre alte und rund 350 Meter hohe, rot-
braune Burgsandsteinfelsen ist in seinem Untergrund löchrig wie
ein Schweizer Käse. Das liegt am größten Felsenkeller-Labyrinth
Süddeutschlands. Im Laufe der Jahrhunderte, vor allem im Hoch-
mittelalter, trieben die Nürnberger Bürger Gänge in das weiche Ge-
stein. Sie brauchten die Tunnel zur Lagerung ihrer selbstgebrauten
Biere, damals das wichtigste Volksgetränk. Das Bayerische Rein-
heitsgebot von 1516 gab es noch nicht. Um das Bier zu würzen, gab
man verschiedenste Zutaten hinzu: Wacholder, Schlehe, Eichen-
rinde, Wermut, Kümmel, Anis, Lorbeer, Schafgarbe, Stechapfel,
Enzian, Rosmarin, Johanniskraut, Fichtenspäne, Kiefernwurzeln,

sogar Tollkirsche, tote Salamander und Bilsenkraut. Manche Kräuter waren giftig, andere verursachten Halluzinationen. Kein Wunder also, dass so mancher Sud danebenging. Vielleicht lag es aber auch an der unsachgemäßen Lagerung. Jedenfalls erließen die Räte der Stadt im November 1380 eine Verordnung, dass jeder der Bier brauen und verkaufen wollte, einen eigenen Keller haben musste. „Zehen Schuch tief und sechzehn Schuch weit", hieß es. Die Nürnberger gruben wie wild, oftmals in verschiedenen Etagen übereinander.

Doch nicht nur die Bierlagerung war für die Entstehung mancher Felsengänge verantwortlich. Mitte des 16. Jahrhunderts entstanden hinter der Kaiserburg mächtige Bastionen. Eine steile Treppe führt noch immer hinab in die Kasematten zu den Verteidigungsanlagen mit ihren vielen Schießscharten. So manche von ihnen erlaubt noch einen Blick hinaus, wo einst die Reihen der Angreifer anstürmten. Über eine 1543 angelegte Verbindungstreppe geht es noch weiter hinab in die Finsternis, hin zu den Felsgängen der Lochwasserleitung. Schmale, rund 60 Zentimeter breite und 2 Kilometer lange Stollen sind es, die aufrecht begangen werden können. Wann genau sie angelegt wurden, ist bis heute unbekannt. Sie dienten einst zur Gewinnung und Weiterleitung von Trinkwasser. Als im Zweiten Weltkrieg die Bombenlast der Alliierten auf die Stadt niederging, bot das Tunnelsystem Schutz und rettete das Leben tausender Bürger.

Klar, dass der Besuch der weitverzweigten Tunnel ein Renner unter den Touristen und Einheimischen ist. Davon zeugen die Menschentrauben der Hobby-Höhlenforscher, die an den Tageskassen anstehen. Konstante Temperaturen zwischen 8 und 12 Grad herrschen dort unten. Man muss also entsprechende Kleidung und festes Schuhwerk mitbringen, bevor es über mehrere Ebenen in die Unterwelt hinabgeht.

Diese Orte kreisten in Gerhards Gedankenwelt, als er an Tamaras Aufnahmeritual dachte, ein Aufnahmeritual ohne lästige Zeugen, vor allem nicht mit Kollegen von der Polizei.

Vorbereitungen fürs Aufnahmeritual

„Das ging aber schnell." Bellinghausen war selbst überrascht.

„Thea hat gesagt, ich soll morgen um 18 Uhr in die Billroth-Klinik kommen, zum Eingang der Privatpatienten", ergänzte Tamara ihre Aussage. „Dort will man mich vereidigen."

„Und Sie sind ganz sicher, dass unser Gerhard dabei sein wird?", fragte Sandra nach.

„Hat man mir jedenfalls gesagt."

„Gut, sei's drum", wandte der Hauptkommissar ein, „wir spielen das Spiel mit. Es geht aber immer noch um Ihre Sicherheit."

„Werde ich verkabelt?", war Tamaras erste Frage.

„Ja", meinte Tobi. „Wir werden Sie mit zwei Minisendern ausstatten, aber das stellt noch keine wirkliche Sicherheit dar. Was ist, wenn Gerhard und seine Leute bewusst danach suchen? Wenn sie Lunte gerochen haben, werden sie das auf jeden Fall tun. Schon aus diesem Grund werden wir Sie doppelt verwanzen. Ein Abhörsystem dürfen die ruhig finden, das andere wird etwas raffinierter versteckt."

„Und wo wollen Sie die Wanzen platzieren?" Tamaras Sorge um ihre Sicherheit wuchs. Vielleicht ließ sie sich von Bellinghausens Vorsicht anstecken.

„Eines im BH. Wenn alles gutgeht und Sie nicht gecheckt werden, kann das nicht schaden. Wenn sie aber durchsucht werden oder in wirkliche Gefahr geraten, brauchen wir noch eine Rückfallebene. Wie wäre es mit Ihrem Dutt? Wir haben einen extrem kleinen FM-UKW-Mini-Spion-Sender, nur 1,5 Zentimeter groß. Der hat eine Sendeleistung von 600 Metern. Das reicht aus und er sendet, wenn das Mikro ein Audiosignal bekommt. Wir können also jedes gesprochene Wort mithören. Wir, das sind Frau Knobloch und ich. Wir sind immer in Ihrer Nähe. Außerdem zwölf Leute vom SEK. Wir lassen Sie nicht aus den Augen, oder besser gesagt, aus den Ohren. Sollte es brenzlig werden, greifen wir sofort ein. Morgen, bevor Sie in die Billroth-Klinik fahren, kommt eine professionelle Friseurin bei Ihnen vorbei, richtet

Ihre Haare und befestigt das Abhörgerät im Dutt. Wir wollen da ganz sicher gehen."

„Und das andere, das im BH?"

„Das stecken Sie ganz einfach da rein", beruhigte sie Tobi.

„Soll ich mein Handy zuhause lassen?", sorgte sich Tamara.

„Nein, eine junge Frau ohne Handy, das gibt es doch gar nicht", gab Bellinghausen zur Antwort. „Das würde die Sache von vorneeherein bloß verdächtig machen. Nehmen Sie Ihr Mobiltelefon ruhig mit, das wird Ihnen wahrscheinlich sowieso abgenommen werden."

„Was muss ich sonst noch beachten?", machte sich die junge Polizistin Gedanken.

„Vor allem ruhig bleiben. Keine Panik, sondern natürlich wirken", riet der Hauptkommissar. „Ein bisschen Nervosität sollte aber kein Problem sein, das ist ja verständlich vor so so einem Ritual."

„Sie machen mir Angst", rückte Tamara mit der Wahrheit heraus.

„Angst ist ein schlechter Ratgeber", klärte Tobi sie auf. „Aber wir können das Ganze auch noch abbrechen."

„Nein, nein", fasste Tamara neuen Mut, „jetzt sind wir schon so weit gegangen, jetzt ziehen wir die Sache auch durch."

„Das ist die richtige Einstellung", bemerkte Bellinghausen, „aber ich muss Ihnen das sagen. Letztendlich bin ich für Ihre Sicherheit verantwortlich. Ich möchte auch nicht, dass Ihnen etwas passiert. Ganz zuletzt aus eigenem Interesse, denn mein Kopf würde auch fallen."

„Ist schon gut", ging Tamara auf seine Erklärungen ein, „ich mache mit."

„Gut, dann planen wir das so. Und kein Wort zu den Kollegen."

Da kann nichts schiefgehen

Gegenüber der Billroth-Klinik tummelte sich schon am Nachmittag ein dreiköpfiger Trupp städtischer Arbeiter. Auf der Ladefläche ihres orange-gelben Unimogs lagen Baumpflänzlinge und entsprechendes Werkzeug. Die Arbeiter beobachteten jedoch die Ein- und Ausgänge der Billroth-Klinik. Dünne Drähte verliefen vom Hörgerät im Inneren ihrer orangefarbenen Jacken zu ihren Ohren. Sie hofften, dass jemand auftauchte, der zur Beschreibung Gerhards passte, ein bulliger, kräftiger Typ mit Glatze. Aber es waren hauptsächlich Klinikgäste, die an den Eingängen herumlungerten und qualmten. Gegen 16:30 Uhr erschien zwar ein kräftiger Mann, aber der trug eine Brille mit braunem Gestell und auf seinem Kopf wucherte ein wilder Schopf blonder Haare. Um 17 Uhr packten die Bauarbeiter ihre Sachen zusammen und machten pünktlich Feierabend.

Abgelöst wurden sie von einem Wohnmobil, das durch die Straßen kurvte und den Eindruck erweckte, als suchte der Fahrer nach einem Campingplatz am Valznerweiher. Schließlich hielt es in der Nähe der Klinik. Eine Frau verließ das Führerhaus und entleerte einen Mülleimer in einen aufgehängten Abfallkorb. Der Fahrer erschien mit einer Karte in der Hand und lief auf die Patienten vor der Klinik zu. Er verwickelte sie in ein Gespräch und deutete ständig auf das nicht weit entfernt gelegene Gewässer.

„Was will der denn?", fragte Thea ein paar der von außen in die Klinik zurückkehrenden Patienten. Sie hatte von ihrem Pult aus die Szene beobachtet.

„Er meint, am Valznerweiher gäbe es einen Campingplatz, aber das mussten wir ihm ausreden", antworteten sie.

Es dauerte noch eine ganze Weile, dann fuhr das Wohnmobil weiter.

Ein alter VW Käfer mit Schweinfurter Nummernschild schlich daher und spuckte Öl aus seinem Auspuff. Der Wagen kroch mehr, als er fuhr, denn sein linker Vorderreifen war platt. Der Pkw hielt genau gegenüber der Klinik. Der Fahrer, ein Typ mit breitem Stroh-

hut und großer Sonnenbrille, und der Beifahrer schimpften sichtlich. „So eine Scheiße, ausgerechnet hier musste die Panne passieren." Dann öffnete der Fahrer die vordere Haube und holte einen
Scherenwagenheber heraus. Er setzte ihn in den vorderen Aufnah-
mepunkt und kurbelte den Wagen hoch. Der Beifahrer sah zu. Die
Radmuttern des Fahrzeugs waren anscheinend verrostet und es
brauchte einige Zeit, bis das Ersatzrad endlich an Ort und Stelle
saß. Auch diese beiden Männer hatten feine Drähte an ihren
Ohren, die in das Innere ihrer Hemdentaschen führten. Es war
allerhand los an der Billroth-Klinik.

*

Wenige Minuten vor 18 Uhr fuhr Tamara mit ihrem Mini Cooper
vor der Klinik vor. Kurz vorher hatte ihr die Friseurin daheim
einen festen Ballerina-Knoten gemacht, indem sie alle Haare
straff nach hinten kämmte und mittig am Hinterkopf zu einem
Pferdeschwanz zusammennahm. Dann schlug sie den Zopf ein
und fixierte ihn mit Haargummis. Darauf erfolgte das Wichtigste. Die Friseurin ergriff das kleine Mikrofon, griff damit in
Tamaras Dutt und spannte es mit den Haargummis fest. Damit
alles gut hielt, verwendete sie zusätzliche Haarnadeln. Tamara
spürte das kleine Mikro gar nicht, so raffiniert war es versteckt.
Bevor sie ihren Mini verließ, fingierte Tamara noch ein Handy-
gespräch als Gesprächsprobe für Bellinghausen. „Alles gut", sig-
nalisierte der kurz darauf per Whatsapp, „wir verstehen Sie gut.
Good luck." Das war leicht gesagt. Schnell noch die verräterische
Whatsapp gelöscht, dann raus aus dem Auto. Tamara fühlte sich
trotz aller Vorkehrungen gar nicht wohl, als sie auf den Privatein-
gang der Klinik zuschritt. Zwei Männer werkelten auf der anderen Straßenseite weiter an einem alten VW Käfer herum, der
einen platten Vorderreifen hatte.

*

„Hallo Thea", grüßte sie ihre Freundin am Empfang.

„Hallo Tamara", grüßte die zurück, „du bist ja auf die Minute pünktlich. Die Herren sind schon im Besprechungszimmer. Ich bringe dich hin."

„Sonst alles okay?", interessierte sich Tamara.

„Ja, sonst ist alles paletti." Tamara wusste nicht, ob ihre Sinne sie trogen oder ob es von ihrer eigenen Anspannung kam, aber Thea war heute irgendwie komisch. Etwas kurz angebunden. Sonst sprudelten die Worte nur so aus ihr heraus. Ob sie fragen sollte? Besser nicht. Womöglich hatte Thea Zoff mit ihrem Freund oder sie hatte ganz einfach nur ihre Tage.

„So, da sind wir", meinte Thea.

Tamara richtete nochmal ihr Kleid und überprüfte ihren Dutt, ob der noch richtig saß, griff zur Türklinke und trat ein.

*

Bellinghausen war der Mann mit dem Strohhut. Eben hatte er das Ersatzrad hochgehoben und auf die Bolzen gesetzt. Um von der Klinik aus nicht erkannt zu werden, hatte er sich neben dem Strohhut auch eine Sonnenbrille aufgesetzt. „Tamara ist nun in der Klinik", raunte er in sein Mikro, „wir können sie gut verstehen. Sie unterhielt sich soeben mit der Rothaarigen. Nun ist sie offensichtlich in ein Zimmer eingetreten. Es geht los."

Auf der Valznerweiherstraße, um die Ecke, standen ein Opel Zafira und zwei Lieferwagen einer Möbelfirma aus Hirschaid. In ihnen saßen elf Beamte des SEK und warteten auf ihren Einsatz. Sie waren in schwarze Uniformen gekleidet und trugen Pistolen. Manche von ihnen hatten Spezialgewehre, andere hielten Maschinenpistolen. „Alles Roger, verstanden", knurrte einer der Männer angespannt in ein Mikro. „Wir warten." Die Männer vom SEK schwitzten in ihren 15 Kilogramm schweren, beschusshemmenden Westen. Auf den Köpfen trugen sie Sturmhauben und ballistische Helme. Atemschutzmasken und Funkgeräte waren an der Uniform fixiert. Mehrzweckmesser waren an den Waden befestigt und ihre Schutzschilde hatten sie in einer Ecke des Wagens abgestellt. Sie waren bereit.

Im Opel Zafira warteten Sandra Knobloch und der Anführer der SEK-Truppe auf den Fortgang der Dinge. Auch sie trugen unsichtbare Kopfhörer und hatten ein unauffälliges Mikro am Kragen. Sie warteten auf Anweisungen von Bellinghausen.

*

„Da ist ja unsere neue Anwärterin." Gerhard ergriff als erster das Wort, als Tamara in den Raum trat.

Drei Männer standen ihr gegenüber. Dr. von Stubenrauch kannte sie. Dann war da noch dieser athletisch aussehende Typ mit Glatze, der sie begrüßte. Das musste Gerhard sein und daneben stand ein eher kurz geratener Mann, wahrscheinlich Theas Freund.

„Guten Tag, die Herren. Ja, da bin ich", begrüßte Tamara die kleine Ansammlung.

„Grüß Gott auch." Gerhard führte das Wort. „Gestatten Sie, dass wir uns vorstellen. Dr. von Stubenrauch kennen Sie ja schon. Das hier ist Herr Eisenherz und mich dürfen Sie einfach Gerhard nennen. Sie wollen unser neuestes Mitglied werden? Prima. Aber setzen Sie sich doch."

„Ja, alles was mit dem Heiligen Sebaldus zu tun hat, interessiert mich brennend. Thea hat mir von der Stiftung erzählt. Ich wusste gar nicht, dass es diese Stiftung überhaupt gibt."

„Wir operieren im Geheimen. Der Stiftungsgeber wollte das so. Darum dürfen Sie auch mit niemandem darüber reden. Dies ist der Hauptgrund, warum wir Sie bitten müssen, Ihr Handy auszuschalten und in diese Bleitasche zu stecken."

Eisenherz hielt ihr ein Behältnis hin und Tamara folgte den Anweisungen.

„Und wofür steht die Stiftung?", wollte sie wissen.

„Wir helfen Armen und Kranken, indem wir Arzneimittel herstellen", gab Gerhard an. „Die Schönheitsklinik, deren Gast Sie ja bereits waren, dient zur Finanzierung unserer Ausgaben", log er.

210

„Das ist doch eine tolle Aufgabe", begeisterte sich Tamara.

„Finden wir auch. Aber nun zu Ihnen. Sie sind Studentin der Geschichte und Archäologie, wie uns Thea Berger berichtete. Sind Sie denn bereit, ein Gelöbnis auf die Stiftung abzulegen?"

„Im Prinzip ja, aber ich möchte natürlich vorher wissen, wie dieses Gelöbnis lautet."

„Das ist doch selbstverständlich", gestand ihr Gerhard zu. „Was halten Sie davon, wenn ich es Ihnen kurz vorlese?"

„Das wäre prima."

Gerhard las: „Die Zahl der Wesen ist unendlich, ich gelobe, sie alle zu erlösen. Gier, Hass und Unwissenheit entstehen unaufhörlich, ich gelobe, sie zu überwinden. Die Tore des Möglichen sind zahllos, ich gelobe, sie im Sinne der Stiftung ‚Heiliger Geist zu Malta' zu durchschreiten. Der Weg des Heiligen Sebaldus ist unvergleichbar. Ich gelobe, ihm nachzueifern. Ich schwöre bei meiner Ehre, die Stiftung nicht zu verraten und ihr treu zu dienen. Wer dieses Gelöbnis bricht, hat den Tod verdient.

„Das klingt ja wie aus dem Mittelalter", amüsierte sich Tamara.

„Da liegen Sie nicht ganz verkehrt, das Gelöbnis ist Jahrhunderte alt", stimmte ihr Gerhard zu, „ist das Gelöbnis für Sie trotzdem akzeptabel?"

„Schon okay. Obwohl, das mit dem Tod klingt schon etwas heftig."

„Da gebe ich Ihnen recht", beschwichtigte Gerhard, „aber es wird nicht alles so heiß gegessen, wie es gekocht wird. Das ist eben die Tradition. Wenn Sie nichts dagegen haben, darf ich Sie nun bitten, den weißen Stiftungsmantel anzulegen, als Zeichen Ihrer Aufrichtigkeit, und mit der Hand auf der Bibel das Gelöbnis zu sprechen. Ich spreche vor."

*

Bellinghausen hatte alles mitgehört. Die beiden Mikros, sowohl das in Tamaras BH, als auch jenes in Tamaras Haaren, arbeiteten hervorragend. Er verstand jedes Wort. Heute würden sie Gerhard kriegen. Er war in der Klinik, auch wenn sie ihn nicht hatten eintreten sehen. Ihm ging das Foto durch den Kopf, welches er im Büro der Gloria Ltd. auf Malta gesehen hatte. Plötzlich fiel es ihm wie Schuppen von den Augen und Bellinghausen wusste, wer Gerhard in Wirklichkeit war.

*

Das Gelöbnis war vorbei. Eigentlich hätte Tamara jetzt nach Hause fahren können.

„Dürfen wir Sie zur Feier des Tages in das ‚Alte Sudhaus‘ einladen? Wir haben dort für vier Personen reservieren lassen." Wieder war es Gerhard, der den Ton angab.

„Eigentlich hatte ich geplant, sofort wieder nach Hause zu fahren", wandte Tamara ein.

„Ach kommen Sie. Seien Sie doch keine Spielverderberin. Wir, also ich und meine Kollegen, möchten Sie doch etwas näher kennenlernen. Wir bringen Sie in meinem Mercedes natürlich hin und wieder zurück. Ihren Wagen können Sie hier stehen lassen."

Tamara überlegte. Das war alles? War alles schon vorbei? Die Anspannung fiel von ihr ab. Was hatte sich Bellinghausen da für Gedanken gemacht. Eigentlich, wenn sie ehrlich zu sich selbst war, hatte sie schon etwas Hunger. Zuhause hatte sie vor lauter Aufregung nichts essen können. Was sollte ihr im Sudhaus schon passieren? Mitten in der Öffentlichkeit, unter so vielen Gästen. „Na gut", stimmte sie schließlich zu, „und Sie bringen mich anschließend auch wieder hierher zurück?"

„Selbstverständlich. Es wäre doch unnötig, wenn Sie selbst fahren würden. Dort gibt es kaum Parkplätze. Wir müssten Sie hier nur für einen kurzen Moment alleine lassen. Ich hole schnell meinen Wagen, Dr. von Stubenrauch muss sich noch umziehen und Herr Eisenherz bringt die Bibel zurück."

„Kein Sorge, ich langweile mich nicht."

Die drei Männer verließen den Raum.

„Hallo, Herr Bellinghausen, ich hoffe, Sie hören mich", stieß Tamara in das Mikro, das in ihrem BH saß. „Sie haben ja gehört, wir fahren zum Abendessen in das Alte Sudhaus. Bis jetzt ist nichts passiert. Aber vielleicht kann ich während des Essens etwas mehr aus ihnen herausbekommen. Ich schlage deshalb vor, Sie warten noch mit dem Zugriff. Alles läuft bestens." Dass sie dabei abgehört wurde, kam Tamara nicht in den Sinn.

*

Tobi war erstaunt. Gerhard und seine Leute hielten Tamara wohl für völlig harmlos. Was konnte es also schaden, wenn sie versuchte, zusätzliche Informationen aus ihnen herauszukitzeln? Außerdem, im Sudhaus war der Zugriff viel einfacher als hier in der Billroth-Klinik. „Alles bereit machen, wir fahren zum ‚Alten Sudhaus' rüber", ordnete er über sein Mikro an.

„Verstanden, over", meldete der Beamte in seinem Möbellieferwagen zurück.

„Hoffentlich ist das keine Falle", stieß Sandra in das Mikro. Der SEK-Chef startete den Motor des Opels.

„Könnt ihr uns an der Klinik abholen?", hinterließ Tobi noch.

„Alles klar", bestätigte ihm Sandra, „wir kommen gleich."

Zur Feier des Tages

„Wenn Sie neben mir Platz nehmen wollen", verkündete Gerhard in seinem Mercedes GLA mit den getönten Scheiben, der auf dem nach hinten gelegenen Parkplatz der Klinik bereitstand. Tamara ließ sich in den weichen Ledersitz fallen. „Ihr Handy haben wir auch dabei. Das können Sie im Lokal wieder einschalten", informierte er sie. Von Stubenrauch und Eisenherz stiegen hinten ein. Dann ging alles blitzschnell. Eisenherz holte aus seiner Jacketttasche das mit Äthanol getränkte Tuch und presste es Tamara von hinten über Nase und Mund. Keiner der Männer sprach ein Wort.

Tamara zappelte etwas, konnte sich aber gegen den überraschenden Angriff nicht wehren. Es dauerte nur einen kurzen Moment, bis die junge Frau bewusstlos in sich zusammensank. Gerhard stieg aus. Er öffnete die rückwärtigen Türen eines Mercedes Sprinter Kastenwagens, der vor dem GLA stand. Von Stubenrauch und Eisenherz packten die bewusstlose Tamara an Füßen und Oberarmen und legten sie auf die Ladefläche des Kastenwagens.

„Durchsucht sie, findet das Mikro", ordnete Gerhard an. Sie knöpften Tamaras Kleid auf, zogen sie aus. Lösten ihre Haare und öffneten ihren BH. Der Minisender kullerte daraus hervor und klackte auf den Boden. „Habe ich es mir doch gedacht", murmelte Gerhard und zerbrach die kleine Wanze. Das andere Mikro aus ihrem Haardutt löste sich und rollte lautlos in eine dunkle Ecke der Ladefläche.

Dann erschien Thea, setzte sich hinter das Steuer des Mercedes GLA und startete den Motor. „Zum Alten Sudhaus", wies Gerhard sie an, „wir kommen nach, wenn wir mit ihr fertig sind." Thea startete und fuhr los. Gerhard wendete und lief zum Mercedes Sprinter zurück. Als Thea links in die Valznerweiherstraße abbog, hefteten sich zwei Möbellieferwagen an ihre Fersen.

„Wir warten noch zwei, drei Minuten", wies Gerhard seine Leute im Kastenwagen an, „dann fahren wir über die Passauer Straße zum Äußeren Laufer Platz." Hinten auf der Ladefläche lag die bewusstlose Tamara. Das kleine Mikro, das in ihren Haaren gesessen hatte und nun versteckt auf der Ladefläche lag, war äußerst sensibel. Es übertrug Gerhards letzte Worte. Kurz darauf schloss Eisenherz die Fahrertür, setzte sich hinter das Steuer und rollte langsam an.

*

Bellinghausen hatte länger nichts mehr gehört, aber das kam ihm seltsam vor. „Wir warten noch zwei, drei Minuten, dann fahren wir über die Passauer Straße zum Äußeren Laufer Platz", was sollte das bedeuten?

„Wir verfolgen den Mercedes GLA", hörte er von einem der Möbelwagen. Da stimmte doch etwas nicht. Ein Opel Zafira sauste um die Ecke und wendete rasch. Tobi und sein Begleiter stiegen ein. „Könnt ihr erkennen, wer in dem GLA ist, den ihr verfolgt?", wollte er von dem SEK-Polizisten wissen, der dem Mercedes am nächsten war.

„Nein", erklärte der, „dazu ist es viel zu diesig, außerdem hat der Wagen getönte Scheiben."

„Sofort überholen und stoppen", wies Tobi den Polizisten an. „Gerhard und die anderen sind zum Äußeren Laufer Platz unterwegs."

*

Die beiden Möbeltransporter setzen Blaulicht aufs Autodach und beschleunigten. Schnell hatten sie den schwarzen GLA überholt und stellten sich vor ihm quer. Vermummte Beamte sprangen aus den Fahrzeugen und liefen, Gewehre und Maschinenpistolen im Anschlag, auf den Mercedes GLA zu. Ein in schwarz Gekleideter riss die Fahrertür auf und zerrte Thea aus dem Sitz. Dann sah er in den Wagen. „Wo sind die anderen?", keuchte er.

„Welche anderen?", wollte Thea wissen. Es fiel ihr schwer, sich das Lächeln zu verkneifen.

„In dem GLA befindet sich nur Frau Berger", meldete der Beamte an Tobi.

„Scheiße, dann sind die anderen mit Frau Heinlein zum Laufer Platz unterwegs. Alle sofort dorthin. Was gibt es da Besonderes?"

„Keine Ahnung."

Im Laufertorkeller

„Was gibt es am Äußeren Laufer Platz?" Bellinghausen wiederholte seine Frage eindringlich.

„Der Laufer Torturm ist dort", wusste ein SEK-Beamter.

„Auch das ‚Theater Pfütze' und ein Parkplatz", meldete ein zweiter.

„Verdammter Mist", schimpfte Tobi. Sie hatten sich täuschen lassen. Was war passiert? Mit welchem Wagen waren Gerhard, von Stubenrauch und Eisenherz mit Tamara unterwegs? Sie wussten es nicht. War Tamara Heinlein wirklich bei ihnen? Wahrscheinlich. Was hatte sich Gerhard ausgedacht? Die junge Heinlein hatte sich seit etlichen Minuten nicht mehr gemeldet. Ihr Handy war ebenfalls nicht erreichbar und auch nicht zu orten. Die letzten Worte, die sie gehört hatten, stammten von Gerhard: „Wir warten noch zwei, drei Minuten, dann fahren wir über die Passauer Straße zum Äußeren Laufer Platz." Danach blieb der Äther stumm. Nur Fahrgeräusche waren zu hören. Die Gangster hatten einige Minuten Vorsprung. Das konnte genügen. Was, wenn Gerhards Worte eine Finte waren? Bellinghausen kam ins Schwitzen. Was, wenn sie Tamara nicht mehr fanden? Nun machte sich schmerzhaft bemerkbar, dass er Tamara nicht mit GPS-Positionssendern ausgestattet hatte. „Wir müssen Frau Heinlein finden, bevor ihr etwas zustößt. Alles zum Äußeren Laufer Platz!" Mehr konnten sie nicht tun.

*

Der aus Sandsteinquadern errichtete Laufer Torturm mit seiner Geschützplattform, seinem Zeltdach und dem Türmchenaufsatz ist ein Unikat in der nordöstlichen Nürnberger Stadtmauer und stammt aus dem Mittelalter. 1941 wurde er zum Bunker umgebaut. In seiner Nähe liegt ein unscheinbarer Zugang zum Laufertorkeller. Über eine feuchte Treppe geht es ungefähr 13 Meter hinab in das unterirdische Labyrinth des rund 25.000 Quadratmeter großen Tunnelsystems unter der Nürnberger Altstadt. Der Laufertorkeller selbst hat jedoch nur eine Fläche von ungefähr 2.000 Quadratmetern und teilt sich in einen oberen, einen mittleren und einen unteren Bereich. Nach Norden dehnt er sich aus bis an die Maxtormauer, nach Westen bis fast zur Wirtschafts- und Sozialwissenschaftlichen Fakultät der Friedrich-Alexander-Universität. In westlicher Richtung ist er unterirdisch mit dem Tucherskeller verbunden.

Gerhard, von Stubenrauch und Eisenherz waren über die Passauer Straße gekommen, bogen in der Oststadt in die Sulzbacher Straße ab und erreichten schließlich über die Beckschlagergasse ihr Ziel. Dort angekommen ließen sie den Lieferwagen stehen. Von Stubenrauch und Eisenherz trugen die bewusstlose Tamara und schleppten sie zum Kellereingang. Gerhard, der sich den Schlüssel von einem Freund im „Förderverein Nürnberger Felsengänge" ausgeborgt hatte, sperrte die Zugangstüre auf, dann trugen sie zu dritt die junge Frau in die Tiefe und schmissen die Türe wieder zu.

*

Vier Minuten nachdem die drei mit der Bewusstlosen im Keller verschwunden waren, rauschten Tobi und Knobloch mit dem SEK-Team heran. Sie schwärmten aus und hielten Ausschau nach der vermissten Tamara Heinlein. Wie vom Erdboden verschluckt. Das SEK-Team suchte in der Grünanlage hin zum Maxtorgraben, auf den Parkplätzen und in den Straßen. Nichts. „Was sind denn das für komische Gebilde da?", fragte ein SEK-Beamter seinen Kollegen.

„Na, das sind doch die alten Lüftungsschächte zum Laufertorkeller", antwortete der.

„Und wo ist der?"

„Direkt unter uns."

Bellinghausen stand in der Nähe und hörte die Unterhaltung. „Das könnte es sein", führte er Selbstgespräche. Und laut fragte er: „Wo ist dieser Zugang zum Laufertorkeller?"

„Etwa 50 Meter westlich von dem Turm", antwortete der angesprochene Beamte.

„Los, mir nach", schöpfte Tobi neue Hoffnung und stürmte davon. Die Tür zum Keller war unverschlossen. Schwaches Licht glänzte aus dem Inneren und aus der Ferne hörten sie Stimmen. „Das sind sie", flüsterte Bellinghausen und mahnte die Beamten zur äußersten Vorsicht. Langsam schlichen sie die Treppe hinab, Pistolen, Gewehre und Maschinenpistolen im Anschlag.

*

Tamara Heinlein war wieder zu sich gekommen. Dafür hatte etwas Riechsalz von Professor von Stubenrauch gesorgt. Sie lag nackt auf einem breiten Sandsteintisch, Arme und Beine waren mit Kabelbindern fixiert. Tamara war noch ganz benommen und ihre Gedanken kamen nur langsam wieder in Fahrt. Das erste, was sie wahrnahm, war Gerhard, der sich über sie beugte.

„Sie kommt wieder zu sich", hörte sie ihn sagen. „Lasst uns anfangen."

Die junge Frau schüttelte noch halb weggetreten den Kopf. „Was machen Sie mit mir, Herr Gerhard?", stammelte sie, als sie endgültig aus ihrer Ohnmacht erwachte. Nun bemerkte sie, dass sie nackt war und auf etwas Hartem lag. Sie konnte ihre Arme und Beine nicht richtig bewegen.

„Ich erfülle das Gelöbnis, das sie abgelegt haben."

„Mein Gelöbnis?"

„Sie haben doch gelobt, dass derjenige, der die Stiftung „Heiliger Geist zu Malta" verrät, zu Tode kommen soll. Sie sind eine Polizistin, Frau Heinlein. Das haben sie uns verheimlicht, das ist Verrat." Dabei zeigte er der jungen Frau ein in dem fahlen Licht blitzendes langes Messer. „Ich werde hiermit Ihren schönen Bauch, unterhalb des Bauchnabels von links nach rechts aufschlitzen, um dann in einer Aufwärtsbewegung zu enden. Stellen Sie sich vor, wie Ihre Aorta, Ihre Hauptschlagader, dabei angeschnitten oder ganz durchtrennt wird. Der einhergehende Blutdruckabfall führt dazu, dass Sie innerhalb kürzester Zeit das Bewusstsein verlieren und sterben. Habe ich das richtig formuliert, Herr von Stubenrauch?"

Der nickte nur.

Tamara zerrte an ihren Fesseln. „Anschließend durchtrenne ich Ihren Hals von der Halswirbelsäule her, um einen schnellen Tod herbeizuführen. In Japan nannte man diese Art zu sterben übrigens Seppuku. Es war eine ritualisierte Methode des Suizids. Ich habe die etwas abgewandelt. Was halten Sie davon?"

„Sie sind ein perverses Schwein", antwortete die Polizistin.

„Danke für das Kompliment. Haben Sie und Ihre Kollegen gedacht, man kann uns so einfach übertölpeln? Was für ein albernes Schauspiel heute: Zuerst die Stadtarbeiter mit den Bäumen, dann das Reisemobil. Zum Schluss auch noch der Pannen-Käfer. Lächerlich, sage ich nur." Gerhard hob den Dolch und setzte ihn unterhalb von Tamaras Bauchnabel an. Sie spürte die kalte Klinge. Von Stubenrauch und Eisenherz verfolgten die Szene gespannt. „Leider werden Ihnen Ihre Freunde nicht mehr helfen können, wir haben sie nämlich ausgetrickst", setzte Gerhard seine verbale Tortur fort. „Glaubten die wirklich, dass wir nicht bemerkt haben, dass sie uns schon den ganzen Nachmittag belauert haben? Trotzdem bin ich an denen vorbeimarschiert, lediglich mit einer blonden Perücke auf dem Kopf, und so in die Klinik gelangt. Sie haben es nicht bemerkt." Und, jeden Augenblick ihrer Qual auskostend, setzte er hinzu: „Jetzt, da Sie nur noch eine Minute zu leben haben, möchte ich es nicht versäumen, mich Ihnen vorzustellen. Sie sollen wissen, wer Sie gerichtet hat. Gestatten Sie, German Hardlinger. Gerhard ist mein selbst gewähltes Alias, mein Deckname. Eigentlich schreibt man den Namen mit einem großen H in der Mitte, GerHard. Eine Abkürzung von German Hardlinger. Aber darauf ist niemand gekommen. Selbst Ihr ach so kluger Hauptkommissar nicht. Fangen wir also an!"

Ein Schuss peitschte durch das Kellergewölbe und das Echo brach sich tausendfach an den altehrwürdigen Wänden. German Hardlinger heulte auf, hielt seinen rechten Arm und ließ das Messer fallen.

„Da haben Sie sich getäuscht, Herr Hardlinger. Frau Heinleins Freunde sind doch hier", rief Bellinghausen von der Treppe her.

Flucht durch die Tunnel

Die Schmerzen waren heftig. Mit der Linken hielt Hardlinger seinen rechten Arm. Blut quoll zwischen seinen Fingern hervor. Trotzdem gelang es ihm, Eisenherz und von Stubenrauch in Richtung von Bellinghausen zu stoßen und in einem der dunklen Seitengänge zu verschwinden.

Bellinghausen, Knobloch und die SEK-Beamten waren von der schnellen Reaktion des Verletzten überrascht. „Ihm nach, die anderen kümmern sich um Frau Heinlein", schrie Bellinghausen und stürmte Hardlinger hinterher.

„Die beiden anderen festnehmen", ordnete Knobloch noch an, dann stürmte sie Tobi nach. Vier SEKler stürzten sich auf Eisenherz und von Stubenrauch und warfen sie zu Boden. Dann legten sie ihnen Handschellen an.

Bellinghausen sah im Schein seiner Handylampe eine Blutspur. Er, Sandra und eine Handvoll SEK-Beamter folgten Gerhard.

*

German Hardlinger hatte einen wesentlichen Vorteil gegenüber seinen Verfolgern. Er war schon oft hier unten gewesen. Erst letzten Januar hatte er wieder einmal an einer Sonderführung durch die Gewölbe teilgenommen. Er wusste, dass der Laufertorkeller mit dem Tucherkeller und dem Panierskeller verbunden war und dass es von dort Ausgänge nach oben gab, beispielsweise an der Maxtormauer. Sein rechter Arm brannte höllisch. Er kam in der Dunkelheit langsamer als gedacht voran, aber er konnte seine Ortskenntnisse nutzen. Er orientierte sich. Er musste sich rechts halten, um dann links in einen langen, geraden Gang abzubiegen. Nur so konnte er den Tucherstollen erreichen. Er vernahm den Lärm, den seine Verfolger hinter ihm verursachten, das Stampfen ihrer Stiefel. Um sich zu orientieren, schaltete er kurz die Taschenlampe seines Handys ein, dann lief er weiter. Er musste nun irgendwo auf dem Gebiet sein, das zwischen dem Maxtor, dem

Treibberg und nördlich der Hirschelgasse lag. Er wusste auch, dass nur noch ein Teil des weitläufigen Tucherkellers erhalten war. Das hatte damals der Führer erzählt, der sie durch die unterirdische Anlage geleitet hatte. Das Adrenalin, das durch seinen Körper strömte, ließ ihn den Schmerz in seinem angeschossenen Arm vergessen. Die Geräusche hinter ihm wurden leiser. Er grinste. Seine Verfolger mussten einen falschen Weg eingeschlagen haben. Inzwischen war es ihm gelungen, die verräterische Blutspur mit einem Stofffetzen aus seinem Hemd zu stoppen. So schlimm konnte die Wunde also nicht sein. Er hörte seine Verfolger fast nicht mehr und entspannte sich etwas. Weiter, immer weiter lief er. Er ließ nun die Taschenlampe seines Mobiltelefons eingeschaltet. Das half. Er kam an eine Treppe, die nach oben führte. Das mussten die Stufen an der Maxtormauer sein. Er lauschte in die Dunkelheit. Dann nahm er Stufe um Stufe und stieg langsam nach oben. Er war der Freiheit nahe, das spürte er. Eine mächtige, schwere Eisentüre versperrte ihm den Weg nach draußen. Hastig wühlte er in seinen Hosentaschen nach dem Generalschlüssel. Da war er. Er steckte den Schlüssel in das verrostete Schloss. Hoffentlich keine Schwierigkeiten so kurz vor dem Ende seiner Flucht. Butterweich ließ sich der Schlüssel nach rechts drehen. Es knackte zweimal, dann ließ sich die Türe öffnen. Frische Nachtluft strömte herein. Er trat nach draußen. Die Wirtschafts- und Sozialwissenschaftliche Fakultät der Uni lag hinter ihm. Von St. Sebald schlug es zehn Mal, 22 Uhr abends. Hardlinger schloss die Türe.

„Hört, ihr Herrn und lasst euch sagen, unsre Uhr hat zehn geschlagen", hörte er eine Stimme hinter sich. „Zehn Gebote hat Gott erlassen. Das fünfte lautet: Du sollst nicht töten. Hat Ihnen Johannes Reiter das nicht hinterlassen? Der Heilige Sebaldus hat auch keine Menschen getötet." Hauptkommissar Bellinghausen und Sandra Knobloch standen mit gezückten Pistolen hinter German Hardlinger. „Sie sind hiermit wegen mehrfachen Mordes festgenommen."

Epilog

Als Tobi sich im Laufertorkeller an die Verfolgung von German Hardlinger gemacht hatte, musste er nach kurzer Zeit feststellen, dass dessen Blutspur versiegt war. Weiter hinterherlaufen machte keinen Sinn. Er und Sandra kehrten um und überließen den SEK-Beamten die Verfolgung des Flüchtenden und die Durchsuchung des Tunnelsystems. Es gab zu viele Tunnel. Hardlinger konnte überall sein. Tobi rief stattdessen ein Mitglied vom „Förderverein Nürnberger Felsengänge" an, erläuterte kurz die Situation und stellte die entscheidende Frage: „Wo liegt, abgesehen vom Zugang am Laufer Torturm, der nächste Zu- oder Ausgang des unterirdischen Tunnelsystems?"

„Am Maxtorgraben", kam die Antwort wie aus der Pistole geschossen.

„Beschreiben Sie mir den Weg dahin! Bleiben Sie dran und weisen mir den Weg!"

„Jetzt, sofort?"

„Ja, los, schnell jetzt!"

Hauptkommissar Bellinghausen kam oberirdisch viel schneller voran als der verletzte Hardlinger in den dunklen unterirdischen Stollen. Es hatte dem Hauptkommissar sichtlich Freude bereitet, Hardlinger am Maxtorgraben mit den alten Versen zu begrüßen.

Die Stiftung „Heiliger Geist zu Malta" wurde aufgelöst. Ihr beachtliches Vermögen wurde einem gemeinnützen Zweck gespendet. Die Billroth-Klinik und die ReproTrans kamen unter den Hammer. Auch diese Erlöse flossen guten Zwecken zu.

Das Verfahren zur Auflösung der Gloria Ltd. schleppte sich dahin. Der Konkursverwalter in Nürnberg war nahe dran, das Vermögen wegen Uneinbringlichkeit abzuschreiben. Das zog sich über Jahre hin. Natürlich wurde die Stelle des stellvertretenden IHK-Leiters, die German Hardlinger bekleidet hatte, neu besetzt. Außerdem wurde eine Reihe von Ärzten und Pflegepersonal der Billroth-Klinik verhaftet. Zehn Monate nach der Ergreifung von Hardlinger, von Stubenrauch, Eisenherz und Berger kam es zum

Prozess. Die drei Herren wurden zu lebenslanger Haft verurteilt und wanderten für fünfzehn Jahre hinter Gitter. Thea konnte kein Mord-Delikt nachgewiesen werden. Sie musste aber wegen Mitwisser- und Mittäterschaft acht Jahre hinter schwedische Gardinen.

„Alles hat mit Fabers Unfall begonnen", gestand Hardlinger, der noch immer seinem religiösen Wahn verfallen war. „Eigentlich waren Männer nicht unsere bevorzugten Opfer, aber Bastürk hätte uns auf ewig erpresst. Benno Regenfuß hat dann keine Ruhe gegeben und nach Bastürk gesucht. Wir mussten beide verschwinden lassen. Die Frauen, die wir gerichtet haben, hatten den Tod verdient wegen ihres liederlichen Lebenswandels! So wie Hella und Ines. Anke Silbermann haben wir zwar nicht umgebracht, aber die hat sich von dem Türken Bastürk vögeln lassen", erklärte er, nach wie vor uneinsichtig und auch noch stolz auf seine Frömmigkeit. „Der Tod von Helene Rau war ein Unfall, ein Missgeschick", erklärte in seiner Aussage von Stubenrauch, „die wollten wir nicht umbringen."

Tobi und Sandra besuchten Professor Gall und berichteten ihm die ganze Geschichte. Der hatte sich vorgenommen, aus dem Stoff ein Buch zu schreiben, wenn er demnächst in Pension ginge. „Die Stiftung des Ritters" wollte er es nennen. „Das wird unter Historikern bestimmt ein Bestseller", begeisterte er sich. „Dann hat die Stiftung von Johannes Reiter doch noch ihren Zweck erfüllt", meinte er später, „wenn für mildtätige Zwecke so viel Geld übriggeblieben ist".

Dr. Stich schüttelte nur ungläubig den Kopf, als er die ganze Geschichte erfuhr. In der Gemeinde St. Sebald verbreitete sich die Geschichte wie ein Lauffeuer und ehemalige Patienten der Billroth-Klinik waren entsetzt.

Tamara Heinlein wurde von der SpuSi in die Ermittlergruppe um Hauptkommissar Bellinghausen versetzt und verstärkt seitdem das Team.

Tobias, Martin und Sandra besuchten im darauffolgenden Jahr gemeinsam Malta. Sie besichtigten die Rotunda, die prächtige Rundkirche in Mosta; besuchten Mdina, die alte Hauptstadt der

Insel; badeten in der Blauen Grotte; fuhren mit dem Bus nach Marsaxlokk, in dessen Nähe 1565 die Osmanen angelandet waren, und wanderten durch Hagar Qim und Mnajdra, die 5.000 Jahre alten Tempelanlagen. Sie schlenderten in Valletta am Großen Hafen entlang und erwiesen dem Großmeisterpalast und der St. John's Co-Cathedral einen Besuch. Neugierig schauten sie auch in der Erzbischofstraße am Büro der Gloria Ltd. vorbei. Noch immer hing das Messingschild an der Außenwand. Mit der Fähre setzten sie nach Gozo über, besichtigten das Blue Hole und die Zitadelle in Victoria. Erfüllt von vielfältigen Urlaubseindrücken stürzten sich Tobias und Sandra zwei Wochen später auf den nächsten Kriminalfall in Nürnberg. Martin blieb ein ehrlicher Handwerker und verzichtete auf eine Firmengründung auf Malta.

*